Von Kraken und Männern

MISHA BELL

ÜBERSETZT VON
GRIT SCHELLENBERG

♠ MOZAIKA PUBLICATIONS ♠

Veröffentlicht von Mozaika Publications, einem Impressum von Mozaika LLC.
www.mozaikallc.com

Aus dem Amerikanischen von Grit Schellenberg
Lektorat: Fehler-Haft.de

Umschlag von Najla Qamber Designs
www.najlaqamberdesigns.com

Fotografie von Wander Aguiar
www.wanderbookclub.com

e-ISBN: 978-1-63142-771-8
ISBN drucken: 978-1-63142-775-6

KAPITEL

Eins

DER ZUCKENDE LILAFARBENE Tentakel schiebt sich zwischen die Beine des Mädchens.

Ich werfe einen misstrauischen Blick auf meine Großmutter.

Das passt zu ihr. Während die meisten Großmütter einen Herzinfarkt bekommen würden, wenn sie so etwas sehen, schaut meine mit der Faszination einer angehenden Gynäkologin zu.

Ein zweiter Tentakel schließt sich dem Spaß an.

Omas Faszination wird immer größer und entspricht jetzt der einer angehenden Proktologin.

Ich drehe meinen Kopf vom Fernseher zu ihr und dann wieder zurück. Schließlich frage ich vorsichtig: »Oma, warum sehen wir uns einen Tentakelporno an?«

Mit einem leichten Stirnrunzeln drückt sie die Pausentaste. »Es heißt Hentai. Diese Cartoons kommen aus Japan.«

Ernsthaft, Japan? Rohen Tintenfisch zu essen reicht

nicht? Müsst ihr jetzt auch noch meine ohnehin schon unangenehm sexbesessene Großmutter verderben?

Ich seufze. »Warum sehen wir uns Hentai an?«

Sie wackelt mit ihren perfekt gepflegten Augenbrauen. »Das ist etwas, das deinem Großvater und mir Spaß macht. Ich dachte, es wäre auch was für dich.«

Cthulhu hilf mir ... wenn *too much information* sich in eine Person verwandeln könnte, wäre es meine Oma. Sie ist sogar noch schlimmer als ihre Tochter – meine Mutter. »Wie kommst du darauf, dass Tentakelpornos etwas für mich sind?«

Sie wirft einen Blick auf das große Aquarium am Fenster, in dem Beaky lebt, mein bester Freund, der zufällig ein riesiger pazifischer Krake ist. »Du liebst dieses Ding wirklich, und du hast eine Durststrecke hinter dir, also habe ich ...«

Ich räuspere mich laut und deutlich. »Willst du andeuten, dass ich auf Tiere stehe?«

Ich liebe alles, was mit Kraken zu tun hat. Da ich eine Meeresbiologin und eine von acht Schwestern bin, ist das nur logisch. Das heißt aber nicht, dass ich mit ihnen sexuelle Beziehungen haben möchte.

Sie zuckt mit den Schultern. »Wie ich neulich zu meinem skatophilen Freund beim Bingo gesagt habe: Ich verurteile keine Fetische.«

Ich massiere meinen Nasenrücken. »Ich habe keine Vorliebe für Sex mit Tintenfischen. Ich bin mir nicht einmal sicher, ob es so etwas gibt.«

Sie grinst. »Das ist Regel Nummer 34. Wenn du es dir vorstellen kannst, gibt es einen Porno davon.«

Ich spitze meine Lippen. »Wenn jemand Sex mit einem Lebewesen ohne dessen Zustimmung hat, behalte ich mir das Recht vor, ihn zu verurteilen. Und es ist mir egal, ob sie einen Kraken, eine Ziege oder eine Kakerlake belästigen.«

Oma nickt Beaky zu. »Du sagst immer, wie klug er ist. Vielleicht kann er mit seinen Tentakeln Zeichensprache machen?«

Mit ihr lässt sich genauso wenig streiten wie mit meiner Schwester Gia. Das passt auch, denn Gia wurde nach ihr benannt. Ich versuche es trotzdem. »Beaky und ich sind nur Freunde.«

»Ihr könntet Freunde mit Extras sein.«

Igitt. »Wir sind rein platonisch befreundet.«

»Nun … ich habe dein Zimmer aufgeräumt und bin dabei über deinen Tentakeldildo gestolpert.« Zu meinem Entsetzen sieht sie verlegen aus, als sie das sagt – das ist definitiv eine Premiere.

Ich werde so rot wie Beaky, wenn er versucht, bedrohlich auszusehen. Dann erinnere ich mich daran, dass Florida berühmt für Erdkrater ist.

Könnte mich bitte jetzt einer verschlucken?

»Den habe ich aus Spaß gekauft, Oma. Außerdem haben Oktopusse keine Tentakel. Du denkst an Tintenfische und Sepia.«

»Oh?« Sie betrachtet das Aquarium verwirrt. »Wie nennt man denn diese acht Anhängsel?«

Ich gehe zum Aquarium hinüber und nehme die Fernbedienung. »Arme.«

Sie blinzelt mich an. »Was ist der Unterschied?«

Ich weiß, dass ich vor dem falschen Publikum in

3

meinen Meeresbiologie-Modus verfalle, aber ich kann nichts dagegen tun. »Wenn überall Saugnäpfe …«

»Saugnäpfe?« Sie wackelt mit den Augenbrauen.

»Ach, Oma, hör auf. Wie ich schon sagte: Wenn überall Saugnäpfe sind, ist es ein Arm. Wenn sie nur an der Spitze sind, ist es ein Tentakel. Die Arme lassen sich auch besser kontrollieren, während die Tentakel verlängert sind und …«

»Okay, okay, es tut mir leid«, sagt sie.

Ich verenge die Augen. »Es tut dir leid, dass du vorgeschlagen hast, dass ich eine Beziehung mit meinem Oktopus habe? Oder tut es dir leid, dass du in meiner privaten Schublade geschnüffelt hast?«

Ihr Grinsen ist so schelmisch wie das eines ungezogenen Kindes. »Tut mir leid, dass ich gefragt habe.«

Mit einem Räuspern aktiviere ich den Motor unter dem Aquarium, und es beginnt, zu rollen. »Falls es noch nicht klar ist, Beaky und ich gehen spazieren.«

Meine Großmutter winkt zum Abschied und setzt dann ihren Porno genauso fasziniert wie zuvor fort.

Hey, ich verurteile sie nicht. Ich schaue mir immer *Aquaman* an, wenn ich in Stimmung bin.

Das Anime-Mädchen stöhnt mit der quietschenden, hohen Stimme, die für dieses Genre typisch ist. Finden japanische Männer kindliche Stimmen sexy?

Gut. Vielleicht verurteile ich ein wenig.

Da ich nicht mehr willkommen bin, führe ich Beakys motorisiertes Aquarium in den Essbereich, wo ich meinen Großvater am Tisch sitzen und liebevoll ein Scharfschützengewehr zusammenbauen sehe. Wie meine Großmutter ist er gut in Form, besonders für einen Achtzigjährigen. Mit seinem dichten Haar und seinen muskulösen Armen könnte er jüngeren Männern Testosteron spenden.

Er schaut von seiner Waffe auf, und ein Lächeln umspielt seine verwitterten Lippen. »Ah, Kaper. Was hast du vor?«

Ich grinse. Mein Name ist Olive – meine Eltern sind böse in ihrem Hippie-Dippie-Dasein –, und wenn Opa mich Kaper nennt, meint er *kleine Olive*, wodurch ich mich wieder wie ein kleines Mädchen fühle. Natürlich werde ich ihm nie sagen, dass sein Spitzname für mich botanisch nicht korrekt ist. Kapern sind die Blüten eines Strauches, während Oliven eine Baumfrucht einer ganz anderen Art sind.

»Ich gehe mit Beaky spazieren«, antworte ich und nicke dem Aquarium zu.

Opa blinzelt in Richtung des Glases, und Beaky wählt genau diesen Moment, um wie ein Stein auszusehen – wie jedes Mal, wenn Opa versucht, ihn anzuschauen.

Opa reibt sich die Augen. »Ist da wirklich ein Oktopus drin? Ich habe das Gefühl, dass du und deine Großmutter mir weismachen wollt, ich würde senil werden.«

»Nein. Es ist Beaky, der dich auf den Arm nimmt.«

Ich kann es meinem Großvater nicht verübeln, dass er meinen achtarmigen Freund nicht sieht. Wenn es um Tarnung geht, sind Kraken den Chamäleons weit überlegen. Und wenn ein Chamäleon im wahrsten Sinne des Wortes baden gegangen wäre, würde keine noch so gute Tarnung es davor bewahren, das Mittagessen eines Oktopus zu werden.

Opa schüttelt den Kopf. »Warum?«

Ich zucke mit den Schultern. »Er ist eine Kreatur mit neun Gehirnen, eins im Kopf und eins in jedem Arm. Der Versuch, sein Denken zu entschlüsseln, würde jedem Kopfschmerzen bereiten.«

Opa blinzelt wieder zum Aquarium, aber Beaky bleibt bei seiner Felsenverkleidung. »Warum gehst du überhaupt mit ihm spazieren?«

»Damit er sich nicht langweilt. Was er wirklich braucht, ist ein größeres Aquarium, aber im Moment muss er sich mit einem Tapetenwechsel begnügen.«

»Sich langweilt?«

»Ja. Ein gelangweilter Oktopus ist schlimmer als ein siebenjähriger Junge auf Koffein und Geburtstagskuchen. In Deutschland hat ein Krake namens Otto wiederholt das gesamte elektrische System des Sea-Star-Aquariums kurzgeschlossen, indem er Wasser gegen den Zweitausend-Watt-Scheinwerfer spritzte. Weil ihm langweilig war.«

Opa zieht seine buschigen Augenbrauen hoch. »Aber machst du keine Puzzle für ihn? Lässt ihn fernsehen?«

Ich nicke. Ich bin berühmt dafür, Puzzles für Kraken zu machen, und so habe ich meinen neuen Job bekommen. »Spielzeug und Fernsehen helfen«, sage ich, »aber ich habe trotzdem das Gefühl, dass er sich eingesperrt fühlt.«

Grunzend kramt Opa in seiner Tasche und holt eine

Handfeuerwaffe heraus, die so groß ist wie mein Arm. »Nimm die mit.« Er drückt sie mir in die Hand.

Ich schaue auf das Instrument des Todes. »Warum?«

»Schutz.«

»Wovor? Wir sind in einer geschlossenen Wohnanlage.«

Er schiebt die Waffe mit größerer Dringlichkeit zu mir. »Es ist besser, eine Waffe zu haben und sie nicht zu brauchen.«

Ich nehme das Angebot nicht an. »Die Kriminalitätsrate in Palm Islet ist zehnmal niedriger als in New York.«

Opa nimmt das Magazin aus dem Gewehr, prüft es, schiebt eine zusätzliche Patrone hinein und lässt es wieder einrasten. »Es würde mich beruhigen, wenn du sie nehmen würdest.«

»Bei Cthulhu«, murmele ich vor mich hin.

»Gesundheit«, sagt Opa.

»Das war kein Nieser. Ich sagte ›Cthulhu‹.« Opa blickt mich ausdruckslos an, und ich seufze. »Er ist ein fiktives kosmisches Wesen, von H. P. Lovecraft. H. P. Lovecraft mit Oktopus-Merkmalen.«

»Oh. Ist er das in den sexy Cartoons deiner Großmutter?«

»Auf keinen Fall.« Ich erschaudere bei dem Gedanken. »Cthulhu ist Hunderte von Metern groß. Er ist einer der Großen Alten, und seine Aufmerksamkeiten würden eine Frau genauso schnell zerreißen wie in den Wahnsinn treiben.«

»Na gut.« Opa versucht erneut, mir die Waffe in die Hand zu drücken. »Nimm sie und geh.«

Ich verstecke meine Hände hinter meinem Rücken. »Ich habe keinen Waffenschein.«

»Du machst Witze.« Er sieht mich ungläubig an. »Morgen bringe ich dich zu einem Kurs für verdecktes Tragen.«

Ich kämpfe gegen ein Cthulhu-großes Augenrollen an. »Ich habe morgen viel zu tun, ich fange einen neuen Job an und so.«

Mit einem Stirnrunzeln packt er die Waffe weg. »Wie wäre es mit diesem Wochenende?«

»Mal sehen«, sage ich so unverbindlich wie möglich, bevor ich meine Handtasche von der Lehne des in der Nähe stehenden Stuhles nehme und erneut auf den Knopf der Fernbedienung drücke, um das Aquarium in die Garage zu rollen.

Meine Großeltern, wie auch andere Floridianer, ziehen es vor, ihr Haus auf diese Weise zu verlassen, anstatt zum Beispiel durch die Haustür.

Sobald mein Großvater außer Sichtweite ist, hört Beaky auf, ein Fels zu sein, breitet seine Arme aus und wird aufgeregt rot.

»Du solltest dich schämen«, sage ich nachdrücklich zu ihm.

Wir sind der Gottkaiser des Aquariums, und von Cthulhu ernannt. Wir werden den Ruhm unseres Anblicks nicht an Unwürdige verschenken. Beeil dich, unsere untertänige Priesterin. Wir wollen den Sonnenschein auf unseren Saugnäpfen schmecken.

Jepp. Ellen DeGeneres sprach in *Findet Dorie* mit einem fiktiven fühlenden Kraken, während mein echter Krake in meinem Kopf mit mir spricht. Und ich bin nicht der Einzige, der diese imaginären Unterhaltungen führt. Seit meine Schwestern und ich Kinder waren, haben wir Tieren Stimmen gegeben. In meiner Vorstellung klingt Beaky wie neun Menschen, die gemeinsam sprechen – das Hauptgehirn und die acht in seinen Armen –, und sein Ton ist herrisch – Kraken haben schließlich blaues Blut. Oh, und seine Worte kommen mit diesem schwachen, gurgelähnlichen Soundeffekt heraus, der in *Aquaman* verwendet wird, wenn die Atlanter unter Wasser sprachen.

Ich öffne das Garagentor.

Draußen ist es trotz der alten Eichen, die viel Schatten spenden, super sonnig.

Seufzend nehme ich eine große Tube meiner Lieblingssonnencreme auf Mineralbasis aus meiner Tasche und bedecke mich von Kopf bis Fuß mit einer dicken Schicht. Der UV-Index ist 10, also warte ich ein paar Minuten und decke mich dann mit einer zweiten Schicht ab. Ich mache das heimlich in der Garage, um zu verhindern, dass meine Großeltern mich hänseln, weil ich einen Job im Sunshine State angenommen habe, während ich paranoid bin, was die Sonne betrifft.

Und nein, ich bin keine Vampirin – obwohl meine Schwester Gia mit ihrem Gothic-Make-up verdächtig danach aussieht. Die Sonne zu meiden ist angesichts der schädlichen Auswirkungen von UV-Strahlen, sowohl A- als auch B-Strahlen, sowie von blauem, infrarotem und sichtbarem Licht wissenschaftlich durchaus sinnvoll. Sie alle verursachen DNA-Schäden. Ich bin vor einigen Jahren auf dieses Thema gestoßen, als Sushi, mein Clownfisch, an Hautkrebs erkrankte, wahrscheinlich, weil sein Aquarium an einem Fenster stand. Seitdem bin ich vorsichtig und habe sogar eine dreifache Schicht UV-Schutzlack auf Beakys Aquarium aufgetragen.

Ist mir klar, dass ich mir ein wenig mehr Sorgen um die Sonne mache als jeder andere, der kein paranoider Dermatologe ist? Sicher. Aber kann ich damit aufhören? Nein. Ich glaube, ein gewisses Maß an Neurose ist in meine DNA programmiert, zumindest wenn ich mir meine eineiigen Sechslings-Schwestern anschaue. Aber hey, wenn ich in meinen Achtzigern bin und jünger aussehe als alle meine Schwestern, werden wir sehen, wer zuletzt lacht.

Nach dem Sonnenschutz ziehe ich eine leichte Jacke mit Reißverschluss an, die mit UV-Schutzmitteln beschichtet ist, einen breitkrempigen Hut und eine riesige Sonnenbrille.

So. Wenn ich es wirklich zu weit treiben würde, würde ich eines dieser Darth-Vader-Visiere tragen, oder?

Mein Herzschlag beschleunigt sich, als ich Beakys Aquarium in die pralle Sonne folge, aber ich beruhige mich, indem ich mich daran erinnere, dass der Sonnenblocker seine Aufgabe erfüllen wird. Als das Aquarium die Auffahrt hinunter und auf den schattigen Bürgersteig am See rollt, wird meine Atmung noch gleichmäßiger.

So weit, so gut. Jetzt hoffe ich nur, dass ich nicht zu viele nervige Fragen von neugierigen Nachbarn bekomme.

Ein Reiherpaar fliegt in unserer Nähe, während wir

am Seeufer entlangspazieren. Beaky betrachtet es aufmerksam und ändert einige Male seine Form.

Wir möchten diese Dinger probieren. Sei eine gute untertänige Priesterin und liefere sie im Aquarium ab.

Ich klopfe auf die Oberseite des Aquariums. »Ich gebe dir eine Garnele, wenn wir zurück sind.«

Wir entdecken beide einen Waschbären, der im Gras am See wühlt, wahrscheinlich auf der Suche nach Schildkröten- oder Alligatoreneiern.

Die wollen wir auch probieren.

»Ich gebe dir eine Garnele ohne Puzzle«, sage ich ihm.

Normalerweise stecke ich seine Leckereien in eine meiner Kreationen, damit ihm die Mahlzeit besonders viel Spaß macht, aber wenn er sich durch das Beobachten der Landtiere Appetit geholt hat, möchte ich seine Belohnung nicht hinauszögern.

Ein ein Meter fünfzig langer Alligator kriecht langsam aus dem See.

Ja, wir sind definitiv in Florida.

Als Beaky ihn entdeckt, holt er zwei Kokosnussschalen vom Boden seines Beckens und bedeckt sich damit, so dass er für die Welt – und den Alligator – wie eine unschuldige Kokosnuss aussieht.

»Er kann nicht in dein Aquarium eindringen«, sage ich beschwichtigend. »Ganz zu schweigen davon, dass er Angst vor mir hat. Hoffentlich.«

Die Statistiken über Alligatorangriffe stehen zu unseren Gunsten. In einem Staat mit Schlagzeilen wie *Florida-Mann verprügelt Alligator* und *Florida-Mann wirft Alligator durch Fenster in Wendy's Drive-in* haben die

Alligatoren gelernt, sich weit, weit weg von den wahnsinnigen Menschen aufzuhalten.

Weil Beaky keine Nachrichten liest oder Online-Statistiken checkt, schaut sein Auge skeptisch aus den Kokosnussschalen heraus.

Ich richte meine Aufmerksamkeit wieder auf den Bürgersteig und entdecke ihn.

Einen Mann.

Und was für einen Mann.

Er hätte anstelle von Jason Momoa die Hauptrolle in *Aquaman* spielen können. Wenn ich den Hauptdarsteller für meine feuchten Träume casten würde, würde dieser Typ definitiv die Rolle bekommen.

Der Gedanke lässt meine Unterleibsregionen heiß werden, besonders den Teil, den ich privat als meine Wunderpus bezeichne – zu Ehren von *wunderpus photogenicus*, einer erstaunlichen Krakenart, die in den achtziger Jahren entdeckt wurde.

Übrigens, ich habe einmal ein Foto von meiner Wunderpus gemacht, und sie ist auch *photogenicus*.

Aber zurück zu dem Fremden. Starke, männliche Züge, die von einem tadellos gestutzten Bart umrahmt werden, blaugrüne Augen so tief wie der Ozean, ein gebräunter, muskulöser Körper, der in tief sitzende Jeans und ein ärmelloses Oberteil gekleidet ist, das seine kräftigen Arme zeigt, dichtes Haar mit blonden Strähnen, das ihm bis auf die breiten Schultern fällt – er würde wie ein Surfer aussehen, wäre da nicht der grüblerische Ausdruck in seinem Gesicht.

Beaky muss den Alligator vergessen haben, denn er

ist aus seiner Kokosnuss herausgekrochen und schaut den Fremden fasziniert an.

Das passt zu ihm. Aquaman kann mit Kraken und anderen Meeresbewohnern sprechen.

Ich merke, dass ich ihn ebenfalls anstarre, und spanne mich an, als er näher kommt. Anders als in New York, wo es üblich ist, an einem Fremden vorbeizugehen, ohne ihn zu grüßen, grüßt hier in Florida jeder zumindest seine Nachbarn.

Was soll ich sagen, wenn er mich anspricht? Traue ich mich überhaupt, meinen Mund aufzumachen? Was ist, wenn ich ihn versehentlich bitte, mit mir zu machen, was er will?

Moment einmal. Ich glaube, ich hab's kapiert. Er geht auch mit einem Haustier spazieren, in seinem Fall einem Dackel, auch bekannt als Hotdog-Hund, das phallischste Mitglied der Hundespezies. Ich muss nur etwas über sein Wiener Würstchen sagen – das, das mit dem Schwanz wedelt, nicht seine Aqua-Männlichkeit.

Als der Mann nur noch ein paar Meter von mir entfernt ist, scheint er mich zum ersten Mal zu bemerken. Tatsächlich richtet sich sein Blick auf Beakys Aquarium, und sein grüblerischer Gesichtsausdruck wird geradezu feindselig – der Kiefer ist angespannt, der Mund nach unten gezogen, die Augen funkelnd. Das Verrückte daran ist, dass er jetzt nicht weniger heiß aussieht. Vielleicht sogar noch mehr.

Was stimmt nicht mit mir? Kein Wunder, dass ich am Ende mit Arschlöchern wie …

Seine tiefe, sexy Stimme ist die Art von Kälte, die

selbst in dieser feuchten Sauna für Kälte sorgen kann. »Wie viel für den Kraken?«

Ich blinzele, dann verenge ich meine Augen auf den Fremden, und meine Nackenhaare richten sich auf wie die Stacheln eines Kugelfisches. Er will Beaky kaufen? Warum? Will er ihn essen?

Dies *ist* der Staat, in dem die Menschen Alligatoren, Schildkröten – sogar die geschützten Arten –, Ochsenfrösche, burmesische Pythons und Limettenkuchen essen.

Mit zusammengebissenen Zähnen zeige ich auf den schwanzwedelnden Hund an seiner Seite. »Wie viel für die Bratwurst?«

Ein Grinsen umspielt seine vollen Lippen. »Lassen Sie mich raten ... eine New Yorkerin?«

Aquaman? Eher Aqua-Arschloch. »Lassen Sie mich raten. Florida-Mann?« Ich kann mir schon den Rest der Schlagzeile vorstellen. »... stiehlt Tintenfisch aus Aquarium und versucht, Sex mit ihm zu haben.«

Wenn man bedenkt, was meine Großmutter über Regel Nummer 34 gesagt hat und wo ich bin, ist das gar nicht so weit hergeholt. Ich habe einmal einen Artikel über einen Mann aus Florida gelesen, der versuchte, einen lebenden Hai auf dem Parkplatz eines Einkaufszentrums zu verkaufen. Was ist Sex mit einem Oktopus im Vergleich dazu?

Seine dicken braunen Augenbrauen ziehen sich zusammen. »Die Geschichten, auf die Sie anspielen, handeln von Zugezogenen. Sie handeln nie von echten Floridianern.«

»Oh, ich habe gelesen, worüber Sie sprechen«, sage

ich mit einem Schnauben. »*Florida-Mann wird erstmals Penis von einem Pferd transplantiert.*« »Ich bin mir ziemlich sicher, dass in dem Artikel stand, dass der tapfere Pionier in Melbourne geboren und aufgewachsen ist – das ist zwei Stunden von hier entfernt.«

Ups. Bin ich zu weit gegangen? Hier scheint wirklich jeder eine Waffe zu tragen. Und da ich ihn vorhin attraktiv fand, könnte er sich bei meiner Dating-Bilanz durchaus als gefährlich erweisen.

Anstatt eine Waffe zu ziehen, reibt sich der Fremde den Nasenrücken. »Geschieht mir recht, wenn ich versuche, mit einer New Yorkerin zu streiten. Vergessen Sie die Nachrichten. Das Aquarium ist zu klein für diesen Kraken. Wie würde es Ihnen gefallen, Ihr Leben in einem Mini Cooper zu verbringen?«

Ich atme tief ein, und mein Magen zieht sich zusammen. »Wie würde es Ihnen gefallen, an der Leine geführt zu werden?« Ich deute mit dem Kinn auf sein Würstchen, dessen Schwanz nicht mehr wackelt. »Oder gezwungen zu sein, Ihre schreiende Blase und Ihren Darm zu ignorieren, bis Ihr Herrchen sich herablässt, mit Ihnen Gassi zu gehen? Oder dass man an Ihren Fortpflanzungsorganen herumpfuscht?«

Er starrt mich wütend an. »Tofu ist nicht kastriert. In der Tat, ist er …«

»Tofu?« Mir klappt die Kinnlade herunter. »Ein Tofu-Hotdog? Das ist Tierquälerei.«

Die Adern, die in seinem Nacken hervortreten, sehen unheimlich sexy aus. »Was ist falsch an dem Namen Tofu?«

Bevor ich antworten kann, jammert Tofu jämmerlich.

»Gute Arbeit«, sagt der Fremde. »Jetzt haben Sie ihn verärgert.«

»Ich bin mir ziemlich sicher, dass Sie das getan haben. Indem Sie dem armen Hund den Namen Tofu gegeben haben.«

»Diese Unterhaltung ist vorbei.« Er dreht mir den Rücken zu und zieht an der Leine. »Komm, Tofu.«

Tofu wirft mir einen traurigen Blick zu, der zu sagen scheint: *Ich mag es nicht, wenn mein Daddy und meine neue Mommy streiten.*

Mit einem Schnauben rolle ich Beakys Aquarium in die entgegengesetzte Richtung.

KAPITEL
Zwei

NACH EIN PAAR Minuten kühlt sich mein Blut ein wenig ab, und mir wird klar, warum ich mich so aufgeregt habe. Aqua-Arschloch hatte recht, dass Beaky ein größeres Becken braucht. In den letzten Wochen war das eine Quelle von Stress und Schuldgefühlen für mich.

Ich habe Beaky nicht immer gehabt. Das Meeresaquarium, in dem ich in New York gearbeitet habe, ging anscheinend über Nacht in Konkurs, und sie konnten für Beaky kein neues Zuhause finden. Also nahm ich ihn auf. Leider hatte ich in meiner winzigen Wohnung keinen Platz für sein ursprüngliches Becken, und sie gaben mir dieses, das ich dann motorisiert habe. Zu meiner Verteidigung muss ich sagen, dass Beaky unter schlechteren Bedingungen hätte enden können oder sogar eingeschläfert worden wäre. Sein Wohlergehen ist der Hauptgrund dafür, dass ich den Job angenommen habe, der morgen anfängt – einen Job, für den ich buchstäblich meine Haut riskiere, da die

Wahrscheinlichkeit, an einem Melanom zu erkranken, hier in Florida so viel höher ist.

Ich hoffe, dass Sealand, mein neuer Arbeitgeber, mir erlaubt, Beaky in einem der großen Becken dort unterzubringen. Als ich dieses Problem während des Vorstellungsgesprächs ansprach, sagte man mir, dass der Inhaber in der Lage sein sollte, das zu regeln, und dass ich mit ihm sprechen müsse, wenn ich anfange.

Das erinnert mich an etwas … Ich nehme mein Handy heraus und checke meine E-Mails.

Nein. Nichts von Octoworld – dem Ort, an dem ich mich täglich neu bewerbe. Bei Octoworld zu arbeiten ist ein Traum von mir, denn wie der Name schon sagt, sind sie auf Kraken spezialisiert, während sich Sealand, wie so viele andere Orte, mehr um die Säugetiere des Meeres, wie Delfine, kümmert.

Ich möchte nicht falsch verstanden werden. Ich hasse Delfine nicht, aber es geht mir auf die Nerven, wenn alle nur noch über sie reden wollen, sobald sie erfahren, dass ich Meeresbiologin bin. Natürlich tun sie das auf ihre eigene Gefahr hin. Ich erzähle den Leuten gerne wenig bekannte Fakten über das Verhalten von Delfinen, wie zum Beispiel, dass sie manchmal Tümmler zum Spaß töten und dass sie oft mit ihrer Nahrung spielen … sprich, sie quälen – besonders grausam sind sie zu Tintenfischen. Gelegentlich töten sie auch Neugeborene ihrer Art, und nicht zuletzt können sie sexuell aggressiv sein, manchmal sogar gegenüber Menschen.

Als ich merke, dass ich den Block komplett umrundet habe, rolle ich das Aquarium zum Haus meiner Großeltern. Ich will nicht riskieren, wieder mit Aqua-Arschloch zusammenzustoßen.

Als ich mit dem Aquarium hereinkomme, schallt *All by Myself* von Céline Dion aus dem Telefon meiner Großmutter.

»Ist Opa weg?«, rufe ich über die Musik hinweg.

»Nein, warum?«

Ich grinse. »Vergiss es.«

Sie pausiert die Musik. »Wie war der Spaziergang?«

Ich spüre, wie mein Gesicht sich anspannt. »Ich habe einen eurer wunderbaren Nachbarn getroffen.«

Oma sieht aus, als würde sie vor Aufregung gleich auf und ab springen. »Welchen?«

Ich seufze. »Er war nicht wirklich wunderbar. Ich dachte, du hättest inzwischen gelernt, Sarkasmus zu verstehen.«

Ihre Aufregung lässt nach. »Wer war es?«

»Ein Typ Ende zwanzig oder Anfang dreißig. Lange Haare. Arschloch.«

Sollte ich erwähnen, dass er so ärgerlich heiß ist, dass Oma ihn durch einen Tentakelporno ersetzen könnte?

Sie sieht nachdenklich aus. »Ist es der junge Mann, der in dem Haus mit den vielen Sonnenkollektoren wohnt?«

»Ich habe keine Ahnung, in welchem Haus er wohnt.«

Oma zeigt aus dem Fenster. »Da.«

Ich schaue. Ja. Das Dach ist komplett mit Solarzellen bedeckt. Wenn das das Haus von Aqua-Arschloch ist, muss er wirklich ungern Stromrechnungen bezahlen.

»Armer Mann. Ich wette, die Wohnungseigentümer-gemeinschaft hat ihn im Visier.« Oma schüttelt den Kopf.

Oh nein. Nicht noch eine Schimpftirade über die Wohnungseigentümergemeinschaft. Nach dem, was ich bisher von meinen Großeltern gehört habe, macht der Umgang mit der Wohnungseigentümer-gemeinschaft weniger Spaß als das Streicheln eines Koboldhais.

»Wie heißt er?«, frage ich Oma, zum einen, um das Thema zu wechseln, und zum anderen, weil ich eine morbide Neugier verspüre.

»Ich schäme mich, es zu sagen, aber ich habe keine Ahnung«, sagt sie. »Wir grüßen uns ständig, also habe ich das Gefühl, dass ich es wissen sollte.«

»Oh, na ja. Das spielt keine Rolle.« Ich kann ihn weiterhin Aqua-Arschloch nennen, aber wenn ich darüber nachdenke, klingt das ein bisschen so, als ob es etwas mit Durchfall zu tun haben könnte.

Omas Augen glänzen. »Mochtest du ihn?«

»Nein. Im Gegenteil.«

Sie schmollt. »Warum nicht? Hast du einen Freund in New York?«

Ich muss ruhig wirken. Das Letzte, was sie wissen muss, ist, dass ich eine einstweilige Verfügung gegen meinen idiotischen Ex erwirkt habe. »Ich bin sehr alleinstehend.«

Ihr Lächeln ist wieder schelmisch. »Vielleicht kannst du hier in Florida neu anfangen? Liebe finden. Wurzeln schlagen.«

»Richtig. Sicher. Es kann alles passieren«, sage ich

und täusche ein Gähnen vor. »Ich bereite mich jetzt besser auf morgen vor.«

Ich bezweifele, dass Oma die Wahrheit hören will: dass ich beschlossen habe, ein Einzelgänger zu bleiben, wie ein Oktopus. Die Vorstellung eines Tintenfisches von Romantik ist ein Abendessen, bei dem einer der Teilnehmer nach dem Sex manchmal als Abendessen *endet*. Wenn ich ein Einzelgänger bin, muss ich meine Decke mit niemandem teilen. Und ich kann Sex haben, mit wem ich will – ohne den Teil mit dem Kannibalismus. Außerdem – und das ist das Wichtigste – kann ich mich auf meine Karriere konzentrieren.

Wenn ich eines Tages den Job in Octoworld bekommen will, brauche ich eine gute Referenz von Sealand, meinem neuen Arbeitgeber. Das heißt, ich sollte früh ins Bett gehen, damit ich morgen einen guten Eindruck mache.

Nachdem ich das Aquarium in das Gästezimmer geführt habe, in dem ich wohne, gebe ich Beaky das Leckerli, das ich ihm vorhin versprochen habe.

Wir nehmen dieses Angebot an, untertänige Priesterin. Aber wenn du es schaffst, dass wir dieses Tofu-Hotdog probieren können, werden wir bei Cthulhu, gepriesen seien seine Tentakel, ein gutes Wort für dich einlegen.

Ich lächele und will ihn gerade knuddeln, als ich einen nudelartigen Strang aus seinem Siphon kommen sehe.

Igitt. Er kackt. Doppeltes Igitt – Hulk, Beakys grüner Anemonen-Kumpel, frisst jetzt die Kacke. Ich weiß, ich kann ein Tier nicht für seine Natur verurteilen, aber trotzdem. Als Mensch ist es eklig, wenn Hulk an Beakys Kacknudel knabbert.

Das Krakenkuscheln wird warten müssen.

Als ich ins Bett gehe, bin ich leider hellwach. Ich schätze, ich bin nervös wegen meines ersten Tages im neuen Job. Karpfenmist. Warum passiert das immer dann, wenn man den Schlaf am meisten braucht?

Ich zähle Tintenfische in meinem Kopf.

Nicht ein Blinzeln.

Ich hole meinen Laptop heraus und schalte *Findet Dorie* ein – ein Film, der mich immer zu beruhigen scheint.

Selbst das hilft nicht.

Sollte ich mir etwas anderes ansehen?

Ich schaue mir meine Sammlung an.

Wenn es um Fiktion geht, habe ich eine Leidenschaft für das Meer, genau wie in meinem echten Leben. Na ja, eher eine Besessenheit. Gut, ich gebe es zu: Wenn ein FBI-Profiler diese Titel sehen würde, würde er zu dem Schluss kommen, dass ich eine Meerjungfrau werden will, und das wäre nicht weit von der Wahrheit entfernt. Als ich klein war, wollte ich ein Oktopus sein, aber als ich älter wurde, beschloss ich, dass es mein Traum ist, eine Meerjungfrau zu sein.

Ich grinse, als ich mich daran erinnere, wie ich *Die kleine Meerjungfrau* zum ersten Mal gesehen habe. Ich habe den Film gehasst. Wenn es nach mir ginge, würden die beiden romantischen Hauptdarsteller die Handlungsstränge tauschen. Ariel würde eine Meerjungfrau bleiben, während der heiße Prinz Eric sich für sie in einen Wassermann verwandeln würde. Ist es inzestuös, wenn ich mir vorstelle, dass der Held aussieht wie König Triton, Ariels Vater, als er jung war? Oh, und das versteht sich von selbst, aber der Bösewicht der Geschichte würde nicht so sehr wie ein Oktopus aussehen. Ursula wäre stattdessen Ariels weise Lehrerin, und der Bösewicht wäre ein Delfin.

Nur wenige wissen das, aber ursprünglich sollte ein Delfin in dieser Geschichte vorkommen. Disney ließ die Idee jedoch fallen – wahrscheinlich, weil der Delfin zu sexuell aggressiv war.

Ich gähne.

Ja, das ist ein gutes Zeichen.

Vielleicht wird es jetzt passieren?

Ich schließe die Augen, aber der Schlaf bleibt mir noch eine Stunde lang verwehrt.

Karpfenmist. Vielleicht sollte ich etwas Aktives tun? Zum Beispiel schwimmen gehen? Der Strand ist nur einen Spaziergang entfernt, und ich könnte meinen Meerjungfrauenschwanz mitnehmen ...

Aber nein.

Es ist bereits zwei Uhr nachts. Ich muss um acht Uhr aufstehen. Selbst wenn ich in dieser Sekunde einschlafen würde, würde ich kaum genug Schlaf bekommen, um zu funktionieren.

Ich seufze. Warum können wir Menschen nicht wie Wale sein und mit einer wachen Gehirnhälfte schlafen?

Oh, na gut. Es gibt ein altbewährtes Schlafmittel, auf das ich zurückgreifen kann.

Ich nehme den Tentakeldildo heraus.

Ja. Ich hole mir einen Orgasmus. Vielleicht zwei.

Das Wichtigste ist, dass ich nicht an Aqua-Arschloch denke, wenn ich komme.

Aquaman, klar. Der junge König Triton, auch akzeptabel. Sogar der Silver Surfer, ein Bösewicht aus *Fantastic Four*, wäre mir lieber als der nervige Nachbar meiner Großeltern.

Nein.

Ich scheitere kläglich.

Gerade als ich den Höhepunkt erreiche, sind die harten Muskeln und langen Haare, die vor meinem geistigen Auge vorbeiziehen, nicht fiktiv. Sie gehören dem Mann, an den ich nicht denken wollte.

Aqua-Arschloch.

Ich murmele leise Flüche. Irgendetwas stimmt offiziell nicht mit mir. Hoffentlich kann ich jetzt wenigstens schlafen.

Glückselig schließe ich die Augen und schlafe ein.

KAPITEL
Drei

ICH WACHE von einem Sonnenstrahl auf meinem Gesicht auf.

Fickt mich mit einem Seeigel. Ich muss anfangen, mich vor dem Schlafengehen mit Sonnencreme einzucremen.

Ich greife nach meinem Handy, um die Zeit zu überprüfen.

Karpfenmist.

Die Batterie ist leer.

Ich springe auf. Das Telefon sollte eigentlich mein Wecker sein. Wenn es also tot ist, könnte ich an meinem ersten Tag bereits zu spät zu kommen.

Nachdem ich meine Morgenroutine hinter mich gebracht habe, eile ich in die Küche und überprüfe die Uhrzeit an der Mikrowelle.

Okay, wenn ich das Frühstück ausfallen lasse und mich nicht an das Tempolimit halte, kann ich es schaffen.

Opa betritt den Raum. »Morgen, Kaper.«

Ich schenke ihm ein Lächeln. »Bitte sag mir, dass das Auto, das ich mir ausleihe, fahrbereit ist.«

Er nickt. »Neulich wurde das Öl gewechselt, und der Benzintank ist voll. Ich habe sogar eine Glock im Handschuhfach gelassen – für die brauchst du keinen Schein.«

Da ich spät dran bin, werde ich mich nicht mit ihm über die Sache mit der Waffe streiten.

»Hast du schon gegessen?«, fragt Opa.

Ich schüttele den Kopf. »Ich hole mir dort etwas.«

Stirnrunzelnd öffnet er den Kühlschrank und holt eine Brotdose heraus, die mit Aufklebern von Meerjungfrauen und Tintenfischen beklebt ist. »Deine Großmutter hat geahnt, dass du es eilig haben würdest. Hier ist Mittagessen drin, aber du kannst es auch zum Frühstück essen.«

Ein warmes Gefühl durchflutet meinen Magen. Das ist meine alte Brotdose; sie haben sie all die Jahre behalten.

Ich nehme die Dose und küsse meinen Großvater auf eine stoppelige Wange. »Sag Oma, dass sie die Beste ist. Und du auch.«

»Das werde ich. Lauf!«

Ich eile in die Garage und rase dann die A1A hinunter – eine malerische Straße, die ich vor lauter Eile gar nicht genießen kann.

Ich schaffe es gerade noch rechtzeitig nach Sealand.

Eine Frau wartet auf mich. Sie ist eine junge, hübsche Blondine mit präkanzeröser Haut und einem falschen Lächeln, das sie wie einen Delfin aussehen lässt.

»Miss Hyman?«, fragt sie in einem zu fröhlichen Ton, wenn man bedenkt, wie früh es noch ist.

Ich kämpfe gegen den Drang an, zusammenzuzucken. *Miss Hyman* klingt wie eine müde Prostituierte, die sich nach der guten alten Zeit als Jungfrau sehnt. Nicht, dass mein voller Name viel besser wäre. Bei *Olive Hyman* denke ich an ein jungfräuliches Häutchen mit mediterranem Geschmack, etwas, was man mit einer Beilage von in Essig eingelegter Plazenta servieren würde.

Ich strecke meine Hand aus. »Bitte nennen Sie mich Olive.«

Ihre Hand ist feucht, als sie die meine schüttelt. »Ich bin Aruba.«

Und das ist alles, was ich brauche, um den Beach Boys-Song wieder im Kopf zu haben. Wenn noch jemand an diesem Ort Jamaika, Bermuda, Bahama oder eine andere Variante von *pretty mama* heißt, springe ich in ein Haifischbecken.

»Mrs. Aberdeen tut es leid, dass sie Sie nicht selbst hier begrüßen kann«, sagt Aruba. »Sie kümmert sich um einen Notfall.«

Rose Aberdeen, die darauf bestand, dass ich sie Rose nenne, hat das Vorstellungsgespräch mit mir für diesen Job geführt. Sie ist Verhaltenstherapeutin für Wassertiere – oder Fischpsychiaterin, wie sie es ausdrückt – und außerdem de facto die Personalabteilung hier bei Sealand.

Ich hebe eine Augenbraue. »Ich hoffe, es ist alles in Ordnung?«

»Ja. Ein betrunkener Mann ist irgendwie in den Pool

von Otteraction geraten. Er wurde gebissen und begann überall zu bluten.«

»Oh Mann. Was ist Otteraction?«

Sie sieht mich an, als hätte ich gerade gefragt, ob Wasser nass ist. »Otteraction ist unsere Otterattraktion.« Man kann fast das ungesagte *Ernsthaft?* hören.

Wow. Ich sehe die Schlagzeile vor mir: *Florida-Mann versucht, Otter zu essen.* Oder Sex mit Otter zu haben? Es hätte so oder so ausgehen können.

»Geht es den Ottern gut?«, frage ich. Meiner Meinung nach hat der Mensch es verdient, gebissen zu werden.

»Peanut war traumatisiert, aber Mrs. Aberdeen ist dran.«

Ich schnaube. »Können Sie sich vorstellen, was der Mann zu seiner Frau sagen wird, wenn sie sagt: ›Mein Gott, was ist passiert?‹?«

Aruba schaut mich mit einem verständnislosen Blick an. »Nein. Was?«

»*Du solltest den Otter sehen.*«

Ihre kleinen Nasenlöcher blähen sich. »Sie finden diese Tragödie lustig?«

»Nein … sorry. Egal. Ich habe letzte Nacht nicht viel Schlaf bekommen.«

Sie schüttelt langsam den Kopf. »Kommen Sie. Ich zeige Ihnen alles.«

Ich folge ihr und zeige mich von meiner besten Seite.

Sealand ist mindestens doppelt so groß wie mein alter Arbeitsplatz und hat eine größere Vielfalt an Tieren.

Es ist keine Überraschung, dass mich Aruba als letzte Station zu den Delfinen bringt und ihr Lächeln heute zum ersten Mal echt ist. »Das sind meine Schützlinge.«

»Ah.« Der Ausdruck auf meinem Gesicht ist der, den Leute aufsetzen, wenn ein Freund ihnen ein Bild von ihrem neuen Baby oder Haustier zeigt. »Trainieren Sie sie?«

Ihre Augen werden glasig. »Ich ziehe es vor, zu denken, dass sie mich trainieren.«

Ich wette, dass diese manipulativen Hintermänner genau das tun.

»Ich habe keine Oktopusse gesehen«, sage ich.

»Es heißt Oktopussi«, sagt Aruba.

»Nein. Heißt es nicht. Nur einige Wörter lateinischen Ursprungs erhalten diese Endung, wie zum Beispiel *alumnus* zu *alumni*. Oktopus ist griechischen Ursprungs, also gilt diese Regel nicht. Wenn Sie eine griechische Endung benutzen, bekommen Sie Oktopoden – aber bitte verwenden Sie das nicht. Das Leben ist schon kompliziert genug.«

Ihre Stirn legt sich in Falten. »Wie auch immer Sie sie nennen wollen, wir haben sie nicht und werden sie hoffentlich nie haben.«

»Warum nicht?«

»Wir hatten mal einen«, sagt sie, und ihre Worte triefen vor Missbilligung. »Sie ist entkommen und hier im Delfingehege gelandet.«

Mein Herz sinkt. »Oh nein. Armes Ding. Was ist passiert?«

»Es war furchtbar.« Ihr verzweifelter

29

Gesichtsausdruck bringt ihr ein paar Punkte in meinem Buch ein. »Wir haben Flipper verloren.«

Ich blinzele ein paarmal. »Jemand hat einen Oktopus Flipper genannt?«

»Nein. Der Name der Schlampe war Athena. Flipper war der Delfin, den sie zu Tode gewürgt hat.«

Ich verschränke meine Arme vor der Brust und schnaube. »Hat Athena vielleicht Flipper erwürgt, als er versuchte, sie zu fressen?«

»Delfine fressen Oktopusse nur in freier Wildbahn.«

Ja, aber diese Delfine sind hungrig. Die, die hier sind, werden wahrscheinlich besser gefüttert als ich.

Ich beiße die Zähne zusammen. »Ich nehme an, Athena hat nicht überlebt?«

»Wen interessiert das? Armer Flipper. Er …«

Den Rest blende ich aus, denn das Letzte, was ich will, ist, Aruba *zu erwürgen.* Das ist nicht der erste Eindruck, den ich hier machen möchte. Um das Thema zu wechseln, frage ich: »Gibt es hier Delfinshows für die Öffentlichkeit?«

Auch wenn ich kein Fan von Delfinen bin – vor allem nicht nach der Flipper-Geschichte – gefällt mir die Idee nicht, Aquarien in Zirkusse zu verwandeln … oder *circusi*, wie Aruba sie wahrscheinlich nennen würde.

Zu meiner Überraschung schüttelt sie den Kopf. »Dr. Jones ist mit solchen Dingen nicht einverstanden. Ich bringe meinen Babys bei, sich zu benehmen, wenn sie an Forschungsprojekten teilnehmen – so was eben.«

Ah, der geheimnisvolle Dr. Jones. Er war zu beschäftigt, um mit mir zu sprechen, aber er wurde oft und ehrfürchtig erwähnt. Nach dem, was ich gehört habe, stelle ich ihn mir mit dem Gehirn von Einstein und dem Körper von Davy Jones aus *Fluch der Karibik* vor: ein Bart, der an einen Oktopus erinnert, eine Krabbenklaue an einem Arm und Tentakel am anderen.

»Glauben Sie, Dr. Jones hat heute Zeit für mich?«, frage ich. Er ist derjenige, der die Entscheidung über Beakys Aufenthalt treffen wird, also bin ich gespannt auf das Zusammentreffen.

Arubas Lächeln wird wieder gekünstelt. »Das bezweifle ich sehr. Montags ist er immer sehr beschäftigt. Dienstags auch. Ich habe zwei Monate gebraucht, um ihn zu Gesicht zu bekommen – und mein Job ist nützlicher als Ihrer. Nichts für ungut.«

Man kann nicht einfach so einen Scheiß sagen und am Ende ein *Nichts für ungut* hinzufügen, damit es weniger schlimm wirkt. Sogar Delfine wissen das.

»Ihr Job?«, frage ich. »Ich nehme an, Sie sind nicht nur eine Trainerin? Sie sind auch eine Forscherin?«

Sie legt das Delfinlächeln ab. »Alles ist besser, als Spielzeug für Goldfische zu machen.«

Warum halten Menschen das Wort *Spielzeug* für eine Beleidigung? Puzzles, Spielzeuge – es ist egal, wie sie heißen, solange sie die Meerestiere glücklicher machen.

»Olive ist eine renommierte Enrichment-Expertin«, mischt sich eine vertraute Stimme ein und erschreckt mich. »Sie sollte mit Respekt behandelt werden.«

Ich drehe mich um und sehe Rose – für Aruba anscheinend Mrs. Aberdeen.

»Die Delfine brauchen keine Bereicherung«, sagt Aruba. »Sie haben mich.«

Ich hole tief Luft und stoße den Atem wieder aus.

»Klingt so, als wären Sie die Bereicherung. Wenn jedes Aquarium es sich leisten könnte, einen Menschen für die Unterhaltung jedes Tieres abzustellen, wäre ich meinen Job los – und froh darüber.«

»Leider können wir uns diese Lösung nicht leisten«, sagt Rose zu mir. »Wie wäre es, wenn wir in mein Büro gehen und besprechen, was wir tun können.«

Ich nicke, und wir lassen Aruba hinter uns, während wir in ein kleines Gebäude mit einem Dach voller Solarzellen gehen. Ich schätze, das ist ein Grundnahrungsmittel hier im Sunshine State.

»Setzen Sie sich.« Rose deutet auf einen Bürostuhl gegenüber dem wettergegerbten Schreibtisch.

Ich setze mich. »Ich habe von dem Notfall gehört.«

»Ja. Es war ein Otter-Chaos.«

Ich schnaube. Sie muss diejenige sein, die sich den Namen Otteraction ausgedacht hat.

Sie erzählt mir weiter, dass es den Ottern gut geht, und dem Menschen auch, und ich erwähne meinen Otterwitz, der dieses Mal eine viel bessere Reaktion hervorruft.

»Also, zum Geschäftlichen.« Sie kramt in ihrem Schreibtisch und holt ein Bündel khakifarbener und weißer Kleidungsstücke heraus. »Sie können das ab morgen tragen.«

Sie reicht mir das Bündel.

Es ist ein Outfit, das aus einem Poloshirt und Shorts besteht und das ich schon bei allen hier gesehen habe.

Ich atme flach und muss mich daran erinnern, dass das überhaupt nicht so ist wie damals, als mein Ex mir sagte, was ich anziehen soll. Uniformen sind an Orten wie diesem die Norm. Mein letzter Arbeitgeber war die Ausnahme, nicht die Regel.

»Okay. Ich ziehe das morgen an«, sage ich so ruhig, wie ich kann.

Als Nächstes gibt sie mir einen Laptop. »Es ist alles für Sie vorbereitet.«

»Danke.« Ich logge mich gemäß ihren Anweisungen ein. »Soll ich den heutigen Tag damit verbringen, mir das Intranet anzuschauen?«

Sie winkt ab. »Da gibt es nicht viel zu sehen.«

»Was soll ich dann tun?«

Sie kratzt sich am Kinn. »Ich habe mit Dr. Jones über Sie gesprochen, und seine Vorstellung ist, dass Sie und ich an zwei Seiten desselben Problems arbeiten.«

»Ach?«

»Ich werde mich darauf konzentrieren, die Tiere, die wir freilassen wollen, zu trainieren, wenn nötig mit Ihrer technischen Hilfe. In der Zwischenzeit konzentrieren Sie sich darauf, das Leben unserer Schützlinge so zu gestalten, dass sie sich wohlfühlen und Spaß haben, während sie hier sind.«

Wow. Ich mag die Art und Weise, wie Dr. Jones und Rose geplant haben, vor allem, weil ich bei dieser Aufgabe glänze, zumindest wenn es um Kraken geht.

»Das klingt toll«, sage ich. »Was machen Sie denn im Moment schon?«

Sie gibt mir eine lange Liste. Vieles davon ist Standard und langweilig, wie beispielsweise den Fischen Tischtennisbälle zu geben und Röhren, Tunnel, Luftblasen und so weiter zu benutzen.

»Wie hoch ist mein Budget?«, frage ich.

»Warum?«

»Es gibt einige billige Dinge, die wir machen können, wie das Hinzufügen von Spiegeln zu Tanks, aber wenn Sie es sich leisten können, könnte ein tauchfähiges Tablet für die meisten Arten ein großartiges Spielzeug sein – oder zumindest ein Fernseher außerhalb des Tanks. Mein Oktopus mag beides.«

Was ich nicht erwähne, ist, dass Beakys Lieblingsapp Tinder ist. Er benutzt seine Arme, um auf meinem Konto nach links und rechts zu wischen, aber da ich noch nicht bereit bin, mich zu verabreden, ignoriere ich die daraus resultierenden Nachrichten und Schwanzbilder. Letzteres könnte genau das sein, was Beaky sucht, denn es könnte ihn an etwas Leckeres erinnern, wie Geoduck-Muscheln.

»Funktioniert das auch bei Fischen?«, fragt Rose.

Ich nicke. »In dem letzten Aquarium, in dem ich gearbeitet habe, gab es einen pazifischen blauen Tang, der deprimiert zu sein schien. Nachdem ich mein altes Tablet für das Becken gespendet und es so eingestellt hatte, dass es einige sorgfältig ausgewählte Inhalte in einer Schleife abspielte, wurde er richtig munter. Manche Fische mögen auch Musik und …«

»Sie haben ein anständiges Budget.« Sie dreht ihren Laptop um und zeigt mir die Summe. »Um darüber hinauszugehen, müssen Sie mit Dr. Jones reden, da er letztendlich die Haushaltsentscheidungen trifft.«

»Großartig. Mit diesem Betrag kann ich anfangen. Wie wär's, wenn ich mich mal umschaue, ob es einige Dinge gibt, die ich ohne großen Aufwand tun kann?«

»Perfekt.« Sie steht auf und streckt ihre Hand aus. »Ich denke, dass wir viel Spaß zusammen haben werden.«

Ich schüttele begeistert ihre Hand. »Bevor ich gehe, wollte ich mit Ihnen über meinen Kraken sprechen.«

Sie lässt meine Hand los. »Ich nehme an, Aruba hat das Flipper-Athena-Fiasko erwähnt?«

»Das hat sie, aber ich möchte Sie daran erinnern, dass das Abdichten von Krakengehegen meine Spezialität ist. Mein Oktopus ist nicht ein einziges Mal entkommen – genauso wenig wie die Oktopusse in den Becken, die meine Entwürfe verwenden.«

Sie schaut auf ihren Schreibtisch. »Wie wäre es, wenn Sie sich damit an Dr. Jones wenden?«

Karpfenmist. Ich dachte, das wäre nur eine Formalität, aber jetzt mache ich mir ernsthaft Sorgen.

»Wenn das so ist, können Sie mich Dr. Jones vorstellen? Ich würde jetzt gerne mit ihm sprechen.«

Sie erblasst. »Dr. Jones ist ein viel beschäftigter Mann Sie müssen einen Termin vereinbaren.«

Ich seufze. »Mit wem soll ich darüber sprechen?«

»Das macht die Personalabteilung.«

Ich runzele die Stirn. »Sind Sie das nicht?«

Sie tut so, als würde sie einen Hut aufsetzen. »Jetzt schon.« Sie lässt sich zurückfallen und tippt auf ihrem Computer. »Heute ist er den ganzen Tag ausgebucht«, murmelt sie. »Morgen auch. Ah. Hier. Wie wäre es mit übermorgen, elf Uhr morgens?«

»Klar«, sage ich und verstecke meine Enttäuschung.

Das bedeutet zwei schlaflose Nächte mehr.

»Toll.« Sie macht eine Geste zur Tür.

Ich will gerade gehen, als sie sich räuspert.

»Da ich immer noch den Hut der Personalabteilung aufhabe, sollte ich erwähnen, dass wir eine sehr strenge Richtlinie gegen romantische Beziehungen am Arbeitsplatz haben.«

Fast hätte ich ihr gesagt, dass das kein Problem ist, weil ich keinen der Jungs auf der Tour mochte, aber stattdessen hebe ich nur unverbindlich die Augenbrauen.

»Das sollten Sie vor allem dann im Kopf behalten, wenn Sie mit den Ottern arbeiten.«

»Natürlich.« Ich verlasse ihr Büro und habe plötzlich das Verlangen, mir den Lebensraum der Otter anzusehen.

Es war der einzige Halt, der auf Arubas Tour nicht angeboten wurde – und jetzt glaube ich, dass es dafür einen anderen Grund als das *Otter-Chaos* gab.

Ja. Dex ist der Name des Mannes, der mit den Ottern arbeitet, und er ist wirklich süß – aber nicht mein Typ. Tatsächlich erinnert er mich ein wenig an seine Schützlinge, ganz zu schweigen von ihrem nahen Verwandten, dem Wiesel.

»Gefrorene Eisblöcke mit Fischen sind ihr Lieblingsspielzeug«, erzählt mir Dex, als ich ihn nach der aktuellen Fischotterausstattung frage. »Was nicht-essbare Dinge angeht, spielen sie sehr gerne Frisbee, werden mit einem warmen Wasserschlauch bespritzt und spielen mit schwimmendem Plastikspielzeug und hohlen Kokosnussschalen.«

Ich lächele. Beaky mag Letzteres auch. »Haben Sie

schon einmal versucht, mit einem Laserpointer mit ihnen zu spielen?«

Er reibt mit seinen kleinen Händen über seinen Schnurrbart. »Sie meinen, wie die, die man bei Katzen benutzt?«

»Ja. Das habe ich bei meiner letzten Arbeitsstelle ausprobiert, und die Otter haben es geliebt.«

Seine Augen weiten sich. »Das ist eine tolle Idee. Ich werde mir einen besorgen und es morgen ausprobieren. Ich kann es kaum erwarten.«

»Cool. Ich hoffe, es gefällt ihnen. Wenn Sie mich jetzt entschuldigen, ich würde mir jetzt gerne die restlichen Tiere ansehen.«

Und was noch wichtiger ist: Ich will nicht, dass Rose mich hier sieht und denkt, dass ich ihre heiligste Personalregel bereits gebrochen habe.

Dex bedankt sich noch einmal für die Idee, und ich verschwinde. Ich suche mir ein schattiges Plätzchen, trage meine Sonnencreme auf und esse schließlich mein Mittagessen zum Frühstück.

Auch wenn es sich ein bisschen verrückt anfühlt, dies an meinem ersten Tag in Sealand zu tun, schaue ich in Octoworld nach neuen Stellenangeboten. Leider gibt es keine.

Mit einem Seufzer tue ich, was ich danach oft tue: Ich schaue mir die Social-Media-Seiten der Octoworld-Gründerin – und meines Idols – Ezra Shelby an. Ezra ist eine legendäre Meeresbiologin und für Kraken das, was Jane Goodall für Schimpansen ist.

Ich runzele die Stirn bei Ezras jüngstem

Bildungsbeitrag. Als Fan von *Findet Dorie* bin ich mir nicht sicher, was ich von dem, was da steht, halten soll:

Das Wichtigste zuerst (Spoiler-Alarm): Findet Nemo beginnt damit, dass sich ein männlicher und ein weiblicher Clownfisch um ihre Eier kümmern, und dann wird das Weibchen von einem Barrakuda gefressen, und alle bis auf ein Ei verschwinden.

Ich höre kurz auf zu lesen, um zu Atem zu kommen. Diese Szene hat mir psychischen Schaden zugefügt und ist der Grund, warum ich die fröhlichere Fortsetzung über Dorie bevorzuge.

Lasst uns nun darüber reden, wie es weitergegangen wäre, wenn der Film auf echter Meeresbiologie basiert hätte, geht Ezras Post weiter. *Vergessen wir für den Moment, dass männliche Clownfische beschädigte Eier fressen, so dass Nemo mit seiner winzigen Flosse vielleicht gar nicht erst geboren worden wäre. Aber angenommen, er wäre geboren worden, dann wäre Nemo ein undifferenzierter Zwitter gewesen, wie alle jungen Angehörigen seiner Art. Ohne das Weibchen und ohne andere Clownfische in der Nähe wäre Nemos Vater ein Weibchen geworden. Wenn also keine anderen Clownfische in der Nähe wären, würde Nemo zu einem Männchen heranwachsen und sich dann mit seinem Vater paaren.*

Ich lache. So sehr ich Ezra auch respektiere, das darf sie Pixar nicht ankreiden. Meerestiere reden auch nicht miteinander – das ist dichterische Freiheit. Allerdings gibt es *Mormyridae*, die auch als Elefantenfische bekannt sind. Sie haben riesige Gehirne und kommunizieren untereinander über elektrische Signale, wie auch …

Ein Videoanruf leuchtet auf meinem Telefon auf.

Es ist Blue, eine meiner Sechslingsschwestern.

Ich gehe dran.

Obwohl unsere Gesichter identisch sind, macht es Blues Kurzhaarfrisur unmöglich, uns so zu verwechseln, wie es die Leute taten, als wir klein waren.

Sie hält ihre Katze Machete auf dem Schoß, was sie wie einen Bond-Bösewicht aussehen lässt – ein Vergleich, der ihr gefallen könnte, weil sie ein Super-Fan der Serie ist.

»Hey«, sagt Blue. »Wie läuft dein erster Tag?«

Ich lächele. Blue ist momentan meine Lieblingsschwester, weil ich bei ihr übernachten durfte, nachdem ich meinen Arschloch-Ex verlassen hatte. Sie hat auch dafür gesorgt, dass er es sich zweimal überlegt, bevor er mir zu nahe kommt.

»Sieh es dir selbst an.« Ich schwenke mein Handy so, dass sie die Otter- und Seekuh-Ausstellung in der Ferne sehen kann. »Ich bin von Florida umgeben, in guten wie in schlechten Zeiten.«

Sie grinst. »Ich nehme an, du hältst im Alleingang einen glücklichen Sonnencreme-Hersteller im Geschäft?«

Ich rolle mit den Augen. Dass sie meine Lieblingsschwester ist, bedeutet nicht, dass sie mich ärgern kann und ungeschoren davonkommt. »Hast du eine Ahnung, wie viele Reiher ich gesehen habe, seit ich hier bin?«

Ihr Grinsen verschwindet, und ich verspüre ein leichtes Schuldgefühl. Im Gegensatz zu meiner absolut vernünftigen Vermeidung von Sonnenschäden hat Blue

Angst vor Vögeln – selbst vor den niedlichsten, wie Pinguinen.

»Wie viele?« Sie drückt ihre Monsterkatze, und die faucht sie an, bevor sie wegspringt. »Einen Schwarm?«

Ich schüttele den Kopf. »Wenn du damit einen ganzen Haufen meinst, dann nein. Es war nur ein Paar, und das von weit weg. Ich bin mir ziemlich sicher, dass Beaky sie fressen wollte.«

»Wie geht es ihm?«, fragt sie. »Hast du ihm ein größeres Aquarium besorgt?«

Ich antworte ihr, dass ich das noch nicht getan habe. Dann fragt sie nach unseren Großeltern, und ich bringe sie auf den neuesten Stand.

»Nun, halt mich auf dem Laufenden«, sagt sie. »Ach, und noch was: Ich habe von Fabio gehört, dass er und Lemon bald Urlaub in Florida machen wollen. Rate mal, wo sie übernachten werden?«

Karpfenmist. Die Antwort ist ganz klar: bei meinen Großeltern.

Fabio ist unser Jugendfreund, der zufällig ein Pornostar ist, und Lemon ist eine weitere meiner Sechslingsschwestern. Ironischerweise hat sie angesichts ihres sauren Namens die größte Vorliebe für Süßes von uns allen.

»Klingt so, als würde mein Lebensstil bald extrem beengt sein.« Ich wische mir mit einer Serviette eine Schweißperle von der Stirn.

»Du hast Stil?« Blue blickt mich aufmerksam an.

Ich tue so, als würde ich einem entfernten Geräusch lauschen. »Habe ich da gerade jemanden sagen hören: ›Meins, meins, meins‹?«

Sie zuckt zusammen, was bedeutet, dass sie die Anspielung auf die Möwen verstanden hat – der Grund, warum sie *Findet Nemo* immer noch nicht zu Ende gesehen hat.

»Ich gehe jetzt besser«, sagt sie.

»Ja, danke, dass du dich gemeldet hast«, sage ich und lege auf. Gleich darauf erhalte ich einen weiteren Anruf.

Das ist mein Vater, der ohne Video anruft, wie ein Höhlenmensch.

»Hallo Papa«, sage ich.

»Ding fünf«, sagt er und benutzt seinen Spitznamen für mich. »Du bist auf Lautsprecher. Deine Mutter ist auch hier.«

»Hi Mom.«

»Namaste, Sonnenschein«, sagt sie. »Wie fühlst du dich?«

Ich bin froh, dass wir das ohne Video machen, so kann sie nicht sehen, wie ich zusammenzucke. Seit der Trennung von meinem Ex und meinem Umzug nach Florida bin ich offiziell das Kind, um das sich meine Eltern Sorgen machen.

»Mir geht's gut.« Ich zwinge mir ein Lächeln auf, in der Hoffnung, dass meine Stimme fröhlicher klingt. »Alles ist großartig.«

Ich weiß, dass ich mich anhöre wie der Song aus *The LEGO Movie*, aber wenn ich nicht euphorisch genug bin, gibt Mama mir eine Menge ungebetener Ratschläge, die meisten davon zum Thema Orgasmus.

»Gut zu hören«, sagen beide Eltern, obwohl Mama weniger überzeugt klingt als Papa.

»Was ist mit euch?«, frage ich und bete zu Cthulhu, dass sie den Themenwechsel akzeptieren.

»Nicht viel«, sagt Papa. »Außer … haben wir dir gesagt, dass wir auch in Florida sein werden?«

»Ach?«

Kommt irgendjemand aus meiner Familie gerade *nicht* in den Sunshine State?

»Ja, wir werden meine Eltern besuchen«, sagt Papa.

Uff. Die anderen Großeltern. Ich liebe Mama und Papa, aber wenn ich sie, Lemon, Fabio, Oma und Opa unter einem Dach haben würde, sollte ich mich am besten mit einem von Opas Gewehren erschießen.

»Ich hoffe, ihr habt eine tolle Zeit«, sage ich.

»Ja«, sagt Mama. »Wir haben viel vor.«

Während ich meine Mahlzeit zu Ende esse, teilen sie mir ihre Reiseroute mit.

Nachdem ich aufgelegt habe, fühle ich mich erfrischt und verbringe den Rest des Tages damit, die Meerestiere kennenzulernen, in deren Leben ich in naher Zukunft hoffentlich mehr Spaß bringen werde.

Ich sehe sofort eine Menge einfacher, aber wirkungsvoller Verbesserungen. Manche Tiere profitieren vielleicht von etwas so Einfachem wie einem Mr. Kartoffelkopf, während andere vielleicht Legosteine mögen. In einigen Fällen brauchen die Tiere einfach eine interessantere Art, an ihr Futter zu kommen.

Als ich nach Hause fahre, habe ich fast ein gutes Gefühl bei meinem neuen Job. Wenn ich Beakys Schicksal in Ordnung bringe, könnte es mir sogar Spaß machen, hier zu arbeiten … auch wenn es nicht Octoworld ist.

Ein Tesla blockiert die Einfahrt, als ich ankomme. Meine Großeltern müssen Freunde zum Essen eingeladen haben.

Ich parke auf der Straße und schleiche durch die Garage ins Haus. Es gibt Stimmen in der Küche, die meine *Freunde*-Theorie unterstützen.

Auf Zehenspitzen gehe ich ins Gästezimmer, ziehe mir etwas Bequemes an und werfe Beaky eine Krabbe zu, die in einem neuen, von mir selbst entworfenen Puzzle gefangen ist.

Der Gottkaiser nimmt diese Opfergabe an, untertänige Priesterin. Wir werden die Welt noch einen Tag lang um das Aquarium kreisen lassen.

Ich warte ab, ob Beaky das Rätsel sofort löst – das ist in der Vergangenheit schon passiert.

Nein.

Er windet sich darum, und sein Blick ist intensiv.

»Viel Spaß«, sage ich und gehe aus dem Zimmer.

Als ich mich der Küche nähere, höre ich drei Stimmen: die meiner Großeltern – und eine weitere, mir vage bekannte männliche Stimme.

Moment einmal.

Das kann nicht sein. Kann es das?

Als ich in die Küche komme, ähneln meine Augen zweifellos denen dieser Goldfische mit den Glubschaugen.

Es ist, wie ich dachte.

Aus irgendeinem unerfindlichen Grund sitzt Aqua-Arschloch hier am Tisch.

KAPITEL
Vier

Iᴄʜ ꜱᴛᴀʀʀᴇ ihn mit offenem Mund an, betrachte sein langes, golddurchwirktes Haar, seine breiten Schultern, seine vollen, sexy Lippen …

War er neulich *so* verdammt heiß? Nein, das kann nicht sein. Zum einen ist er heute schicker gekleidet: Er trägt eine khakifarbene Hose und ein weißes Polohemd, das die kräftige, gebräunte Linie seines Halses hervorhebt und die Wölbung seines kräftigen Bizeps betont. Trotz meiner starken Abneigung gegen den Mann – und hoffentlich nicht deswegen – will ich, dass er mich ins Gästezimmer zerrt und mich hart fickt, wie ein Delfin.

»Was zum Teufel macht er hier?«, frage ich niemand Bestimmten.

Oma grinst mich an. »Du hast mich darauf aufmerksam gemacht, dass ich eine schlechte Nachbarin war, also habe ich die Situation bereinigt.«

Ich hätte es wissen müssen. Sie hatte dieses

Leuchten in den Augen, als ich von Aqua-Arschloch sprach.

Apropos Mr. Arschloch. Er schaut von seinem Teller auf, und seine blaugrünen Augen verengen sich auf meinem Gesicht. »Das ist die Enkelin, von der Sie gesagt haben, dass sie dazukommen wird?«

Warum ist auch *das* sexy? Bei Cthulhus mächtigen Schwingen, jemand sollte diesem olivenfressenden Delfin etwas Viagra geben.

Bevor sich meine Geilheit in meinem Gesicht zeigt, wende ich mich demonstrativ ab. »Genießt euer Essen. Ich bin raus.«

Meine Großmutter schnappt theatralisch nach Luft, als hätte sie durch das Leben in Florida die berühmte Gastfreundschaft der Südstaaten verinnerlicht.

Ein kratzendes Geräusch lässt mich zurückschauen.

Aqua-Arschloch ist jetzt aufgestanden. »Nein. Sie sollte mit ihrer Familie essen. Ich werde gehen.«

Ich rolle mit den Augen. »Sie ist noch hier.«

Opa steht auf, und sein Gesicht wirkt aufgebracht. »Gia hat den ganzen Tag an diesem Essen gearbeitet. Ihr seid erwachsen. Könnt ihr nicht wenigstens eine Stunde lang so tun, als hättet ihr Benehmen?«

Karpfenmist. Er hat nicht ganz Unrecht.

Sogar Aqua-Arschloch sieht gezüchtigt aus – und das sind nicht *seine* Großeltern.

Gut. Ich werde mich zusammenreißen. Aber kann ich mit diesem Kerl zu Abend essen, ohne ihm eine Ohrfeige zu geben – oder sein schönes Gesicht abzulecken? Oder dass meine Großeltern etwas tun, durch das ich vor Scham sterben möchte?

Unwahrscheinlich, aber ich habe keine andere Wahl.

»Ich bleibe, wenn er verspricht, meinen Kraken nicht zu erwähnen.« Trotz der Schuldgefühle kommt der Satz bockig rüber.

Aqua-Arschloch setzt sich wieder hin. »Keine Kraken. Wir können auch die Erwähnung aller Meeresbewohner vermeiden, nur für den Fall, dass es Ihr empfindliches Gemüt beleidigt.«

»Abgemacht«, sage ich. »Wir können auch auf Gespräche über Hot Dogs und Tofu verzichten.«

Er schmunzelt. »Nicht nötig. Ich kann damit umgehen, über mein Haustier zu reden.«

Opa setzt sich seufzend wieder hin und murmelt etwas wie »Kinder«.

Ich antworte nicht auf Grandpas Stichelei, denn mein geniales Gegenargument lautet: »Er hat angefangen.« Stattdessen lächele ich unseren Gast freundlich an. »Wie sieht es mit Nachrichten aus?«

Das Grinsen lässt nach. »Was ist mit ihnen?«

»Könnten Sie es verkraften, wenn ich hier am Esstisch ein paar Nachrichten vorlese? Das ist eine Familientradition.«

»Nein, ist es nicht«, sagt Opa.

»Das Gegenteil könnte der Fall sein«, sagt Oma.

»Es ist in Ordnung.« Aqua-Arschloch fährt sich mit der Hand durch sein langes Haar mit den Sonnensträhnen. »Wir können über jede Nachricht reden, über die Sie reden möchten.«

Starre ich zu sehr auf seine Haare? Schnell ziehe ich mein Handy heraus und suche nach ein paar Geschichten, mit denen ich ihn aufziehen kann.

Gerade als ich aufschaue und meinen Mund öffne, um etwas zu zitieren, meldet sich Oma zu Wort. »Wie wäre es, wenn wir essen, bevor wir reden?«

Als ob ich auf diesen Moment gewartet hätte, macht mein verräterischer Magen ein Geräusch, das wie *füttere mich* in Walsprache klingt.

Gut.

Ich suche den Tisch nach etwas ab, das ich mir in den Mund schieben kann, etwas Essbares, das nicht die Aqua-Männlichkeit ist, für die sich meine Wunderpus entscheiden würde.

Zu meinem Leidwesen ist heute der wöchentliche Fischtag meiner Großeltern – etwas, was Großvaters Arzt empfohlen hat. Das nervt. Ich hatte richtig Lust auf Fleisch, aber wie der Name schon sagt, gibt es am Fischtag nur gebratenen Lachs auf dem Tisch – für mich nutzlos, denn ich folge dem Motto der Hai-Selbsthilfegruppe aus *Findet Nemo*: Fische sind Freunde, kein Essen.

Die gute Nachricht ist, dass Oma einige meiner Lieblingsbeilagen zubereitet hat: Quinoa mit Pilzen, Reispilaw mit Datteln und Tortilla-Chips mit Salsa und Guacamole. Es gibt auch einen großen Salat, aber den meide ich. Das Letzte, was ich will, ist, Opa einen Grund zu geben, auf meine Kosten Witze über Olivenöl zu machen.

Ich bin mir nicht sicher, ob Aqua-Arschloch versucht, mich zu kopieren, um mich zu ärgern, oder ob er einfach keinen Lachs mag, aber auf seinem Teller liegen die gleichen Sachen wie auf meinem.

Als sie hört, wie ich die Chips knabbere, nickt Oma

zustimmend. »Gutes Mädchen. Darf ich euch beide vorstellen?« Sie deutet auf Aqua-Arschloch. »Olive, das ist unser Nachbar, Oliver. Oliver, das ist unsere Enkelin Olive.«

»Ja, ich weiß, was du denkst«, sagt Opa zu mir, bevor ich auf die Einleitung reagieren kann. »Er ist sogar noch oliver als du.«

Ich stöhne und verschlucke mich fast an meinen Chips.

»Ich mag den Namen Oliver«, sagt Oma. »Erinnert mich an Oliver Twist, einer meiner Lieblingsfilme.«

Ach? Ich dachte, in ihrem Lieblingsfilm kämen unanständige Tentakel vor. Jemand, der noch nie etwas von Charles Dickens' klassischer Geschichte gehört hat, könnte denken, dass das Wort *Twist* sich auf eine Art gewundenen Tentakel bezieht.

Olivers blaugrüne Augen glänzen amüsiert, und ich wünsche mir, dass er mich zum Winden bringen würde … im Bett.

»Ich wurde nach meinem Großvater benannt«, sagt er.

Opa schaut wehmütig. Er, mein Vater und mein anderer Großvater sind alle enttäuscht über den Mangel an Jungen in unserer großen Familie.

»Eine von Olives Schwestern ist nach mir benannt«, sagt Oma. »Und Gias Zwilling ist nach ihrer anderen Großmutter benannt.«

»Richtig«, sage ich, ohne die Bitterkeit in meiner Stimme zu verbergen. »Ich und mein Wurf von Sechslingsschwestern hingegen wurden aus einer Laune heraus benannt.«

Olivers Augen weiten sich auf die Größe von zwei Seen, aber bevor er etwas fragen kann, lacht Opa. »Es war nicht nur eine Laune. Ich glaube mich zu erinnern, dass deine Eltern im Olive Garden waren, als sie sich eure Namen ausgedacht haben. Es könnte ein Dirty Martini mit einer Olive im Spiel gewesen sein.«

Ich hoffe, das ist ein Scherz, obwohl ich mir das gut vorstellen kann. Ich habe eine Schwester namens Lemon, und ihr Name könnte durch ein Glas Wasser entstanden sein, das meinem Vater serviert wurde. Honey hat ihren Namen vielleicht bekommen, weil meine Mutter den in ihrem Tee haben wollte. Pixie, Blue und Pearl könnten ihre Namen einer Kellnerin mit einem Pixie-Haarschnitt und blauen Augen verdanken, die an diesem Tag eine Perlenkette trug. Schließlich mögen unsere beiden Elternteile *Die üblichen Verdächtigen*, besonders den Teil, in dem die Umgebung als Inspiration diente.

»Sie haben also insgesamt acht Enkeltöchter?«, fragt Oliver ungläubig.

Gut für diesen Florida-Mann. Er kann zählen. Zumindest bis acht.

»Ja«, sagt Oma und strahlt vor Stolz. »Das Zwillingspaar und die hexadischen Sechslinge.«

Sollte sie die Intelligenz eines Mannes aus Florida testen, indem sie ausgefallene Wörter mit griechischen Wurzeln wie *hex* verwendet? Und wenn sie schon einmal da ist, hätte sie dann nicht besser *Dyade* statt *Paar* sagen sollen, um konsequent zu sein?

»Was ist mit Ihnen?«, fragt Opa Oliver, der so aussieht, als ob er die Verrücktheit meiner Familie immer noch nicht verdaut hat. »Haben Sie Geschwister?«

Als er sich erholt hat, nickt er. »Zwei Brüder.«

Interessant. Ich frage mich, ob sie auch so gemeißelte Kiefer haben wie er. Und Augen wie …

Grr. Ich muss mich zusammenreißen. Ernsthaft, warum bin ich so scharf auf diesen Kerl? Es gibt viele andere, höflichere Fische im Meer.

Während ich mir den Mund mit Essen vollstopfe, ignoriere ich die Fragen meiner Großeltern an Oliver. Stattdessen werfe ich einen kurzen Blick auf mein Handy, um ein paar Geschichten über andere Florida-Männer zu lesen. Die Hoffnung ist, dass sie meine überaktive Libido eindämmen.

Osterhase verprügelt Florida-Mann – und es gibt ein Video davon. *Florida-Mann masturbiert im Walmart in Stofftiere.* Herrlich. Ein anderer hat versucht, einen Welpen zu erschießen, was schon schlimm genug ist, aber dann hat der Welpe versehentlich eine Pfote auf den Abzug gelegt und stattdessen den Mann erschossen, was typisch für Florida ist. Ein anderer Mann setzte sein Haus mit einer Bombe in Brand, die er aus einer Bowlingkugel gebaut hatte. Ein anderer stahl einen Krankenwagen aus einem Krankenhaus und fuhr ihn in den Schlamm. Ein anderer Typ aus Florida hat einer 88-jährigen Frau die Reifen aufgeschlitzt, weil sie auf seinem Lieblings-Bingosessel saß. Aber meine Favoriten sind: *Florida-Mann behauptet stolz, er sei der erste Mensch gewesen, der Sperma verdampft hat* und *Florida-Mann tanzt auf einem Streifenwagen, um »Vampiren zu entkommen«.*

»Was ist so lustig?«, fragt Oma.

Karpfenmist. Ertappt. »Ich habe gerade Geschichten über Männer aus Florida gelesen.« Ich schaue Oliver herausfordernd in die Augen – ein Fehler, denn jetzt möchte ich darin schnorcheln gehen.

Oma klatscht aufgeregt in die Hände. »Sind sie darüber, wie unglaublich attraktiv sie sind? Als wir hierhergezogen sind, dachte ich, dass hier irgendwas im Wasser sein muss.«

Hey, wenigstens hat sie nicht gesagt, dass sie sich wünscht, sie hätten Tentakel.

Ich überprüfe Opa auf Anzeichen von Eifersucht, aber er ist damit beschäftigt, seinen Teller leerzuessen – was hoffentlich nicht bedeutet, dass sie eine offene Ehe führen.

»Nein«, sage ich. »In diesen Artikeln geht es um Verbrechen.« Ich rezitiere die, die ich gerade gelesen habe, und füge hinzu: »Oh, und Männer aus Florida mögen wohl keine Autos.« Ich zeige auf meinen Bildschirm. »Einer schoss mit einer Muskete auf sie, während er als Pirat verkleidet war, während ein anderer nackt war und Steine nach ihnen warf.« Ich sehe, dass Oliver zusammenzuckt, also füge ich hinzu: »Apropos nackt – das sind sie oft, wie der, der einen Baum bestiegen und dann einen Polizisten geschlagen hat.«

Gut gemacht. Jetzt stelle ich mir den Florida-Mann mir gegenüber nackt vor, was zu einer Geschichte nach dem Motto *Unfair leckerer Florida-Mann zieht sich aus; alle umliegenden Eierstöcke explodieren spontan* führen würde.

»Hier ist es immer warm.« Oliver legt die Gabel

neben seinem leeren Teller ab und zieht die Augenbrauen zu einem grüblerischen Ausdruck zusammen, der nicht zu seinem Surfer-Aussehen passt. »Das macht es wahrscheinlicher, dass sich Idioten ausziehen. Das führt auch dazu, dass die Menschen mehr in der Öffentlichkeit unterwegs sind, was zu mehr Kriminalität führt. Ich wette, wenn es in anderen Staaten kalt ist – und das ist es die meiste Zeit –, hauen sie ihre Zimmerpflanzen um, anstatt einen Baum draußen.«

Cthulhu verfluche ihn. Er schafft es, während einer Debatte sexy auszusehen. Ich möchte die Falte zwischen seinen Augenbrauen mit meinem Finger glätten und dann diesen Finger ablecken. »Ich glaube nicht, dass das Wetter für die schiere Anzahl dieser Artikel verantwortlich ist.«

Er seufzt. »Das hat mehr mit dem Sunshine Law zu tun.«

Ich werde munterer. »Müssen die Leute Sonnencreme tragen? Da wäre ich voll dabei.«

»Lassen Sie sie bloß nicht mit der Sonnencreme anfangen«, sagt Oma zu Oliver in einem lauten, verschwörerischen Flüsterton. »Nicht, wenn Sie jemals wieder nach Hause oder in den Sonnenschein gehen wollen.«

Großvater lacht. »Das Sunshine Law steht für Transparenz. Es ermöglicht normalen Bürgerinnen und Bürgern einen einfachen Zugang zu öffentlichen Unterlagen.«

Oh nein. Wenn wir Opa in die Lokalpolitik – oder

überhaupt in die Politik – schicken, werden wir noch hier sein, wenn Cthulhu erwacht.

»Das ist richtig«, sagt Oliver. »Dieses Gesetz bedeutet, dass faule Reporter sofortigen Zugang zu Berichten von Verhaftungen und Fahndungsfotos haben.«

Will ich ihn mehr, wenn er selbstgefällig oder mürrisch ist?

Ich schaue auf mein Handy. »Habe ich schon die Geschichte erwähnt, in der ein mit einem Messer bewaffneter Florida-Mann versucht hat, seine imaginäre Freundin aus einem Müllwagen zu retten?«

Oliver schaut alle an, nur mich nicht. »Wir sind auch der drittgrößte Staat, und mehr Menschen bedeuten mehr Kriminalität.«

»Kommt auf die Leute an«, sage ich. »Habe ich schon den Fall erwähnt, in dem ein Florida-Mann seiner Schwester mit einem Luftgewehr in den Po geschossen hat, weil sie ihm einen Geburtstagskuchen in Penisform geschenkt hat?«

Oma klopft sich auf die Stirn. »Ich habe den Kuchen komplett vergessen.«

Sie springt auf und eilt zum Kühlschrank. Sie holt einen Käsekuchen heraus und bringt ihn feierlich zum Tisch.

Ich nehme mir ein großes Stück, während Oliver die Leckerei ignoriert und sich stattdessen einen großen Haufen Salat auftut.

»Der ist aus der Konditorei«, sagt Opa. »Was denkst du?«

Ich probiere den Kuchen. »Lecker. Er ist nicht so gut wie die, die man in New York bekommt, aber ...«

Oliver stöhnt, und wir schauen ihn alle an – ein weiterer Fehler meinerseits, denn meine Hormone könnten das nicht mehr lange aushalten. »Das ist so eine typische New Yorker Aussage.«

Ich schaue ihn finster an, mehr, um meinen Drang zu verbergen, mein Gesicht an seinen Bart zu schmiegen, als weil ich wütend bin. »Ist es das?«

»Wir haben die beste Pizza«, sagt er mit dem falschesten New Yorker Akzent, den ich je gehört habe. »Und die besten Bagels. Und Hot Dogs. Ganz zu schweigen von den Museen. Oh, und Pizza. Habe ich schon die beste Pizza erwähnt?«

»Nun ...« Ich schneide mit meiner Gabel ein weiteres Stück Käsekuchen ab. »Ist es unsere Schuld, dass die Dinge in New York wirklich besser sind?«

Während ich mir den Käsekuchen in den Mund schiebe, frage ich mich, wie dieser Kuchen wohl aussehen würde, wenn er die Form von Olivers Aqua-Männlichkeit hätte. Irgendetwas sagt mir, dass ich niemandem mit einer Luftpistole in den Arsch schießen wollen würde.

Oliver leert sein Wasserglas und schafft es, dabei frustriert auszusehen. »Wissen Sie, in welchen Staat die New Yorker in Scharen ziehen?«, fragt er. »Fünfzigtausend allein im letzten Jahr.«

Ich mache einen Kreis mit meiner Gabel. »Ich schätze, nach Florida?«

Er nickt. »Und gehen sie jemals zurück nach New York? Leider nein.«

»Wir würden nicht zurückgehen«, sagt Oma.

»Auf keinen Fall«, sagt Opa.

»Verräter«, sage ich und lasse es wie ein Husten klingen.

Oliver schiebt sich ein Stück Römersalat in den Mund und knabbert mit einer Begeisterung daran, die man sonst nur von Kuchen kennt. »Woher haben Sie so einen saftigen Salat?«, fragt er. »Ich möchte etwas davon für Betsy kaufen.« Ein warmes Lächeln umspielt seine vollen, leckeren Lippen, als er den Namen sagt. »Sie ist eine echte Salatexpertin.«

Grr. Es kostet mich all meine Willenskraft, nicht zu fragen: »Wer zum Teufel ist Betsy?« Die Welle der Eifersucht, die ich spüre, ist genauso irrational wie die Lust, die mein Hirn vernebelt hat. Trotzdem hofft ein Teil von mir, dass Oma die Frage für mich stellen wird.

Angesichts der wenigen Informationen, die ich erhalten habe, klingt Betsy, die Salatexpertin, dünner als ich und ein bisschen französisch. Ist es falsch, dass ich sie jetzt schon hasse, weil sie sich mit Ballaststoffen ernährt?

»Diesen Salat kann man nicht kaufen. Ich habe ihn selbst angebaut«, sagt Oma und strahlt mit genau demselben Stolz, wie sie ihm von meinen Schwestern erzählt hat. »Der Trick ist der Boden. Man muss Torfmoos und Kompost zu gleichen Teilen mischen und dann etwas Perlit, Wurmkot und MYKOS hinzugeben.«

Ernsthaft, Oma? Du hättest nur nach Betsy fragen müssen.

Das warme Lächeln ist zurück auf Olivers Gesicht. »Ich bin mir nicht sicher, ob ich es in den Mengen anbauen kann, die Betsy mag, aber danke für den Tipp. Ich habe meinen Kompost auf meinem Rasen verschwendet. Vielleicht ist es an der Zeit, dass ich einen Gemüsegarten anlege.«

Er kompostiert? Warum tut Betsy das nicht? Ist es sexistisch, anzunehmen, dass das bedeutet, dass sie nicht zusammenleben?

Wenn ich so darüber nachdenke: Wenn sie zusammenwohnen würden, hätte er sie dann nicht zu diesem Essen mitgebracht?

Opa runzelt die Stirn. »Wenn Sie einen Garten anlegen, achten Sie darauf, dass er hinter Ihrem Haus liegt, sonst wird die Wohnungseigentümergemeinschaft hinter Ihnen her sein.«

»Wirklich?« Oliver legt seine Gabel ab. »Wegen eines Gartens?«

Nun, das war ein großer Fehler. Eine gefühlte Stunde lang schimpfen meine Großeltern abwechselnd über die böse Wohnungseigentümergemeinschaft.

Irgendwann nutzt Oliver eine Pause in der Wohnungseigentümergemeinschaft-Tirade und steht auf, um seinen großen, muskulösen Körper zu strecken und mich erneut zum Sabbern zu bringen. »Es war mir ein Vergnügen, mit Ihnen zu essen.« Er schaut meine Großeltern an.

Schön. Er hätte genauso gut sagen können, dass es kein Vergnügen ist, mit *mir* eine Mahlzeit zu teilen – was auch in Ordnung ist. Das Gefühl beruht auf Gegenseitigkeit, vor allem, wenn man die Feuchtigkeit in meinem Höschen ignoriert.

»Olive, bitte begleite Oliver hinaus«, sagt Oma, und ihre Augen glänzen schelmisch.

Moment einmal. Will sie uns verkuppeln?

Ja. Der selbstzufriedene Blick, den sie Opa zuwirft, lässt vermuten, dass das alles Teil eines machiavellistischen Plans ist, um Urenkel zu bekommen. Ich wette, er ist bis ins Detail ausgearbeitet. Vielleicht war sogar der Tentakelporno ein Teil davon – ein Weg, um sicherzugehen, dass ich bei diesem Abendessen schön geil sein würde.

Aber nein. Ich habe ihn ihr gegenüber selbst erwähnt. Die Pornos waren davor.

Ich springe auf, bevor Oliver etwas Böses sagen kann, wie: »Ich kann mich selbst hinausbegleiten.« Das Problem ist nur, dass ich in meiner Eile über das Bein meines Stuhls stolpere und anfange zu fallen, wobei ich mit den Armen fuchtele wie der aufblasbare Wacky Waving Tube Man.

Starke Hände fangen mich auf, bevor ich mir den Kopf aufschlagen kann.

Ich rieche frische Meeresbrandung.

Wow. Das ist schön.

»Langsam«, sagt Oliver ein paar Zentimeter hinter mir und bestätigt damit, dass er tatsächlich derjenige ist, der mich aufgefangen hat.

Wut schießt durch mich, als ich seine Worte verarbeite. Ruckartig befreie ich mich aus seinem Griff. »Sagen Sie mir nicht, was ich tun soll.« Mein Atem geht schnell, und ich beiße die Zähne zusammen.

Bei Cthulhu, es sieht so aus, als ob ich nicht nur

getriggert werde, wenn mir jemand sagt, was ich anziehen soll. Was zu tun ist, steht auch auf der Liste.

Pfui Teufel. Vielleicht brauche ich ja doch eine Therapie wegen meines Ex.

»Gut.« Oliver dreht mir den Rücken zu. »Nächstes Mal fallen Sie einfach.«

Was für ein Gentleman.

Ich tue so, als würde ich ihn hinausbegleiten, und öffne sogar demonstrativ die Haustür und halte sie weit auf, wie ein Pförtner in einem Hotel.

»Danke«, sagt er, tritt heraus und bleibt direkt neben mir stehen. Er scheint es ernst zu meinen.

Wenn er so nah ist, riecht es stärker nach Meer, und es muss eine Art Pheromon enthalten. Entweder das – oder jemand hat mir eine Qualle ins Höschen geschmuggelt.

Meine Wut verblasst. Selbst wenn ich nicht Olive heißen würde, würde ich einen angebotenen Olivenzweig nicht ignorieren.

Ich schiebe die Tür zu und schenke ihm ein fast ernst gemeintes Lächeln. »Es tut mir leid, wenn die ganze Sache für Sie so durchschaubar war wie für mich.«

Seine Augenwinkel legen sich in Falten. »Sie meinen die Kuppelei Ihrer Großmutter?«

»Ja. Die.«

Er legt eine Hand auf seine Brust. »Ich habe Sie gar nicht bemerkt.«

Ich befeuchte meine plötzlich trockenen Lippen, aber es hilft nicht. Ich glaube, ich leide unter Dehydrierung durch Wunderpus. »Oma meint es gut, aber offensichtlich sind wir die schlechteste Partie aller Zeiten.«

Er starrt hungrig auf meine Lippen. »Offensichtlich?«

»Nun, ja.« Ich überprüfe die Glasscheibe der Tür, um sicherzugehen, dass Oma nicht herumschnüffelt. »Wir sind wie zwei Betta-Fische, die sich ein kleines Becken teilen.«

Er tritt vor und hüllt mich in noch mehr seiner nach Meer duftenden Pheromone ein. »Ist es wieder erlaubt, über kleine Aquarien zu reden?«

»Sehen Sie? Die schlimmste Partie aller Zeiten.« Ich widerstehe dem Drang, ihm eine Haarsträhne hinters Ohr zu streichen.

Er senkt seinen Kopf. »Wen versuchen Sie zu überzeugen?«

Ich spüre, wie ich zu ihm gezogen werde, wie eine Flutwelle zum Ufer.

Nein. Auf keinen Fall.

Mühsam trete ich einen Schritt zurück.

Er schaut einen Moment lang enttäuscht aus, dann blickt er hinter mich und grinst.

Als ich mich umdrehe, sehe ich Oma, die ihre Nase gegen das Glas der Eingangstür gedrückt hat.

Ich wusste, dass sie schnüffeln würde.

»Ich sollte gehen.« Olivers hungriger Blick liegt wieder auf meinen Lippen.

Ich widerstehe dem Drang, mir die Lippen zu lecken, und strecke meine Hand aus. »Schönen Abend noch.«

Mit einem sexy Grinsen streckt er die Hand aus, um die meine zu schütteln.

Bei Cthulhus Dopamin. Als meine Haut seine schwielige Handfläche berührt, schießt ein Stromstoß durch meinen ganzen Körper. Es erinnert mich daran, wie ich einmal einen Zitteraal berührt habe, nur dass jetzt nicht der Schmerz, sondern das Vergnügen meine Nervenenden durchströmt.

Aber genau wie bei dem Aal besteht die Gefahr, dass mein Herz stehenbleibt. Aber anders als bei dem Aal sind auch meine Eierstöcke in Schwierigkeiten.

Irgendwann zieht er seine Hand vorsichtig zurück.

Richtig. Sie gehört ihm, also ist das fair.

Wie betäubt sehe ich zu, wie er zu seinem Tesla geht, einsteigt und losfährt.

Es dauert nur drei Sekunden, bis er in der nahen Einfahrt parkt – am Haus mit den Sonnenkollektoren.

Ich schaue zurück zur Tür, als wollte ich meine Großmutter fragen, was gerade passiert ist.

Sie grinst wie eine Verrückte und ist offensichtlich keine Hilfe.

»Oh, Mann«, sagt sie, als ich wieder eintrete. »Das war enttäuschend.«

KAPITEL

Fünf

Wenn Oma so ist wie meine Schwestern, ist es die beste Strategie, sich zurückzuziehen.

»Wie seltsam«, sage ich. »Warum ist Oliver eine so kurze Strecke gefahren?«

Sie stemmt die Hände in die Hüften. »Weil er direkt von der Arbeit hierherkam. Netter Versuch, das Thema zu wechseln.«

Hinterhältige Oma, den Jobteil einzustreuen. Aus früheren Gesprächen weiß ich zufällig, dass sie strikt dagegen ist, dass Frauen mit Männern ausgehen, die keinen Job haben, es sei denn, *sie sind im Ruhestand, wie dein Großvater.*

Ich täusche ein Gähnen vor. »Wie spät ist es? Ich bin völlig kaputt.«

Oma stellt sich mir mit ihrem kleinen Körper in den Weg. »Nein. Wir reden über dieses katastrophale Date.«

Gut. Ich werde meine zweitbeste Strategie im Umgang mit einer Schwester anwenden – Verteidigung als Angriff. »Ein Date?« Ich lasse die Frage so entrüstet klingen, wie ich kann. »Wer hat gesagt, dass es okay ist, dass du mich so anbietest?«

Oma rollt mit den Augen, und es ist unheimlich, wie sehr sie meinen Schwestern in diesem Moment ähnelt. »Bitte. Ich habe nur einen Nachbarn zum Essen eingeladen. Die Dame – und diesen Begriff verwende ich jetzt sehr locker – protestiert zu viel.«

Ich stöhne theatralisch auf und erinnere mich dann daran, meine Vorfahren zu respektieren.

Ja. Man muss die Älteren respektieren, vor allem, wenn es schwerfällt.

»Oma. Er hasst mich«, sage ich, als ich meine reflexartigen Reaktionen unter Kontrolle habe. »Du hast es gesehen.«

Sie tätschelt ihre weißen Locken. »Was ich gesehen habe, war, dass er dich so ansieht, wie dein Großvater mich – als ob er dich mit Schlagsahne überziehen und die ganze Nacht lecken möchte.«

Wie kann ein und dasselbe Bild sowohl bezaubernd als auch ekelhaft sein?

»Hast du heute etwas als Vorspeise geraucht?«, frage ich. »Ich weiß, dass sie hier in Florida medizinisches Marihuana legalisiert haben, aber ich wusste nicht, dass du so hart feierst.«

»Ich habe nichts geraucht«, sagt Oma. »Ich habe vorhin ein paar mit Cannabis versetzte Ahorn-Chipotle-Erdnüsse gegessen, aber das ändert nichts an den Tatsachen.«

Wow. Ich habe nur Spaß gemacht. Meine Großeltern werden high? Ich habe das Gefühl, dass sich meine Eltern darüber freuen würden.

»Oliver und ich hassen uns«, sage ich fest.

»Das bezweifle ich.« Schließlich geht sie mir aus dem Weg. »Aber selbst wenn, kannst du ihn immer noch hassficken, oder nicht?«

Ich mache mich aus dem Staub, ohne diesen letzten Teil mit einer Antwort zu würdigen.

Doch während ich meiner Abendroutine nachgehe, zappelt Omas Idee wie ein Fischspulwurm in meinem Gehirn.

Könnte ich Oliver hassficken? Sollte ich? Würde das meine Lust stillen?

Nach langem Überlegen entscheide ich, dass es a) eine schlechte Idee ist und vor allem b) er sowieso nicht mitmachen würde – egal, was Oma dachte gesehen zu haben. Oh, und c) da ist Betsy. Wenn er ihr Mann ist und ich ihn hassficke, wird sie mich zu Recht hassen, und das ist eine seltsame Spirale des Hasses, mit der ich nichts zu tun haben will.

Das Schlimme ist, dass ich mich nicht im Geringsten müde fühle, weshalb ich eine Wiederholung der letzten Nacht befürchte.

Nun, vielleicht kann ich dem Ablauf heute einen Schritt voraus sein. Ich nehme den Tentakeldildo aus dem Nachttisch. Gilt es als Hassfick, wenn ich mich dafür hasse, dass ich mir Oliver beim Masturbieren vorstelle?

Aus den Augenwinkeln sehe ich, wie Beaky mit den Armen fuchtelt.

Ich lächele ihn an. »Hey, Kumpel, wolltest du kuscheln?«

Beaky wird weiß.

Ist das Aquarium nicht das Zentrum des Universums? Dreht sich das Universum nicht um das Aquarium? Kacken Seeanemonen nicht aus ihren Mündern?

Oh, da fällt mir ein, dass er gestern Abend keine Streicheleinheiten bekommen hat. Kein Wunder, dass er so begierig auf eine ist.

Vorsichtig öffne ich das Aquarium.

Beaky weiß, was los ist, und schwimmt an die Oberfläche.

Ich strecke meine Hand aus.

Er umschlingt sie mit zwei seiner Arme. Es fühlt sich an wie ein kitzelnder Kuss, wenn er mit seinen Saugnäpfen über meine Haut streicht.

Kraken können mit den zweihundertachtzig Saugnäpfen an jedem ihrer Arme tasten, schmecken und riechen. Die Saugnäpfe sind auch ziemlich empfindlich, deshalb versuche ich, nur vor dem Schlafengehen mit ihm zu schmusen, wenn ich sauber bin und keine unangenehmen Chemikalien in die Gleichung einbringe. Mein letzter Ex hat dieses Abendritual als obszön bezeichnet, aber ich sehe keinen Unterschied zwischen dem hier und einem Hund, der die Hand seines Herrchens ableckt.

Beakys intelligente Augen sind hypnotisierend.

Ich grinse, als ich mich daran erinnere, wie sehr er diesen Ex nicht mochte. Zumindest nehme ich an, dass er das Arschloch deshalb bei jeder Gelegenheit mit kaltem Wasser bespritzt hat.

Mit zwei weiteren Armen beginnt Beaky, mich in das kalte Wasser des Beckens zu ziehen.

»Tut mir leid, Kumpel«, sage ich, als ich mich zurückziehe. »So sehr ich es mir auch wünsche, ich kann nicht unter Wasser leben.«

Als er merkt, dass ich die Sache mit dem Nicht-Ertrinken ernst meine, lässt er mich mit einem der Arme los und streckt ihn schnell zum Nachttisch.

»Warte, nein!« Ich schreie auf, aber es ist zu spät.

Beaky ist schon auf dem Boden des Aquariums, den Tentakeldildo fest in seinem Griff.

»Gib das zurück.« Ich stecke meine Hand in das Wasser.

Beaky wird ganz schwarz und macht sich groß – eine Aggressionsdarstellung, die ihn wie den Umhang eines Vampirs aussehen lässt.

Ich ziehe meine Hand schnell weg. Dieselben Saugnäpfe, die meine Arme beim Kuscheln sanft *küssen*, haben das Potenzial, so fest zuzupacken, dass sie im besten Fall einen blauen Fleck hinterlassen oder im schlimmsten Fall ein Auge ausreißen.

Außerdem – obwohl ich bezweifele, dass Beaky mir das jemals antun würde – hat er einen Schnabel, der beißen und giftigen Speichel abgeben kann.

»Gut. Behalte ihn«, sage ich zu ihm.

Diese Unverschämtheit ist der Grund, warum wir jeden Tag die Sonne aufgehen lassen, egal, wie sehr man sie verabscheut.

Ich schüttele den Kopf, als Beaky herausfindet, wie man die Vibration des Dildos einschalten kann, und dann ein Kaleidoskop von Farben annimmt, während er dieses neue Spielzeug untersucht.

»Gewöhn dich nicht zu sehr daran«, sage ich. »Die Batterie wird irgendwann leer sein.«

Vielleicht kann ich aber auch etwas basteln, um die Batterie aufzuladen? Da der Dildo wasserdicht ist, wird er über ein Kabel mit einem Magneten an der Spitze aufgeladen.

Ich halte mich zurück und grinse. Sieht so aus, als hätten Beaky und ich gerade eine neue Form der Krakenunterhaltung gefunden – auch wenn andere darüber den Kopf schütteln würden. Ich kann mir nur vorstellen, was die Leute von Octoworld darüber denken würden ... und die Leute von Sealand sowieso.

Andererseits ist die Wiederverwendung von Spielzeug kein neues Konzept für mich. Viele Kinder- und Hundespielzeuge sind die Grundlage für meine Erfindungen. Allerdings habe ich mich noch nie so weit vorgewagt, menschliche Sexspielzeuge auf diese Weise zu betrachten ... aber vielleicht tue ich das jetzt.

Jetzt, wo ich darüber nachdenke, haben falsche Muschis sogar eine Menge Potenzial. Ihre Textur könnte alle Kopffüßer ansprechen, nicht nur Kraken.

Ich verschließe das Aquarium sehr sorgfältig wieder. Dieser Deckel ist meine stolzeste Kreation. Oktopusse haben keine Knochen, so dass sich selbst ein sechshundert Pfund schweres Exemplar durch eine Öffnung von der Größe eines Euros zwängen kann. Grundsätzlich gilt: Wenn der Schnabel passt, passt auch der Rest des Kraken.

Ich beobachte Beaky, wie er sich mit dem Dildo

vergnügt, und ein Teil von mir fragt sich, ob er ihn vielleicht wie ein Mensch benutzt – zum Masturbieren.

Es ist möglich, aber unwahrscheinlich, und zwar nicht, weil Beaky ein Männchen ist.

Die Fortpflanzung von Kraken ist ebenso faszinierend wie seltsam. Zum einen sind da die seltsamen Fortpflanzungsorgane. Anstelle eines Penis hat ein männlicher Krake einen speziellen Arm, den sogenannten Hectocotylus. Während der Paarung wird dieser Arm in einen der beiden Siphons am Mantel des Weibchens gesteckt – eine Öffnung, die auch für die Atmung, das Ausscheiden von Abfallstoffen und das Ausstoßen von Wasser zuständig ist, wenn der Oktopus schwimmen oder meinen Ex-Freund ärgern will.

Zweitens gibt es den sexuellen Kannibalismus, der häufig von den größeren Weibchen betrieben wird. Manchmal werden Männchen während des Sexualakts erwürgt, manchmal kurz danach. Manche Männchen entscheiden sich sogar dafür, dem Weibchen ihren gesamten Paarungsarm zu opfern, um zu entkommen. So viel zum Thema Swipen nach rechts.

Und hey, wenn ich ein Oktopus und größer als mein Ex gewesen wäre, hätte ich ihn auch erwürgt, weil er mich erniedrigt und mir gesagt hat, was ich anziehen soll – obwohl ich ihn nicht gegessen hätte. Andererseits schwimme ich auch nicht die ganze Zeit hungrig herum.

Die Arme um den Dildo geschlungen, schaltet Beaky die Vibration aus und dann wieder ein.

Dann findet er den Pulsmodus und lässt ihn eingeschaltet.

»Viel Spaß«, sage ich. »Ich werde schlafen gehen.«

Du sollst wissen, dass uns dieses letzte Angebot sehr gefällt, untertänige Priesterin. So würde es sich anfühlen, Cthulhus mächtigen Hectocotylus zu umarmen, gesegnet seien seine Flügel.

Das Wichtigste zuerst: Ich prüfe, ob ich die Morgensonne blockieren kann. Nein. Die Vorhänge sind eher dekorativ als funktional. Gut. Ich creme mein Gesicht und meinen Nacken mit Sonnencreme ein, dann mache ich das Licht aus und lege mich unter die Decke.

Hmm. Da der Dildo fehlt, habe ich nur noch eine Wahl – Old-School-Masturbieren.

Mit einer Willensanstrengung verbanne ich Oliver aus meinen Gedanken und schiebe meine Hand unter die Decke.

Karpfenmist.

Während ich mich selbst berühre, tauchen in regelmäßigen Abständen Bilder von Olivers Fingern – und von Aqua-Männlichkeit – auf, was den ganzen Vorgang noch heißer macht. Ich glaube, es gefällt mir, dass ich ein freches, schmutziges Mädchen bin, das tut, was es nicht tun sollte.

Erst nachdem ich endlich gekommen bin, verfluche ich meine verräterische Fantasie.

Das Schlimmste daran ist, dass ich trotz des Orgasmus nicht schlafen kann. Das sich abzeichnende Gespräch mit Davy – ich meine Dr. – Jones ist wieder in meinen Gedanken präsent.

Grr. Ich hätte mich vor dem Schlafengehen noch

etwas bewegen sollen, um müde zu werden. Offenbar ist es nicht genug, mich selbst zu hassen.

In meiner Verzweiflung fange ich an, in meinem Kopf Kraken zu zählen und schlummere irgendwann nach dreizehnhundert ein.

———

Ich bin völlig übermüdet, als ich am nächsten Tag zur Arbeit komme.

Um mich aufzuwecken, denke ich über die größte Herausforderung meiner Karriere nach: Unterhaltung für Seesterne.

Ich kratze mich am Kopf.

Was kann einer Kreatur Spaß machen, die kein Blut hat, sich mit kleinen Schlauchfüßen fortbewegt und ihren Magen durch das Maul schiebt, um zu essen?

Zum Beispiel könnte ich eine Hälfte des Seesternbeckens abdunkeln, während ich die andere Hälfte dem Licht aussetze. Diese Kreaturen haben Augen an den Enden ihrer Arme, und ich denke, wenn man Augen hat, kann man visuelle Reize unterhaltsam finden.

Ich bin schon halb fertig mit meinem kleinen Projekt, als sich jemand räuspert.

»Hey«, sage ich zu Aruba, als ich aufschaue. »Ich habe gerade an eine Bereicherung für Seesterne gedacht.«

Aruba rümpft die Nase. »Können sich Seesterne überhaupt langweilen?«

Ich seufze.

»Sehen die Delfine heute gelangweilt aus?«, frage ich.

Sie schüttelt vehement den Kopf. »Mr. Aberdeen hat mich gebeten, Sie zu suchen. Sie hat eine dringende Aufgabe von Dr. Jones selbst für Sie.«

Die ehrfürchtige Art, wie sie *Dr. Jones* sagt, lässt mich zusammenzucken.

»Danke«, sage ich. »Ich bin gleich da.«

Mit einem zufriedenen Nicken dreht sie sich auf dem Absatz um und geht hinaus.

»Ich komme gleich wieder«, sage ich dem Seestern und mache mich auf den Weg zu Roses Büro.

———

»Die Seekühe haben für Sie oberste Priorität«, sagt Rose statt einer Begrüßung, als ich ihr Büro betrete.

»Ach?«

»Dr. Jones glaubt, dass sie am Rande einer Depression stehen, und unsere übliche Bereicherung scheint nicht zu funktionieren.«

Ich stelle mir den allmächtigen Dr. Jones wieder wie Davy Jones vor, der seinen Krakenbart streichelt und einen strengen Gesichtsausdruck hat, als er erfährt, wie es um die Seekühe steht.

Ich streiche mit meinen Händen über meine Khaki-Shorts. »Was tun Sie zurzeit für sie?«

Sie reicht mir einen Ausdruck. »Es steht alles hier. Am besten fand ich, als wir Grünkohl in einen ausgeschnitzten Kürbis steckten und diesen an einem

Metallrohr befestigten. Das fanden sie toll, genauso wie eine Röhre, aus der Brokkoli ragte.«

»Die Futtersuche zu fördern ist großartig.« Ich überfliege die Liste. »Mal sehen, ob ich die Dinge auf eine andere Ebene bringen kann.«

»Toll«, sagt sie. »Das wird Ihnen helfen, wenn Sie morgen mit Dr. Jones reden. Er ist ein großer Fan von Seekühen.«

Ich lache. »Ich soll ihm also mit Seekühen Honig ums Maul schmieren?«

Sie begegnet meinem Blick, und ihr Gesichtsausdruck ist ernst. »Sie werden jede Hilfe brauchen, die Sie bekommen können. Aruba hat gerade eine E-Mail geschickt, in der sie vorgeschlagen hat, eine Gedenkstätte für Flipper einzurichten, was Dr. Jones zweifellos an diesen furchtbaren Vorfall erinnert hat.«

Karpfenmist. Und ich war diejenige, die Aruba an diesen Vorfall erinnert hat, indem ich nach Kraken fragte.

Ich springe auf. »Okay, ich bin bei den Seekühen, wenn Sie mich brauchen.«

Sie winkt, und ich mache mich auf den Weg zu ihnen, während ich die Sonnencreme auftrage.

Mein Telefon klingelt.

Ah. Eine Nachricht von Lemon und ich kann mir denken, was sie sagen wird.

Hey Cistern, wie geht's den Tits?

Grinsend schreibe ich zurück:

Meinen Titten geht es gut, danke der Nachfrage, aber ich mag es nicht, mit einer Zisterne oder anderen großen Objekten verglichen zu werden.

Die Antwort erfolgt sofort:

Funky autoerotische Erstickung.

Ich schnaube. Meine Autokorrektur macht auch Probleme, aber ihre scheint sich Mühe zu geben, böse zu sein.

Meintest du »fucking Autokorrektur-Arschloch«?

Sie antwortet mit einem Daumen nach oben und fügt hinzu: *Ich wollte dir sagen, dass Fabelhaft und ich heute Nacht kommen werden.*

Es wird einfach besser und besser.

Meinst du mit »fabelhaft« Fabio ... und mit »kommen« die Ankunft in Florida?

Fabio ist schwul, also ist es unwahrscheinlich, dass er in ihrer Nähe kommen will – oder in der Nähe irgendeiner Frau.

Sie antwortet mit einer unentzifferbaren Aneinanderreihung von Flüchen, die an ihre Autokorrektur gerichtet sind und von denen einige in Kauderwelsch umgewandelt werden.

Klingt so, als würden wir uns sehen, wenn du hier bist.

Ich lege mein Handy weg und sehe mich um.

Das Seekuhbecken ist riesig, so wie es sein sollte. Diese sanften Riesen wiegen mehr als eine Tonne und brauchen den Platz.

Ich suche mir ein schattiges Plätzchen und beobachte sie zunehmend fasziniert. Ich bin zwar kein Psychiater wie Rose, aber diese Tiere wirken auf mich nicht deprimiert, sondern nur gelangweilt. Sie amüsieren sich mit Tonnenrollen und Body-Surfing – der bezauberndste Anblick, abgesehen von meinem Tintenfisch, der seine Farbe ändert.

Ich hole mein Handy heraus und ergänze das, was ich bereits über diese Tiere weiß, mit ein paar Online-Recherchen, wobei ich mich speziell auf diesen Zweig der Familie konzentriere – die Florida-Seekuh, oder *Trichechus manatus latirostris*. Sie sind natürlich Meeressäugetiere. Sie sind sogar ein entfernter Cousin der Elefanten, was ganz nett ist.

Vielleicht könnte ich bei den Seekühen eine Elefantenanreicherung ausprobieren? Elefanten spielen zum Beispiel gerne mit Autoreifen und Riesenbällen.

Was noch? Oh, jetzt geht's los. Sie fressen zehn Prozent ihres massiven Körpergewichts an Meeressalat. Cool. Das bietet jede Menge Möglichkeiten, das Essen lustiger zu gestalten – etwas, was die Leute hier schon entdeckt haben. In einigen Artikeln werden Seekühe als *Manati* bezeichnet – was ein bisschen weniger nach Body Shaming klingt, obwohl der Name vielleicht eher eine Anspielung auf ihr Weiden und ihre sanfte Natur ist.

Eine nützliche Information ist, dass sie warmes Wasser mögen.

Vielleicht könnte ich ein Gerät bauen, das sie mit einem Strahl extrawarmen Wassers besprüht, wenn sie einen Knopf drücken? Oder noch besser: Könnten wir einen Whirlpool für sie bauen? Klingt teuer, aber wenn Dr. Jones sie so sehr mag, wird er vielleicht etwas mehr springen lassen?

Und noch etwas Nützliches: Trotz ihrer relativ kleinen Augen und Ohren haben sie ein ausgezeichnetes Seh- und Hörvermögen. Würden sie gerne fernsehen? Ich wette, sie würden es tun, vor allem, wenn ich mit interessanten Inhalten aufwarten kann, wie einem Naturprogramm über das Meer, einer Kochsendung über Salat oder, wo das *Gangnam-Style*-Video in einer Schleife läuft. Auch hier könnte der Preis ein Problem sein. Ein kleines Tablet würde für Kreaturen dieser Größe nicht ausreichen. Wir müssten wahrscheinlich einen Fünfundachtzig-Zoll-Fernseher wasserdicht machen und ihn in das Aquarium werfen.

Einige Fakten über Seekühe sind faszinierend, aber unbrauchbar. Am besten gefällt mir, dass sie manchmal mit Meerjungfrauen verwechselt werden. Da ich selbst eine angehende Meerjungfrau bin, macht mich das fast neidisch.

Auch Christoph Kolumbus hat sich dieser Verwechslung schuldig gemacht – kein Wunder bei einem Mann, der Nordamerika mit Indien verwechselt hat. Als er in der Nähe der Dominikanischen Republik drei Seekühe entdeckte, dachte er, er sähe Meerjungfrauen, und beschrieb sie als *nicht halb so schön, wie sie gemalt werden*. Hey, Kumpel, arme Seekühe sollten nicht nach den unerreichbaren Schönheitsstandards der Kunst des vierzehnten Jahrhunderts beurteilt werden. Damals zupften sich die Frauen noch die Haare aus, um die begehrten hohen Stirnen zu bekommen, die sie heutzutage literweise Regaine kaufen lassen würden.

Zum Glück sind moderne Frauen nicht so verrückt, ihren Haaransatz zu rasieren. Wir rasieren uns nur dort, wo es die Natur vorgesehen hat: Achseln, Beine, Bikinizone, Finger und Zehen.

Aber zurück zu den Seekühen. Seekühe haben

Zehennägel an ihren Brustflossen. Vielleicht können wir sie zur Pediküre bringen? Nein, schon wieder die Schönheitsnormen.

Sie sind auch dafür bekannt, dass sie extrem engagierte Mütter sind. Hmm. Vielleicht bedeutet das, dass sie gerne mit einem Baby-Seekuh-Spielzeug spielen würden? Das ist möglich, vorausgesetzt, ich finde ein wasserdichtes Spielzeug in der richtigen Größe.

Ich notiere mir diese Ideen und lasse mir für den Rest des Tages mehr einfallen.

———

Als ich am Abend nach Hause komme, schaue ich zuerst in der Küche nach, um sicherzugehen, dass Oliver nicht wieder da ist.

Nein. Diesmal essen wir nur zu dritt zu Abend, und ich weiß nicht, ob ich erleichtert oder enttäuscht bin.

Als wir mit dem Abendessen fertig sind, mache ich mir Sorgen über eine weitere schlaflose Nacht – bis ich mich an meine Idee erinnere, Sport zu treiben, um mich zu erholen.

Ja. Ich bin schon seit einigen Tagen in Florida und hatte noch keine Gelegenheit, zu schwimmen. Noch schlimmer ist, dass ich mein Meerjungfrauenkostüm noch nicht benutzt habe – ein Verlangen, dem ich nach der Arbeit mit den meerjungfrauenähnlichen Seekühen noch mehr nachgeben möchte.

Je mehr ich darüber nachdenke, desto mehr gefällt mir diese Idee. Die Sonne ist untergegangen, also brauche ich nur eine dünne Schicht Sonnencreme. Und niemand sollte jetzt am Strand sein, also muss ich das mit der Meerjungfrau nicht erklären.

Sobald das Abendessen vorbei ist, ziehe ich meinen Bikini an, wickele ein Tuch darüber und stopfe meinen Meerjungfrauenschwanz in einen speziellen Träger – einen umfunktionierten Gitarrenkoffer. Mit einem Schwanz zu laufen ist selbst für einen Meerjungfrauen-Profi wie mich zu Hardcore.

»Kaper«, sagt Opa streng, als ich das Garagentor öffne.

»Wo willst du hin?«

Ich schaue auf meinen kaum bedeckten Badeanzug hinunter. »Zum Strand.«

»Ich verstehe«, sagt er. »Ich komme mit dir mit.«

»Nein.« Ich unterstreiche meine Aussage, indem ich vehement den Kopf schüttele. Ich bin noch nicht bereit, mich vor meiner Familie als Meerjungfrau zu outen.

Er holt irgendwo eine Schrotflinte hervor. »Wenn das so ist, nimm die hier mit.«

Ich blinzele ein paarmal. »Opa, ich gehe zu einem privaten Strand in einer privaten Gemeinde.«

Er verengt seine Augen. »Nimm sie, oder ich verbiete dir, zu gehen.«

»Du kannst es mir nicht verbieten. Ich bin erwachsen.«

Seine buschigen Augenbrauen ziehen sich zusammen. »Du verhältst dich nicht so.«

»Weil ich mich weigere, Menschen mit einer Schrotflinte zu töten?«

Er seufzt. »Was ist, wenn ich sie mit Beanbag-Munition lade?«

Ich lege meinen Kopf schief. »Was?«

Er nimmt die Patronen aus dem Gewehr und ersetzt sie mit einer schnellen Bewegung durch einen anderen Satz. »Beanbag-Munition ist eine spezielle nicht-tödliche Munition. Die Polizei benutzt sie bei Unruhen. Sie setzen deinen Angreifer außer Gefecht, halten ihn aber am Leben. Normalerweise.«

Ich beobachte die blöde Waffe. »Ist es legal, dass ich sie bei mir trage?«

Er drückt mir das Ding in die Hand. »Wen interessiert das? An diesem Strand wird niemand sein, der dich in Schwierigkeiten bringt.«

»Wozu eine Waffe, wenn niemand da ist?«, murmele ich, aber er ist schon weg.

Mit einem Seufzer verstaue ich die Schrotflinte in meinem Meerjungfrauenschwanzträger und mache mich auf den Weg. Einen kurzen Spaziergang später bin ich am Strand, der so leer ist, wie ich gehofft hatte. Das Wasser ist heute Abend bewegt, aber ich bin eine gute Schwimmerin, und es gibt hier selten reißende Strömungen.

Meerjungfrauenschwimmen, ich komme.

KAPITEL
Sechs

WIE SO OFT, wenn ich das vorhabe, spüre ich ein aufgeregtes Flattern in meinem Magen, das mich daran erinnert, wie sich hungrige Piranhas verhalten, wenn man ihnen ein saftiges Stück rohes Fleisch zuwirft.

Ich liebe Meerjungfrauenschwimmen, aber es gibt zwei Gründe, warum ich es nicht häufiger mache. Der offensichtliche ist, dass nicht jeder das Tragen eines Schwanzes versteht, und der weniger offensichtliche ist, dass es mich aus irgendeinem Grund geil macht, das zu tun. Und ich meine *sehr* geil – fast so sehr wie neulich Oliver zu sehen. Ich habe keine Ahnung, warum das so ist, und ich bin nicht bereit, einen Therapeuten aufzusuchen, um das herauszufinden.

Ich schlüpfe aus meinen Flip-Flops und nehme sie in die Hand, während der noch warme Sand angenehm zwischen meinen Zehen knirscht. Ich bleibe weit genug von der Brandung entfernt stehen, um sicherzugehen, dass meine Sachen nicht weggeschwemmt werden, nehme mein Tuch ab und ziehe den Schwanz heraus.

Verdammt. Könnte ich noch durchgeknallter sein? Allein mit meinen Beinen in den wasserdichten Stoff des Schwanzes zu schlüpfen ist eine extrem sinnliche Erfahrung – so als würde ich tausendmal sexy Unterwäsche anziehen.

Ich ignoriere meine Libido, sichere meinen Schwanz und überlege, wie ich am besten ins Wasser komme. Meine Optionen sind, zu hüpfen, zu krabbeln oder in winzigen Schritten zu gehen, als ob jemand kurz davor steht, sich in die Hose zu machen. Als ich an einem Meerjungfrauen-Schwimmkurs teilnahm, fand er in einem Schwimmbecken statt, so dass wir aus Sicherheitsgründen ins Wasser krabbelten. Da der weiche Sand meinen Sturz abbremsen würde, wenn ich das Gleichgewicht verliere, entscheide ich mich in diesem Fall für das Hüpfen, weil ich so schneller an mein Ziel komme.

Ich hüpfe einmal, zweimal. Beim vierten Sprung spüre ich das kühle Nass des Atlantiks durch meinen Schwanz, als mich eine Welle zum Stolpern bringt und ich direkt ins Wasser falle.

Lachend finde ich mein Gleichgewicht wieder und beginne zu schwimmen, wobei ich, so wie es mir beigebracht wurde, meine Körpermitte einsetze, während mein Schwanz und meine Arme gegen das Wasser drücken.

Jetzt geht's los. Ich fühle mich schwerelos und frei, und es ist wie ein Geschmack aus der Kindheit … zumindest, wenn ich ignoriere, wie wahnsinnig erregt ich bin.

Sobald ich mich genug bewegt habe, werde ich

vielleicht den Schwanz ein wenig herunterziehen und ein bisschen Zeit mit meiner Wunderpus verbringen. Keiner würde es merken.

Moment. Was ist das für ein Geräusch?

Ich schaue zum Ufer.

Es scheint niemand da zu sein. Aber vielleicht hebe ich mir das Polieren meiner Perle doch besser fürs Bett auf. Ich schwimme und schwimme, bis meine Core-Muskeln schmerzen.

Okay. Genug. Ich kehre zum Ufer zurück, und das Mondlicht erhellt meinen Weg. Als das Wasser flach genug ist, steige ich auf meinen Schwanz und hüpfe, aber eine Welle wirft mich um.

Gut ...

Ich fange an, halb zu schwimmen, halb zu kriechen, und bin schon halb aus der Brandung, als eine neue Welle kommt, die *etwas* trägt.

Ich blinzele und gehe im Geiste alle Haiarten durch, die in Florida heimisch sind.

Uff.

Es ist kein Hai. Als das Wasser zurückweicht, erkenne ich ein Surfbrett mit einem Mann darauf.

Und nicht nur irgendeinem Mann.

Oliver.

Nur mit einer Badehose bekleidet.

KAPITEL
Sieben

DIE ZEIT VERLANGSAMT SICH, während ich jede einzelne Rille von Olivers im Mondlicht glitzernden Muskeln bestaune. Ich stelle mir vor, dass Poseidon so aussieht, wenn er aus dem Meer aufsteigt und sein langes, nasses Haar bis zu seinen kräftigen Schultern herabfällt. Oder Aquaman. Ja, definitiv Aquaman. Die Ähnlichkeit ist so groß, dass ich fast erwarte, dass sich das Surfbrett unter ihm in den Karathen verwandelt.

Er bemerkt mich auch, und ein erschrockener Blick huscht über seine Züge.

Meine Herzfrequenz verdoppelt sich. Ich habe keine Ahnung, was ich tun soll, also bleibe ich an Ort und Stelle, so dass mein Schwanz unter dem Wasser versteckt bleibt.

»Hi«, sagt er und gleitet über die Brandung auf mich zu, entweder um zu hören, was ich sage, oder um zu sehen, ob meine Eierstöcke bei seiner Nähe explodieren – was sie vielleicht tun.

»Surfen Sie ruhig weiter.«

Ja, das ist mir gerade herausgerutscht. Zu meiner Verteidigung muss ich sagen, dass mir schon von dem Meerjungfrauenschwanz heiß war. Wenn ich seine fast nackte Schönheit sehe, ist es ein Wunder, dass mein Gehirn noch funktioniert und ich meinen Kehlkopf bewegen kann.

Er bleibt in Leckdistanz stehen, und das Mondlicht tanzt in seinen Augen. Seine Stimme ist leise und tief. »Möchten Sie, dass ich gehe?«

Ich schüttele den Kopf und zwinge mein Gehirn, zu funktionieren. »Nein. Entschuldigung. Ich glaube, ich habe *Findet Dorie* einmal zu oft gesehen.«

Ein Grinsen umspielt seine sexy Lippen. »Ich verstehe … Kelpcake.«

Heilige Makrele, das ist eine Anspielung auf Dorie. Kelpcake ist in der englischen Version der Kosename, den Dories Vater für sie benutzt. Jetzt muss ich ihn ficken. Und nicht nur hassficken – nicht, wenn er auch ein Fan von *Findet Dorie* ist.

»Also.« Er schiebt sein Board zur Seite und kommt näher. In seinen Augen glitzert Belustigung, aber auch etwas anderes. Etwas, was mich an den Schwanz erinnert, den ich trage, und wie ich mich damit fühle. »Wie ist dieser Ort im Vergleich zu den Stränden in New York?«

Ich bin so abgelenkt von den Gefühlen, die meinen Körper durchströmen, dass ich eine Sekunde brauche, um seine Worte zu verarbeiten. Sobald ich das tue, versteift meine Wirbelsäule.

Wenn er die Sache mit New York gegen Florida wieder aufgreift, wird es vielleicht doch ein Hassfick.

»Die Strände von Far Rockaway sind toll, besonders zum Surfen.« Ich will, dass die Worte scharf klingen, aber stattdessen sind sie atemlos. Ich fahre mit der Zunge über meine Lippen und schmecke das Salz des Meeres.

Er starrt auf meine Lippen, und seine Nasenlöcher beben. »Sind sie nicht die meiste Zeit mit Schnee bedeckt?«

Mein Herzschlag beschleunigt sich, und ich spüre diesen Sog zu ihm hin, genau wie auf der Veranda meiner Großeltern. Meine Stimme ist noch atemloser. »Schnee oder nicht, man wird dort Surfer finden, wenn nötig in Neoprenanzügen. Verglichen mit ihnen sind die Surfer in Florida Weicheier.«

Apropos Nässe und Anzüge: Es ist ein Wunder, dass mir mein Meerjungfrauenschwanz nicht spontan vom Körper gerutscht ist.

Er beugt sich vor, und seine Stimme wird tiefer. »Eine echte New Yorkerin.«

Das war's. Ich kann es nicht länger aushalten.

Ich ergreife seinen Hinterkopf und ziehe ihn zu mir.

Unsere Münder prallen aufeinander wie zwei wilde Wellen. Ich ertrinke in meinen Gefühlen, wie ein kleines Schiff in einem Orkan. Seine Lippen sind weich, köstlich, und sein Bart leicht rau. Sein Geruch ist untrennbar mit dem des Meeres verbunden und genauso berauschend. Seine großen, warmen Hände wandern über meinen Rücken, während ich meine Handfläche über seinen Bauch gleiten lasse, sein nasses Haar knete und mit meinen Nägeln über seine Kopfhaut fahre. Stöhnend vertieft er den Kuss, seine

Zunge duelliert sich mit meiner und erforscht gierig jeden Zentimeter meines Mundes.

Ich bin noch nie so geküsst worden. Es ist, als würde ich verschlungen werden. Eingesogen. Und ich verschlinge ihn sofort zurück, wobei die Hitze in mir zunimmt, bis ich das Gefühl habe, dass der Ozean um uns herum kochen könnte.

Mit einem tiefen Knurren in der Kehle reißt er seine Lippen los. Sein Atem ist rau, seine Stimme rau. »Was machen wir hier?«

Atemlos und schwindlig vor Verlangen tue ich das, wovon ich geträumt habe, seit ich ihn zum ersten Mal gesehen habe. Ich schiebe meine Hand in seine Badehose und lege meine Finger um eine steinharte und beeindruckend dicke Aqua-Männlichkeit. Meine Stimme ist genauso heiser wie seine. »Frust ablassen?«

Sein Schaft zuckt in meinem Griff und versteift sich noch mehr, und seine Stimme sinkt um eine weitere Oktave. »Hast du ein Kondom?« Er schiebt seine Badehose nach unten und enthüllt eine Erektion, auf die selbst der mächtige Cthulhu stolz sein würde.

Zählt eine Schrotflinte mit nicht-tödlicher Munition als Schutz?

Benommen schüttele ich den Kopf. »Ich bin clean und nehme die Pille.«

Mein Schwanz fühlt sich an, als würde er meine Wunderpus ersticken und meine Beine zusammenhalten, obwohl ich sie gerne auseinander hätte. Ohne nachzudenken, beginne ich, mich aus dem Schwanz zu schieben.

Ein Teil von mir macht sich Sorgen, dass dies eine

Art machiavellistischer Plan ist, den Oliver ausgeheckt hat. Anstatt mich davon zu überzeugen, Beaky zu verkaufen, hat er sich vielleicht entschieden, einfach *mich* zu bekommen. Verheiratete Menschen teilen schließlich alles, sogar Tintenfische.

Moment. Verheiratet? Was denke ich …

»Ich bin auch sauber«, sagt er mit belegter Stimme. Dann wandert sein Blick zu meiner unteren Körperhälfte, die von einer zurückweichenden Welle enthüllt wird, und seine Kinnlade klappt herunter. »Was zum Teufel …?«

Oh Scheiße. Ich hatte nicht die Absicht, mich ihm als Meerjungfrau zu outen. Aber jetzt ist es zu spät. Ich hebe mein Kinn an. »Was? Hast du noch nie einen Meerjungfrauenschwanz gesehen?« Als ich es endlich schaffe, mich aus ihm herauszuwinden, werfe ich ihn mit meiner ganzen Kraft im Arm ans Ufer, gerade außerhalb der Reichweite der Wellen.

Er tut das Gleiche mit seiner Badehose und schiebt sein Surfbrett ebenfalls in dieselbe Richtung, um es aus den Wellen zu holen. »Warum?«

»Lange«, ich lasse meine Hand an seinem Schwanz auf und ab gleiten, »Geschichte. Bist du sicher, dass du reden willst?«

Seine Antwort ist ein weiterer verschlingender Kuss, der mir den Atem raubt und dafür sorgt, dass sich der kühle, nasse Sand unter meinem Hintern wie Magma anfühlt.

Kluger Mann.

Er lässt heiße, beißende Küsse auf meinen Hals und mein Schlüsselbein regnen.

Habe ich klug gesagt? Ich meinte genial.

Er zieht mein Bikinioberteil hoch, seine Lippen wandern hinunter zu meinen Brüsten, und seine heiße, feuchte Zunge streicht über meine Brustwarzen. Ich habe das Gefühl, dass ich gleich durchdrehe. Schwer atmend rolle ich mich auf ihn. Seine harten Körperteile pressen sich in meine weichen, und ich habe noch nie etwas so sehr in mir gewollt. Meine Brustwarzen könnten Stahl durchbohren, und in meiner Klitoris ist genug Blut, um sie so hart wie eine Perle zu machen – mein Lieblingseuphemismus dafür.

»Bereit?« Ich keuche und lehne mich hoch, damit ich ihn dahin schieben kann, wo ich ihn brauche.

»Scheiße, ja«, grunzt er, aber dann versteift er sich, und seine Augen weiten sich.

Karpfenmist. Habe ich seinen Schwanz gekratzt? Besorgt rolle ich von ihm herunter, als er anfängt, wie wild zu fluchen.

»Was ist denn los?«

Er rollt sich auf den Bauch und zeigt auf seinen strammen Hintern. »Es brennt.«

Sein Arsch *brennt*? Klingt, als bräuchte er einen Proktologen.

Dann entdecke ich sie.

Eine große Qualle.

»Das ist eine Seenessel«, sage ich eindringlich. »Giftig.«

»Scheiße.« Er schaut über seine Schulter. »Du hast recht.«

Ich springe auf und eile zu meiner Meerjungfrauenschwanztasche, um darin nach etwas zu kramen, mit dem ich ihm helfen kann.

Nichts.

Nun, fast nichts. Es gibt die Schrotflinte. Ich schnappe sie mir und eile zurück.

Sein gequälter Gesichtsausdruck verwandelt sich in einen verwirrten. »Willst du mich erschießen?«

Ich rolle mit den Augen. »Ja. Ich dachte, ich erlöse dich von deinem Elend.« Ich trete näher. »Ich will den Lauf benutzen, um die Quallen wegzuschieben, bevor du noch mehr gestochen wirst, und um die Tentakel zu entfernen, falls sie noch dranhängen. Ist das in Ordnung?«

Er nickt und zieht eine Grimasse, während ich den Worten Taten folgen lasse.

»Es könnten Nesselzellen in deiner Haut sein, also fass sie nicht an«, sage ich, als ich sicher bin, dass die Qualle ihm nichts mehr anhaben kann.

»Was soll ich also tun?«

»Wie wäre es, wenn wir dich aus dem Wasser holen, falls noch eine Qualle auftaucht?« Ich helfe ihm, ans Ufer zu krabbeln. »Lass mich mal sehen.«

Ich hocke mich über seinen Hintern und kneife die Augen zusammen. Oh Mann. Seine linke Pobacke sieht gar nicht gut aus.

Weil ich mir nicht sicher bin, was ich tun soll, puste ich vorsichtig darauf. »Ist das besser?«

Er beißt die Zähne zusammen. »Nein, aber wenn du eine Zigarette hast, könntest du versuchen, mir Rauch in den Arsch zu blasen.«

Ich schaue mich nach seiner Tasche um, aber ich sehe sie nicht. »Hast du ein Telefon dabei?«

»Nein.« Mit einem Grunzen stützt er sich auf seine Ellenbogen. »Hast du Essig?«

Ich stelle sicher, dass meine Waffe von ihm weg zeigt, um nicht in Versuchung zu kommen, sie zu benutzen. »Ist das eine Anspielung auf meinen Namen?«

»Wovon zum Teufel redest du?«

Ich verenge die Augen. »Du weißt schon. Olivenöl und Essig gehören zusammen.«

Er sieht mich finster an. »Ich bin nicht in Stimmung für Witze oder Salate. Ich habe gehört, dass Essig bei dieser Art von Stichen hilfreich sein kann.«

»Oh. Entschuldigung. Ich habe keinen Essig. Hast du welchen?«

»Nur mein Surfbrett.« Er zieht wieder eine Grimasse. »Ich habe auch gehört, dass der Ammoniak im Urin helfen kann. Könnte aber auch ein urbaner Mythos sein.«

Ich ziehe mich zurück. »Ich bin mir ziemlich sicher, dass das ein Märchen ist, aber wenn du es versuchen willst, werde ich wegschauen.«

Er räuspert sich. »Ich kann mir nicht auf den Hintern pullern.«

Moment, was?

Ich starre ihn ungläubig an. »Du willst, dass ich auf dich pinkele?«

KAPITEL
Acht

»WOLLEN IST NICHT DAS RICHTIGE WORT«, knurrt Oliver. »Ich will nur, dass der Schmerz aufhört.«

Karpfenmist. Mein Gesicht fühlt sich rot und heiß an. Einerseits ist er eindeutig verletzt. Andererseits sind wir noch nicht im Stadium des Natursekts angekommen.

In einer Baseball-Metapher für Sex würden wir von der vierten Base fast direkt zur zehnten kommen ... an einem regnerischen Tag.

»Okay«, sage ich zu meiner eigenen Überraschung. »Aber genieße es nicht.«

Er starrt mich wütend an. »Daran gibt es nichts zu genießen.«

Ich gehe auf ihn zu. »Gut. Sieh mich nicht an, wenn ich es tue, und wir werden danach nie wieder darüber sprechen.«

»Abgemacht.« Er liegt flach und versteckt sein Gesicht in den verschränkten Armen.

Ich nähere mich vorsichtig. »Halt dir auch die Ohren zu. Ich will nicht, dass du das hörst.«

Er stöhnt. »Wie wäre es, wenn ich laut singe, um das Geräusch zu übertönen?«

»Ja.« Ich schlüpfe aus meiner Bikinihose und hocke mich über seinen Hintern. »Das geht.«

Oliver beginnt mit einem tiefen, sanften Bariton zu singen, und ich erkenne den Text des Lieblingsliedes meines Vaters von Led Zeppelin, *When the Levee Breaks*.

Großartig. Ich bin mir ziemlich sicher, dass meine Eltern genau dieses Lied gespielt haben, als sie uns sechs Kindern das Töpfchen beigebracht haben.

Oh, na gut. Lasst die Heilung beginnen.

Es gibt nur ein Problem: Ich kann nicht auf Kommando pinkeln.

Ich strenge mich an, aber es kommt nichts heraus. Ich frage mich immer wieder, was wir sagen würden, wenn jemand in diesem Moment an den Strand kommen würde. Außerdem bin ich mir nicht sicher, wie gut ich den Fluss lenken kann. Es ist schon schlimm genug, dass ich ihm auf den Hintern urinieren werde, aber was ist, wenn jemand …

Nein. Ich darf keine stressigen Gedanken haben, sonst geht es nie.

Ich atme tief durch und höre der Brandung zu, aber das hilft nicht.

Ich stelle mir Wasserfälle, laufende Wasserhähne und fließende Flüsse vor …

Einfach schwimmen. Einfach schwimmen.

Endlich. Er beginnt – und landet zum Glück ungefähr dort, wo er soll.

Ich erinnere mich plötzlich an Betsy, die Salatliebhaberin. Ich kann nicht glauben, dass sie mir in der Hitze des Gefechts entfallen war. Würde Betsy ihn anpullern? Würde ihr vitaminreicher Urin besser wirken als meiner?

Olivers Lied wird lauter, und es könnte eine hysterische Note haben.

Ich für meinen Teil danke Cthulhu, dass ich heute keinen Spargel gegessen und genug getrunken habe. Es sei denn … mein Urin ist zu verdünnt, um richtig zu wirken?

Ich denke, wir werden es herausfinden.

Nachdem ich fertig bin, merke ich, dass ich kein Papier habe. Ich gehe zum Meer und reinige mich mit Meerwasser. Ich fühle mich irgendwie benutzt, obwohl es Oliver war, der angepullert wurde.

Apropos Oliver: Er singt immer noch.

Merkt er nicht, dass ich aufgehört habe?

Ich eile zurück und ziehe meine Bikini-Hose an. »Hey. Geht es dir besser?«

Er singt weiter.

Ich stoße ihn sanft mit einer Zehe an.

Er hört auf zu singen. »Bist du fertig?«

»Ja. Ich nehme an, du fühlst dich nicht anders?«

Er hebt seinen Kopf hoch. »Es fühlt sich immer noch wie ein Säurebrand an.«

Karpfenmist. »Vielleicht ist mein Urin zu verdünnt? Oder die ganze Sache ist doch nur ein Ammenmärchen.«

Mit zusammengebissenen Zähnen drückt er sich auf alle viere, und ich helfe ihm, aufzustehen.

Selbst verwundet und angepinkelt sieht er in seiner Nacktheit prächtig aus, und obwohl die Aqua-Männlichkeit nicht mehr hart ist, ist sie immer noch ziemlich groß.

»Ich gehe einfach nach Hause und nehme etwas Essig«, murmelt er.

»Clever« Ich schnappe mir seine Badehose und gebe sie ihm.

Er zieht eine Grimasse, als er sie ansieht. »Ich kann nicht.«

Ich blinzele. »Was kannst du nicht?«

»Es würde zu sehr wehtun, wenn der Stoff es berührt.«

Ich schlage mir fast mit seiner Hose auf die Stirn. »Natürlich nicht ... aber was dann?«

»Ich gehe so nach Hause.«

»Nackt?«, rufe ich. Mit gesenkter Stimme frage ich: »Wirst du nicht verhaftet werden?«

Er zuckt mit den Schultern. »Es ist nach Einbruch der Dunkelheit, und ich werde von einem Privatstrand in eine private Wohngemeinschaft gehen.«

Ich atme hörbar aus. »Juristische Probleme sind das Letzte, was du jetzt brauchst. Wie wäre es damit: Du hältst die Badehose vorne, und ich decke deinen Hintern mit dem Surfbrett ab.«

Er schnappt sich die Hose. »In Ordnung. Gehen wir.«

Ich hebe meinen nassen Schwanz auf und stopfe ihn zusammen mit der Schrotflinte in den Gitarrenkoffer. Ich hänge mir den Koffer über die Schulter, hebe das

Surfbrett auf und halte es vor mich. So gehen wir zurück, wobei ich ihn von hinten bedecke und mein Bestes tue, um beim Gehen nicht auf seine festen, muskulösen Gesäßmuskeln zu starren – was sich als Herausforderung herausstellt.

Als wir uns unserem Ziel nähern, bete ich zu Cthulhu und allen anderen Großen Alten, dass meine Großeltern mich nicht dabei erwischen, wie ich mit einem nackten Mann nach Hause gehe. Das würde ich mir mein Leben lang anhören müssen.

Endlich kommen wir bei seinem Garagentor an.

Er dreht seinen Hintern von mir weg und hält seine Badehose hoch, um sich zu bedecken. Sein Ton ist schroff. »Danke.«

Ich stelle das Surfbrett auf den Boden. »Brauchst du Hilfe beim Auftragen des Essigs?«

»Ich bekomme das hin.« Als ob er merkt, dass die Worte zu schroff klangen, schenkt er mir ein gezwungenes Lächeln. »Du bist zu freundlich.«

Ich grinse. »Für eine New Yorkerin, meinst du?«

Sein Lächeln wird schief. »Das alles tut mir leid. Ich werde jetzt gehen, wenn es dir nichts ausmacht.«

Oh, richtig. Ich halte ihn von der Schmerzlinderung ab.

Ich sollte mich einfach umdrehen und gehen, aber die Worte sprudeln wie von selbst heraus. »Kannst du mir eine SMS schicken, wenn du dich besser fühlst?«

Sonst werde ich mir die ganze Nacht Sorgen um ihn machen.

»Sicher«, sagt er. »Wie ist deine Nummer?«

Ich sage sie ihm, und er wiederholt sie ein paarmal, um sie sich einzuprägen. Als er sich abwendet, tippt er einen Code in ein Ziffernfeld neben dem Garagentor, und als sich das Tor öffnet, winkt er und verschwindet.

Verunsichert und doch seltsam beschwingt gehe auch ich nach Hause.

KAPITEL
Neun

WÄHREND ICH DUSCHE und mein abendliches Programm absolviere, gehe ich in Gedanken noch einmal alles durch, was passiert ist.

Ich hatte fast Sex mit Oliver gehabt – ein Gedanke, von dem mein Kopf beinahe explodiert.

Ich habe auf ihn gepinkelt – ein Gedanke, bei dem ich mich beinahe am Kopf kratze.

Das Ergebnis: Ich bin geiler als eine Schar männlicher Teenager auf einer Porno-Convention.

Nun, Masturbation wird schnell zu meiner bevorzugten Einschlafhilfe. Ein Orgasmus, der groß genug ist, könnte meine Angst vor dem morgigen Treffen mit Dr. Jones verstummen lassen – und Fragen wie *Was passiert, wenn ich Oliver das nächste Mal sehe?* beenden.

Apropos Oliver: Wie geht es ihm?

Ich suche mein Telefon und sehe eine SMS von einer neuen Nummer.

Hallo, hier ist Oliver. Der Essig hat gewirkt. Danke für deine Hilfe heute.

Ich speichere seine Nummer und antworte mit:

Keine Ursache. Ich wünsche dir eine gute Nacht.

Ich fühle mich beschwingt, als mir klar wird, dass ich ihm morgen wieder schreiben kann – natürlich nur, um herauszufinden, wie es ihm geht, aber wenn es zu etwas führt …

Okay, ich muss definitiv etwas von dieser sexuellen Energie abbauen, sonst rufe ich ihn heute Abend vielleicht noch an. Schließlich gibt es viele Stellen, an denen sein Hintern nicht gefährdet ist.

Hmm. Das kam irgendwie falsch rüber.

Bevor ich mich um mich selbst kümmere, gehe ich hinüber, um Beaky zu knuddeln.

Hm. Er ist um seinen Dildo gewickelt, aber das Ding vibriert nicht mehr.

»Wenn du ihn zurückgibst, lade ich ihn für dich auf«, sage ich, während ich das Aquarium öffne. »Ich habe noch nicht herausgefunden, wie man ihn im Aquarium auflädt.«

Ich bin mir nicht sicher, ob er es versteht oder ob ihm das Spielzeug inzwischen langweilig ist, aber er wirft es aus dem Becken, sobald der Deckel offen ist.

Erwecke das Zepter wieder zum Leben, die untertänige Priesterin, oder spüre die ganze Macht unseres schrecklichen Zorns.

»Ich mache es nach dem Kuscheln«, sage ich und strecke die Hand nach ihm aus.

Beaky *küsst* mich wie immer mit seinen Saugnäpfen,

und dieses Mal stiehlt er nichts. Zumindest nicht so, dass ich es mitbekomme.

»Morgen werde ich wissen, ob du ein Aquarium-Upgrade bekommst«, sage ich ihm, während ich sein Aquarium wieder verschließe.

Ich sehe, wie er den Dildo auf dem Boden betrachtet, also nehme ich das Ladegerät heraus, befestige die Magnete am Spielzeug und lege es in die Nähe des Aquariums, damit er weiß, dass er es fast in Reichweite hat.

Der Dildo beginnt mit einem blauen LED-Licht zu pulsieren, was anzeigt, dass er geladen wird. Beaky schaut wie hypnotisiert zu, dann färbt sich einer seiner Arme blau.

Okay. Jetzt ist es an der Zeit für mich. Ich schalte das Licht aus, aber bevor ich meinen Pyjama ausziehen kann, klingelt es an der Tür.

Mein Puls rast.

Hat sich Oliver genug erholt, um herüberzukommen und zu beenden, was wir angefangen haben?

Dann fällt es mir wieder ein.

Lemon sagte, dass sie und Fabio heute kommen würden. Karpfenmist. Wie konnte ich das nur vergessen?

Ich schalte das Licht wieder ein, ziehe mir einen Bademantel über meinen Schlafanzug und verlasse das Zimmer.

Ja. Oma küsst Fabio auf die Wange und Opa umarmt Lemon.

»Du hättest dich von mir abholen lassen sollen«,

sagt Opa, als er meine identische Schwester loslässt und Fabio die Hand schüttelt.

»Ich bin froh, dass ich das nicht getan habe.« Lemon umarmt Oma. »Unser Flug hat sich verspätet.«

Als Fabio mich entdeckt, schnaubt er. »Noch eine? Welche bist du?«

Ich rolle mit den Augen. »Olive. Du weißt schon, die, die dir erzählt hat, dass sie einen Job in Florida angenommen hat?«

Oma schaut Fabio an und schnalzt mit der Zunge. »Ich dachte, du wärst mit all meinen Enkelinnen befreundet.«

Fabio fährt sich theatralisch mit der Hand durch sein üppiges Haar. »Das bin ich, aber das bedeutet nicht, dass ich den Überblick über sie *Öle* behalten muss.«

Ich stöhne. Wenn er nicht gerade Witze erzählt, die älter sind als meine Großeltern, macht Fabio sich gerne über unsere Namen lustig. In der Highschool war es so schlimm, dass ich Make-up auf Puderbasis benutzte, um meine Stirn matt zu halten, in der Hoffnung, *Olivenöl*-Witze zu vermeiden. Und ich glaube, ich habe meine Jungfräulichkeit verloren, um die Variationen von *extra virgin* zu stoppen.

»Habt ihr Hunger?«, fragt Oma.

»Wir haben im Flugzeug gegessen«, sagt Fabio.

Oma schaut Opa an. »Haben wir nicht noch diesen Käsekuchen übrig? Du weißt doch, wie sehr die kleine Lemon Süßes mag.«

Opa grinst Fabio aus irgendeinem Grund an. »Entschuldigung. Wir haben *Öles* gegessen.«

Die beiden Männer ignorieren unser Stöhnen und geben einander High-Five.

Lemon schmollt. »Ich mag Süßigkeiten genauso gerne wie jedes andere Mädchen.«

»Sicher. So wie Popeyes Freundin«, Fabio nickt mir zu, »die Kraken genauso gerne mag wie jedes andere Mädchen.«

Ich verschränke meine Arme vor meiner Brust. »Hardy-har-har. Popeyes Freundin, Olivia Öl. Du bist so witzig.«

»Tut mir leid.« Fabio zeichnet ein Herz in die Luft. »Olive you.«

Das reicht. Ich zwicke ihm in den Bizeps, was ihn zum Quieken bringt.

Oma schüttelt den Kopf. »Hört auf, euch wie Kinder zu benehmen, und entscheidet, wer wo schläft.«

»Ich beanspruche das Bett im Gästezimmer«, rufen Lemon und Fabio unisono.

Ich grinse wie der Grinch. »Es macht euch also nichts aus, das Zimmer mit meinem Oktopus zu teilen?«

»Dann nehme ich die Couch«, ruft Fabio.

Lemon lässt die Schultern hängen. »Ich denke, ich nehme das Klappbett.«

»Tut mir leid«, sagt Opa. »Dein genialer Vater hat es irgendwie geschafft, es zu zerbrechen, als er mich bei seinem letzten Besuch mit deiner Mutter unaufgefordert massiert hat.«

Okay. Ich frage lieber nicht weiter nach. Ich bin nur froh, dass Opa Papa nicht wegen dieser Massage erschossen hat.

»Ich schätze, die Hyman-Schwestern machen eine Pyjamaparty«, sagt Fabio und geht zielstrebig aus der Kneifdistanz. »Wenn das Leben dir Zitronen gibt und so weiter.«

Lemon schlägt nach ihm, verfehlt ihn aber.

»Bist du sauer?«, fragt Fabio sie.

Lemon stöhnt. »Ernsthaft?«

Fabio ignoriert sie und sieht mich an. »Nimmst du immer noch deine Sonnencreme?«

Ich lege meinen Kopf schief. »Versteh das nicht als Drohung, aber Opa hat mir heute eine Waffe gegeben.«

Fabio setzt eine unschuldige Miene auf. »Ich wollte gerade sagen, dass du Lemon etwas geben solltest. Ohne sie schält sie sich die ganze Zeit.«

Lemon springt ihn an, und er rennt schreiend davon.

»Ich bin im Gästezimmer«, rufe ich in den Raum.

Oma und Opa wünschen mir eine gute Nacht, und ich gehe zurück in mein Zimmer und lege mich ins Bett.

Lemon kommt gleich zu mir. Sie kuschelt sich auf der rechten Seite des Bettes an mich und hält sich so weit wie möglich von Beakys Aquarium fern.

»Gute Nacht«, sage ich und mache das Licht aus.

»Nacht, Schwesterherz.«

Ich seufze und lege meinen Kopf ab.

So viel zu diesem Orgasmus.

KAPITEL
Zehn

ICH WACHE auf und habe wieder die Sonne im Gesicht.

Verdammter Sunshine State. Ich habe völlig vergessen, vor dem Schlafengehen Sonnencreme aufzutragen.

Und, wo ist Lemon?

Ich springe auf und gehe ins Bad, um mich dreifach zu schützen, bevor ich mich für die Arbeit anziehe.

Heute treffe ich Dr. Jones.

Als ich das Gästezimmer verlasse, höre ich vertraute Musik aus dem Wohnzimmer, also gehe ich dorthin.

Oma und Lemon sitzen vor dem Fernseher und schauen sich Ballett an. Der Musik nach zu urteilen ist es *Schwanensee*. Ich kenne sie aus dem Film mit Natalie Portman.

Meine Schwester Blue hat Glück, dass sie nicht hier ist und das sehen muss. Menschen, die sich als Vögel ausgeben, würden ihr sicher das Gehirn aus den Ohren quellen lassen.

Die beiden frühstücken gerade. Oma isst einen

Bagel, während Lemon Zerealien verschlingt, die verdächtig nach Schokokeksen aussehen, die in Schokoladenmilch ertränkt wurden ... und das alles mit Puderzucker bestreut.

»Ist er das?« Oma zeigt auf einen männlichen Balletttänzer auf dem Bildschirm.

»Ja«, sagt Lemon verträumt und schluckt ihren Sabber herunter. »Ich nenne ihn *den Russen*.«

Eine *Sex-and-the-City*-Referenz, natürlich. Sie mag diese Sendung sogar noch mehr als Süßigkeiten – und das will schon etwas heißen, denn sie ist kurz davor, entweder Diabetes zu bekommen oder sich in einen Weihnachtsmann zu verwandeln.

Oma schnalzt anerkennend. »Ich kann den Reiz erkennen.«

Das kann ich auch. Der Typ hat starke Gesichtszüge und das schönste Paar Beine in der Geschichte der Gliedmaßen. Aber noch besser ist die Ausbeulung in seiner Strumpfhose. Ich frage mich fast, ob das nicht auch eine Art von Porno ist.

Hey, ich würde Oma lieber dabei erwischen – als mit lila Tentakeln.

Ich räuspere mich. »Guten Morgen.«

Lemon dreht sich in meine Richtung. »Hey, Schlafmütze. Ich habe dich geschüttelt, als ich aufgewacht bin, aber du warst bewusstlos.«

Oma lächelt schelmisch. »Zweifellos hast du von deinem Nachbarn geträumt.«

Lemon unterbricht das Ballett. »Von dem, der gestern Abend nackt herumgelaufen ist?«

Oh, Karpfenmist. »Woher weißt du das?«

Omas Lächeln wird breiter. »Rentner sind neugierig. Du wurdest von einer Frau gesehen, die mit ihrem Hund spazieren ging, und sie hat es einer Freundin erzählt, die es mir erzählt hat.«

»Einem nackten Kerl hinterherzujagen.« Lemon gestikuliert mit ihrem Löffel. »Du bist so eine Samantha.«

»Ich habe ihn nicht gejagt und es ist nicht so, wie ihr denkt.« Leise murmele ich: »Leider.«

»Was denken wir?«, fragt Oma.

»Ich bin am Verhungern«, sage ich. »Und darf nicht zu spät zur Arbeit kommen.«

»Richtig. Ich mache dir Frühstück.« Oma verschwindet in die Küche, und Lemon und ich folgen ihr.

Während mir ein Omelett vorgesetzt wird, erzähle ich ihnen eine Version der Ereignisse der letzten Nacht, in der der Meerjungfrauenschwanz nicht vorkommt.

Lemon blickt mich mit großen Augen an. »Du hast ihm Natursekt gegeben?« Dann wird ihr Blick sauer. »Wie damals, als Carrie mit diesem Politiker zusammen war.«

Oma wirft ihr einen strengen Blick zu. »In diesem Haus werden keine Fetische verurteilt.«

Ich schaue sie beide an. »Es war kein Fetisch. Er hatte Schmerzen.«

Lemon grinst. »Sicher. Sicher. Das sagen sie immer. ›Oh nein, meine blauen Eier. Oh, nein, der Quallenstich.‹«

Um nichts Unfreundliches zu sagen, stopfe ich mir den Mund mit Eiern voll und nehme mir eine lange

Minute Zeit, um zu kauen und zu schlucken, während Lemon Oliver mit Adjektiven wie »köstlich« und »feuchtes Höschen« von Oma beschrieben wird.

»Warum bist du so früh aufgewacht?«, frage ich Lemon, in der Hoffnung, das Thema zu wechseln.

»Wir gehen an den Strand«, sagen Lemon und Grandma unisono.

»Ah. Schön früh, solange der UV-Index noch niedrig ist. Schlau.« Ich nehme meine Sonnencreme heraus und lege sie auf den Tisch. »Benutzt die unbedingt. Beide.«

Lemon öffnet die Tube und schnuppert daran. »Ekelhaft. Sie stinkt zu sehr.«

Oma und ich tauschen amüsierte Blicke aus. Lemons Geruchssinn ist in unserer Familie legendär – er könnte Hunde und Schweine in den Schatten stellen. Apropos Tiere und riechen: Ein Lebewesen, dessen erstaunlicher Geruchssinn nicht genug gewürdigt wird, ist der Hai. Der Zitronenhai kann sogar die kleinste Menge Blut im Wasser aufspüren – eine Tatsache, mit der ich meine süße Schwester bei passender Gelegenheit aufziehen werde.

»Wo ist Fabio?«, frage ich. »Und Opa, was das betrifft?«

Lemon rollt mit den Augen. »Sie sind zum Schießstand gegangen.«

»Hasst Fabio nicht eigentlich Waffen?« Ich schiebe mir den letzten Rest des Omeletts in den Mund.

Sie seufzt. »Nicht, wenn er mit Opa zusammen ist.«

Opa? Was um Himmels willen soll das bedeuten?

Oma lacht. »Der Junge ist ein bisschen verknallt. Aber kannst du es ihm verübeln?«

Igitt. Ich starre sie mit offenem Mund an. »Ja, ich kann es ihm verübeln. Das ist unser Opa!«

»Es ist auch wirklich eklig«, flüstert Lemon. »Ich könnte schwören, dass Begriffe wie ›Eisbär‹ und ›Daddy‹ in Bezug auf Opa erwähnt wurden.«

Ich stehe auf. »Um Cthulhus Willen, bitte erkläre mir nicht, was das bedeutet.«

Es ist ein Wunder, dass ich auf dem Weg zur Arbeit keinen Strafzettel bekomme. Das Gute daran ist, dass ich nicht zu spät zu meinem Treffen mit Dr. Jones komme. Aber ich bin so verschwitzt von der Hitze und der Angst, dass ich mir etwas anderes anziehen muss.

Ich habe noch ein paar Minuten bis zum Treffen, also laufe ich zu Roses Büro und bitte um eine neue Uniform.

»Hier.« Sie reicht mir einen Stapel. »Das sind fünf mehr.«

Bin ich so verschwitzt, dass sie denkt, ich brauche so viele?

»Danke«, sage ich.

»Viel Glück«, sagt sie, aber so, dass ich mir noch mehr Sorgen um das Treffen mit dem Big Boss mache.

Mit einem eiligen Dankeschön eile ich in die Damentoilette und ziehe mich um. Dann, gerade noch rechtzeitig, klopfe ich an die Tür von Dr. Jones' Büro.

»Miss Hyman?«, fragt eine gedämpfte Stimme an der Tür.

»Anwesend.«

Karpfenmist, warum habe ich das gesagt? Er macht keine Anwesenheitsliste während der Schulstunde.

»Bitte, kommen Sie rein.«

Ich betrete das Büro, und meine Knie werden leicht weich.

»Du?«, ruft eine bekannte Männerstimme. »Was machst du hier?«

Das von Dr. Jones' Gesichtszügen reflektierte Licht dringt in meine Netzhaut ein und wird von den Photorezeptorzellen absorbiert. Dann fährt ein elektrochemisches Signal Karussell, bis das Sehzentrum meines Gehirns registriert, was nicht wahr sein sollte.

Mein Mund wird trocken, während mein Herzschlag in die Stratosphäre schießt.

Dr. Jones ist der Mann, mit dem ich letzte Nacht fast geschlafen hätte.

Dr. Jones ist Oliver.

KAPITEL

Elf

Er sieht mich mit einem ebenso schockierten Gesichtsausdruck an.

Im Gegensatz zu den anderen Malen, an denen ich ihn gesehen habe, sind seine langen Haare zu einem Dutt zusammengefasst, aber es ist eindeutig er.

Wenn man einmal jemandem auf den Hintern gepullert hat, vergisst man das Gesicht nicht mehr. Oder den Po.

Außerdem trägt er das gleiche Outfit wie beim Abendessen mit meinen Großeltern: ein weißes Poloshirt und eine khakifarbene Hose. Wenn ich so darüber nachdenke, sieht sie fast genauso aus wie meine Uniform, nur mit Hosen anstatt mit Shorts. Die Hose muss so eine Chefsache sein – würdevoller, wenn auch weniger praktisch in der Hitze Floridas. Das Gute daran ist, dass sie seine Beine vor der Sonne schützen. Dann muss er dort die Sonnencreme nicht so oft nachschmieren.

Moment, warum denke ich an seine Hose?

Das ist eine Katastrophe.

Ich habe fast mit dem Big Boss geschlafen.

Und nannte ihn wiederholt Florida-Mann.

Und habe auf ihn uriniert.

Weil er verletzt war.

Karpfenmist. Das muss der Grund sein, warum er an seinem Schreibtisch steht, anstatt zu sitzen – oder er gehört einfach zu den Menschen, die versuchen, für eine optimale Gesundheit nicht zu viel zu sitzen. Sein Schreibtisch *ist* einer zum Sitzen und Stehen, was die letzte Theorie unterstützt.

Bevor ich es mir anders überlegen kann, platzt es aus mir heraus: »Wie geht es dir?«

Er kneift sich in den Nasenrücken, atmet tief ein und langsam wieder aus. Er lässt seine Hand sinken und schaut mich mit einem kühlen, blauen Blick an. »Ich habe das Gefühl, dass die Situation mit den Seekühen immer schlimmer wird, und ich würde gerne Ihre Ideen hören. Ich habe in einer Stunde eine weitere Besprechung, also sollten wir uns beeilen.«

Gut, okay. Ich sehe, wie es läuft. Er hat beschlossen, den Elefanten im Raum zu ignorieren, indem er sich auf die Arbeit konzentriert und über den Cousin des Elefanten, die Seekuh, spricht. Das, oder er liebt die Seekühe so sehr, dass alle anderen Themen im Vergleich dazu unbedeutend sind. Und hey, ich kann das nachvollziehen. Von den Millionen Sorgen, die ich jetzt habe – ob ich diesen Job behalten darf oder nicht –, ist die größte, was diese Enthüllung für Beakys großes Aquarium bedeuten wird.

Moment einmal. Beaky. Das muss der Grund sein,

warum er ihn kaufen wollte – um ihn hierherzubringen, wo er ein besseres Leben haben würde. Ich komme mir plötzlich dumm vor, weil ich gemein war.

»Miss Hyman.« Er sieht mich stirnrunzelnd an. »Werden Sie in der Lage sein, Ihre Pflichten zu erfüllen, oder …«

»Tut mir leid.« Ich schüttele den Kopf, um den restlichen Schock und die heimtückischen Hormone loszuwerden, die mich dazu bringen, die Falte zwischen seinen Augenbrauen mit meiner Zunge zu glätten. »Ich habe meine Gedanken gesammelt. Ich habe so viele Ideen für die Unterhaltung von Seekühen, dass ich gar nicht weiß, wo ich anfangen soll.«

Er wölbt eine Augenbraue. »So viele?«

Ich nicke. »Soll ich mit der billigsten oder der effektivsten beginnen?«

»Effektiv.«

Unter Aufbietung all meiner Professionalität stürze ich mich in die Arbeit, angefangen mit der Idee des Fernsehers im Aquarium. Er hört sehr konzentriert zu und stellt äußerst intelligente Fragen – und ich komme mir noch dümmer vor, weil ich nicht wusste, dass er ein Meeresbiologe ist.

Zu meiner Verteidigung sei gesagt, dass wir beim Abendessen mit meinen Großeltern vereinbart hatten, nicht über das Leben im Meer zu sprechen, und am Strand hatten wir auch nicht viel Gelegenheit, zu reden.

»Danke«, sagt er, als ich meine Liste beendet habe. »Ich möchte, dass Sie Ihre Ideen in der Reihenfolge ihrer Wirksamkeit umsetzen, beginnend mit dem

Fernseher. Die Lage ist ernst. Betsy hat heute Morgen nichts gegessen.«

Ich unterdrücke ein hysterisches Kichern. »Betsy ist eine Seekuh?«

»Nun ... ja.« Er runzelt wieder die Stirn. »Haben Sie gestern nicht den ganzen Tag mit ihnen gearbeitet?«

Ich zucke mit den Schultern. »Ich habe mir nicht angeschaut, wie sie heißen. Ich war zu beschäftigt ...«

Mit einem Seufzer reicht er mir eine Kreditkarte. »Nehmen Sie die, um den Fernseher zu kaufen.«

Als ich die Karte nehme, berühren sich unsere Finger, und ein Schwall sexueller Energie lässt meine Synapsen wieder durcheinandergeraten. Oliver zeigt keine Anzeichen dafür, dass er das auch spüren würde, und starrt auf seinen Monitor.

Karpfen fick mich. »Eigentlich gibt es noch eine Sache, die ich gerne besprechen würde.«

Er reißt seinen Blick vom Monitor los. Seine blaugrünen Augen sind verengt. »Wenn es um letzte Nacht geht ...«

»Mein Krake«, platze ich damit heraus. »Ich würde ihn gerne hier haben.«

Ich merke, dass er nicht über die letzte Nacht sprechen will, und das kann ich ihm nicht verübeln. Ich würde sie auch gerne aus meinen Erinnerungen streichen, aber leider habe ich keine Zeitmaschine.

Er schaut auf seine Uhr. »Mein nächstes Treffen ist ...«

»Sie haben sein aktuelles Aquarium gesehen«, sage ich mit erhöhter Dringlichkeit. »Sie haben es selbst gesagt. Er braucht ein viel größeres.«

Er seufzt. »Die Sache ist nicht so einfach.«

»Warum nicht?«

Er trommelt mit den Fingern auf seinem Schreibtisch. »Erstens haben Sie ihn gerade *Ihren* Kraken genannt. Haustiere sind bei uns nicht erlaubt.«

Ich weiß, worauf er hinauswill. Mir wird schwer ums Herz, aber ich zwinge mich, es zu sagen. »Wenn es die einzige Möglichkeit ist, ihm ein größeres Aquarium zu verschaffen, kann er Ihnen gehören.«

»Sealand würde ihn besitzen, nicht ich.«

»Ist das nicht das Gleiche?«

Er schüttelt den Kopf. »Sealand ist eine Gesellschaft – eine juristische und steuerliche Einheit, die nicht ich bin. Und das ist gut so. Wenn mir etwas zustoßen würde, würde Sealand weiterbestehen und Ihr Oktopus hätte weiterhin ein Zuhause.«

Mein Herz setzt bei der Vorstellung, dass Oliver etwas zustoßen könnte, einen Schlag aus. Und davon, dass ich von Beaky getrennt werde. Aber das ist das Beste für ihn.

»Okay«, sage ich. »Er würde Sealand gehören.«

»Das bedeutet auch, dass er dauerhaft hier wohnen würde, unabhängig von Ihrem Job.«

Ich merke, dass ich die ganze Zeit gestanden habe und meine Beine müde sind. Ich gehe hinüber zu dem Stuhl vor seinem Schreibtisch und setze mich. »Danke für die Klarstellung«, sage ich mit einer ordentlichen Portion Bitterkeit in der Stimme. »Ich verstehe. Beaky wird nicht mehr meiner sein.«

Ist das ein Aufflackern von Freundlichkeit in seinen

Augen? »Wir werden uns gut um ihn kümmern, das verspreche ich.«

Ich denke mir, dass jetzt nicht der richtige Zeitpunkt ist, um ihn daran zu erinnern, was mit dem letzten Kraken in Sealands Obhut passiert ist, also sage ich: »Ich werde den Deckel für sein Becken entwerfen. Das Letzte, was ich will, ist, dass er flieht und verletzt wird.«

»Hervorragende Idee. Machen Sie das zu einer Priorität, nachdem Sie den Seekühen geholfen haben.«

Ich stehe auf. »Danke.«

Sein Blick wird ein wenig wärmer. »Ich danke Ihnen, dass Sie die Situation mit den Seekühen so ernst nehmen.«

Tue ich das? Ich habe nur meine Arbeit gemacht. Aber ich mag diesen Blick in seinen Augen. Das ist so viel besser als die kühle, distanzierte Big-Boss-Maske, die er die meiste Zeit dieses Treffens getragen hat.

Es klopft an der Tür.

Das muss sein nächster Termin sein.

»Tschüss«, sage ich.

»Tschüss«, antwortet er, sein Gesichtsausdruck ist wieder unleserlich.

Ich reiße meinen Blick von seinem köstlichen Gesicht los und verlasse das Büro.

KAPITEL

Zwölf

DRAUßEN WARTET EIN UNBEKANNTER MANN, und ich sage ihm, dass Dr. Jones bereit ist, ihn zu empfangen.

Bevor ich verarbeiten kann, was gerade passiert ist, stoße ich mit Rose zusammen.

»Wie ist das Meeting gelaufen?«, fragt sie.

Ich erzähle ihr von Beaky und der Kreditkarte.

»Sie sollten Dex mitnehmen, wenn Sie in den Elektronikmarkt gehen«, sagt sie. »Ein großer Fernseher ist für Sie zu schwer, um ihn alleine zu tragen.«

Was sie zu sagen wollen scheint, ohne es zu sagen, ist: *Wenn seine Majestät, Dr. Jones, will, dass es getan wird, dann erledigen Sie es sofort.*

Gut. Ein kleiner Ausflug könnte mich nur davon abhalten, mir über meine bevorstehende Trennung von Beaky Sorgen zu machen – und darüber auszuflippen, dass Oliver Dr. Jones ist.

Ich bedanke mich und gehe hinüber zur Otteraction, wo ich meinem otteresken Kollegen erkläre, dass ich ihn für einen Einkaufsbummel brauche.

Dex lacht. »Fernsehen für Seekühe? Davon habe ich noch nie gehört.«

Ich beschließe, nichts zu erwidern. »Werden Sie mir helfen?«

»Sicher. Wir können den Firmenwagen nehmen. In der Nähe gibt es ein Einkaufszentrum.«

***

Ein Mitglied der Geek Squad hilft uns bei der Auswahl des Fernsehers.

»Er ist für den Außenbereich konzipiert und nach IP66 wasserdicht«, sagt er über ein robustes Modell.

»Das ist ein guter Anfang«, erwidere ich. »Wie viel kostet er?«

Der Preis, den er nennt, ist höher als bei einem normalen Fernseher dieser Größe, aber die Wasserdichtigkeit ist es wert. Außerdem ist es ja nicht mein Geld, das ich ausgebe.

»Legen Sie noch wasserdichte Lautsprecher drauf, die auch in einem Pool funktionieren, und wir nehmen ihn«, sage ich.

Er muss das mit seinem Filialleiter abklären, aber am Ende haben wir ein gutes Geschäft gemacht, denn ich hätte die Lautsprecher sowieso gekauft.

»Können Sie ihn in unseren Wagen laden?«, frage ich, als die Transaktion abgeschlossen ist.

Es gibt keinen Grund dafür, dass Dex und ich uns unnötig überanstrengen.

Die Jungs der Geek Squad helfen uns, und dann machen Dex und ich uns auf den Weg zum Baumarkt, wo ich Dichtungsmasse, Glasfaserharz, Schläuche zum Ummanteln von Kabeln und einen Haufen anderer Komponenten kaufe, mit denen ich den Fernseher und die Lautsprecher noch wasserdichter machen kann. Außerdem besorge ich alles, was ich brauche, um den Fernseher im Becken zu montieren und den Blickwinkel nach Bedarf einzustellen, sowie ein paar billige Dinge, mit denen ich einige meiner anderen, einfacheren Ideen umsetzen kann, darunter ein paar große Bürsten für einen Kratzbaum.

Während Dex uns zurückfährt, bereite ich mich darauf vor, etwas zu fragen, was mir durch den Kopf geht, seit ich erfahren habe, dass Oliver der Big Boss ist.

»Dex«, sage ich so beiläufig wie möglich, »wie streng ist die Personalpolitik in Bezug auf Dates?«

»Wahnsinnig streng.« Er wendet seinen Otterblick von der Straße ab und mustert mich kurz. »So verlockend es auch wäre, ich würde es nicht wagen, es zu riskieren.«

Ich rolle mit den Augen. »Kumpel. Ich wollte Sie nicht anmachen. Ich habe mich nur ganz allgemein gefragt.«

Er sieht aus wie ein Otter, dem gerade ein Flusskrebs weggelaufen ist. »Ihr Herz schlägt für die andere Mannschaft? Aruba ist heiß ... Es sei denn, Sie mögen sie älter, in diesem Fall R...«

»Das reicht«, sage ich. »Ich habe das Gefühl, dass Sie gerade gegen die Personalpolitik verstoßen.«

Apropos Personalpolitik: Gegen wie viele Regeln habe ich verstoßen, als ich den Big Boss angepinkelt habe?

»Tut mir leid«, sagt Dex und richtet seine volle Aufmerksamkeit wieder auf die Straße. »Ich mag meinen Job, also denke ich gar nicht über solche Dinge nach. Die Anweisungen kamen von ganz oben.«

Ich hebe eine Augenbraue. »Von Dr. Jones selbst?«

Dex nickt ernst. »Man munkelt, dass er Sealand mit seiner damaligen Freundin gegründet hat. Als sie sich trennten, ging der Laden fast unter – und seitdem ist er empfindlich, wenn es um Beziehungen am Arbeitsplatz geht.«

»Hm« ist das Intelligenteste, was mir dazu einfällt.

Erklärt das, wie seltsam er sich verhalten hat, als er merkte, dass ich für ihn arbeite?

Andererseits, *hat* er sich so seltsam verhalten?

Bevor Dex herausfinden kann, warum ich das alles frage, lenke ich das Gespräch auf meine Ideen für die Bereicherung der Otter. Irgendwann geht uns der Gesprächsstoff aus, also wende ich meine Aufmerksamkeit dem Meer in der Ferne zu und lasse die Enttäuschung über mich hinwegspülen.

Zwischen mir und Oliver darf nichts passieren.

Die Gründe dafür sind zahllos, und viele haben nichts mit der heutigen Offenbarung zu tun. Allein die Tatsache, dass ich mich zu ihm hingezogen fühle, beweist, dass er wahrscheinlich ein Arschloch erster Güte ist.

So eines, für das eine einstweilige Verfügung in meiner Zukunft wahrscheinlich ist.

Nein, danke. Ich habe diesen Fisch schon gefüttert. Es ist wahrscheinlich gut, dass Oliver sich als mein Chef entpuppt hat. Aufgrund der Personalpolitik und seiner

Vergangenheit würde jedes Techtelmechtel dazu führen, dass ich den Job und damit auch den Zugang zu Beaky verliere.

Wir biegen in die Einfahrt von Sealand ein, Dex parkt den Van und wir heben gemeinsam den Fernseher aus dem Wagen.

Wow. Das Ding ist schwer. Rose hatte recht, als sie darauf bestand, dass ich einen Helfer mitnehme.

Neben dem Gewicht gibt es noch ein weiteres Problem. Durch unsere derzeitige Positionierung sind unsere Gesichter viel zu nah beieinander – unangenehm nahe, vor allem, wenn man unser Gespräch über die Personalpolitik bedenkt.

Oh, na gut. Ich tue mein Bestes, meinen Rücken nicht zu belasten, und halte meinen Blick von seinen Otteraugen fern.

»Stellen Sie das ab«, knurrt eine vertraute tiefe Stimme hinter mir.

Wir stellen den Fernseher auf den Boden und lassen ihn dabei fast fallen.

Ich drehe mich um.

Ja.

Es ist Oliver. Aus irgendeinem Grund sieht er Dex an, als wäre der arme Kerl ein Otter aus Alaska und Oliver ein Killerwal – das einzige Raubtier, vor dem sich die geschützte Art fürchten muss.

Ist einer von Dex' Schützlingen in Schwierigkeiten geraten, während wir weg waren?

Olivers Stimme bleibt knurrig. »Was soll das hier?«

»Ich habe nur beim Fernseher geholfen«, sagt Dex mit einem leichten Stottern.

Oliver starrt ihn wütend an. »Dann sollten Sie ihn selbst tragen.«

»Hey!« Ich verenge meine Augen und sehe Oliver an. »Ich bin keine schwache Jungfrau.«

Jetzt bin ich an der Reihe, das Opfer seines Blicks zu werden. »Sie hätten den Laden bitten sollen, ihn zu liefern.«

Ich strecke den Rücken durch. »Sie sagten, Betsys Situation sei schlimm, also dachte ich, Sie würden die Eile zu schätzen wissen.«

Seine Nasenflügel blähen sich auf, bevor er sich wieder Dex zuwendet. »Gehen Sie zu Ihrem Arbeitsplatz zurück.«

Das muss er Dex nicht zweimal sagen. Er ist sofort verschwunden.

Ohne ein weiteres Wort zu sagen, geht Oliver zum Fernseher und hebt ihn mühelos hoch.

Ich weiß, dass ich wütend sein sollte, aber ich kann nicht leugnen, dass sich mein Puls beschleunigt, als ich sehe, wie sich seine Rückenmuskeln unter seinem Hemd anspannen. *Grr.* Offensichtlich ist es ein verkümmerter Höhlenfraueninstinkt, der seine Stärke zu schätzen weiß – ein Instinkt, der in der modernen Welt genauso hilfreich ist wie ein Gaumen für fettiges Essen und Süßigkeiten.

Ich schlucke meinen Sabber herunter und folge ihm, bis wir die Seekühe erreichen. Dann stellt Oliver den Fernseher vorsichtig ab und dreht sich zu mir um. »Wenn Sie bereit sind, ihn in das Aquarium zu senken, rufen Sie mich.«

Und einfach so verschwindet er.

Ich blicke ihm hinterher und fühle mich seltsam unruhig. Was war das? Keine Eifersucht, oder doch? Mein Ex war ein eifersüchtiges Arschloch, also bin ich mit dieser Charakterschwäche bestens vertraut. Aber Oliver – Dr. Jones – hatte keinen Grund, sich so zu verhalten. Wir sind kein Paar oder etwas in der Art. Und selbst wenn es so wäre, würde nichts mit Dex laufen.

Vielleicht befürchtete er, ich könnte mir den Rücken verletzen und Sealand verklagen?

Ich brauche einen Moment, um mich zu sammeln, und trage meine Sonnencreme erneut auf. Es ist schon eine ganze Stunde her, also ist es ein Notfall.

Sobald ich vor den tödlichen Strahlen in Sicherheit bin, betrachte ich die Tafel mit den Namen der Seekühe, um herauszufinden, auf welche ich eifersüchtig war.

Ich brauche nicht lange, um Betsy ausfindig zu machen – ein kleines und relativ schlankes Exemplar ihrer molligen Art.

Ich betrachte die Plakette. Betsy wurde in einem Meeresaquarium in Miami geboren – ein ziemlich seltenes Ereignis –, was bedeutet, dass sie nicht für eine Auswilderung in Frage kommt. Ich wette, das ist einer der Gründe, warum Oliver so sehr an ihr hängt. Sie hat die meiste Zeit ihres Lebens hier gelebt und wird das auch noch viele Jahre lang tun. Sie ist im Teenageralter, und diese Tiere können bis zu fünfundsechzig Jahre alt werden.

»Ich werde dafür sorgen, dass du dich hier nicht langweilst«, sage ich zu ihr.

Sie wirft mir einen mürrischen Blick zu. *Toll, danke,*

aber ich wäre viel glücklicher, wenn du deine schmutzigen Flossen von meinem Menschen fernhalten würdest. Ich bin mehr Meerjungfrau, als du es jemals sein könntest – und kein noch so lächerlicher falscher Schwanz wird das jemals ändern. Oh, und selbst mit meiner derzeitigen Diät habe ich Kurven, von denen du nur träumen kannst.

Mit einem Schnauben mache ich mich an die Arbeit. Ich dichte den Fernseher und die Lautsprecher weiter ab, was so lange dauert, dass ich auf halbem Weg eine Mittagspause einlegen muss. Als ich fertig bin, schreibe ich Oliver, dass ich Hilfe brauche, um den Fernseher in das Aquarium zu senken. Während ich warte, installiere ich die Lautsprecher. Sie sind leicht, also hoffe ich, dass Oliver nicht sauer wird, weil ich sie mit meinen mickrigen weiblichen Muskeln hochgehoben habe.

Als der letzte Sprecher versenkt ist, ist Oliver immer noch nirgends zu finden.

Gut. Ich bringe einen Teil der Halterung am Fernseher an, damit ich weniger zu tun habe, wenn der Oberchef auftaucht. Als ich mit der Montage nicht mehr weiterkomme, schreibe ich ihm erneut eine Nachricht:

Wenn Sie beschäftigt sind, bitte ich Dex um Hilfe.

Vielleicht wird ihn das ein wenig zur Eile motivieren? Ich habe den Fernseher mit einem ersten Inhalt eingerichtet: eine Natursendung über die Sargassosee. Im Gegensatz zu anderen Meeren hat dieses keine Landgrenzen und befindet sich stattdessen in einem Ozeanwirbel, einem System rotierender Strömungen. Ich hoffe, dass es den Seekühen Spaß macht, die großen Mengen *Sargassum* – eine Art

Seetang – zu beobachten, für die die Sargassosee bekannt ist. Schließlich ist es wie ein All-you-can-eat-Algenbuffet und sollte für Betsy und die Bande genauso viel Spaß machen wie *Charlie und die Schokoladenfabrik* für Lemon.

Ein Geräusch lässt mich aufschrecken, und als ich mich umdrehe, sehe ich Olivers leckeres Gesicht.

Nein. Er ist der Chef. Sein Gesicht und andere Teile sind tabu.

»Danke, dass Sie sich die Zeit genommen haben«, sage ich. Vielleicht ist es keine gute Idee, den Chef zu ärgern, aber sie ist zu verlockend.

Er nimmt den Fernseher in die Hand. »Wo möchten Sie ihn haben?«

Hm. Keine Reaktion.

Ich zeige ihm, wie er alles anbringen soll, bevor er den Fernseher in das Aquarium eintaucht.

»Sie beobachten uns fasziniert«, flüstert Oliver.

Ich schaue hin, und tatsächlich sind die Augen der Seekühe auf uns gerichtet. »Wenn sie gerne zusehen, wie Menschen so etwas tun, könnten wir den Heimwerkerkanal für sie einschalten.«

Er lacht, dann fängt er sich und macht wieder ein ernstes Gesicht. »Was jetzt?«

Als Antwort schalte ich den Fernseher ein und starte die Sendung über die Sargassosee.

Betsy ist die erste, die herüberschwimmt, um sich die neue Entwicklung anzusehen, und die anderen Seekühe folgen ihr mit neugierigen Gesichtern.

Wir warten ein paar Minuten, um sicher zu sein, und dann spreche ich es aus. »Sie schauen es sich an.«

»Ja«, sagt Oliver ehrfürchtig. »Gute Arbeit, Olive.«

Wow. Die Piranhas veranstalten ein Festmahl in meinem Bauch, und ich kann mir ein Grinsen nicht verkneifen. »Danken Sie mir, wenn sie aus ihrem Tief herauskommen.«

Er nickt. »Die Fütterung ist in ein paar Stunden. Mal sehen, wie sie läuft.«

»Okay«, sage ich. »In der Zwischenzeit habe ich die Hardware, um mehr Spielzeuge für sie zu machen, also kann ich auch gleich damit beginnen.«

Er schaut auf seine Uhr. »Ich habe noch ein Meeting.«

»Danke für die Hilfe«, sage ich und mache mir Sorgen, dass er denken könnte, ich würde wieder schnippisch sein, obwohl ich es diesmal ernst meine.

Mit einem Winken geht er.

Grr. Ich kann nicht glauben, dass ich es lieber mochte, als er auf Konfrontation geschaltet hatte.

Wie dem auch sei.

Ich hole die Bürsten, die ich vorhin gekauft habe, und befestige sie an einigen Aluminiumbrettern, um einen Kratzbaum für die Seekühe herzustellen. Dann baue ich noch ein paar Sachen zusammen und verliere dabei die Zeit aus den Augen. Als ich aufschaue, sind Aruba, Dex, Rose, Oliver und ein paar Leute, deren Namen ich mir nicht gemerkt habe, da und werfen den Seekühen Salat zu.

Zuerst bemerken Betsy und die anderen das Essen wegen des Fernsehers gar nicht. Dann reißen sie ihre Blicke los und beginnen, mit großer Begeisterung zu mampfen.

Hat die Naturschau ihren Appetit angeregt oder liegt es einfach daran, dass sie in besserer Stimmung sind?

»Wow«, sagt Aruba zähneknirschend. »Großartige Ergebnisse. Und das so schnell.«

Rose bläht sich auf. »Meine Einstellungsfähigkeiten versagen nie.«

Dex dreht sich in meine Richtung. »Können Sie das für die Otter tun?«

»Die Delfine zuerst«, sagt Aruba.

Oliver wendet sich von den Seekühen ab. »Jeder kommt mal dran, aber im Moment konzentriert sich Olive auf die Seekühe und den Kraken, der zu uns kommen wird.«

Er redet über Beakys Umzug, als wäre es eine beschlossene Sache. Ich weiß, ich sollte dankbar sein, aber ich fühle nur Trennungsangst.

»Ein Oktopus?« Arubas Stimme klingt wie das Pfeifen und Schnalzen eines geilen Delfins. »Warum?«

Roses Blick wird ernst. »Weil Dr. Jones das entscheidet. Nicht Sie.«

Oliver wirft einen kühlen Blick auf Aruba. »Gibt es ein Problem?«

Sie erbleicht. »Nicht, wenn dieser in seinem Aquarium bleibt.«

»Dafür werde ich sorgen«, sage ich. »Wenn es in Ordnung ist, würde ich gerne mit dem Projekt anfangen.«

Oliver nickt mir herrisch zu. »Rose, können Sie Olive das Aquarium zeigen?«

»Kommen Sie.« Rose nimmt mich am Ellenbogen und zieht mich in ein Gebäude in der Nähe.

»Das ist es.« Sie zeigt auf ein riesiges Aquarium, das fast den gesamten Platz in dem großen Raum einnimmt. »Was denken Sie?«

Ich pfeife. »Ich wette, ich könnte selbst dort leben und wäre glücklich wie eine Muschel.«

Rose grinst. »Es hat eine Temperaturregelung und alles, was dazugehört.«

»Wow.« Ich lächele, aber mein Herz tut weh. Der Abschied von Beaky wird mir schwerfallen.

Rose legt mir eine Hand auf die Schulter. Sie ist nicht nur eine Fischpsychologin, sondern weiß auch, wie man einen Menschen aufmuntert. »Ihr Krake wird sich hier sicher wohlfühlen.«

»Ich weiß.« Ich atme tief ein. »Deshalb mache ich das hier. Jetzt muss ich das Ding nur noch krakensicher machen, damit er nicht abhaut, um die Delfine zu füttern.«

»Ich lasse Sie in Ruhe«, sagt Rose.

Ich winke ihr zum Abschied und untersuche das Aquarium.

Es ist ein Wunder, dass der vorherige Krake so lange gebraucht hat, um zu entkommen. Die Sicherheitslöcher – im wahrsten Sinne des Wortes – sind überall im Deckel.

Ich straffe meine Schultern.

Ich gehe nicht nach Hause, bevor ich das Ding nicht beakysicher gemacht habe.

KAPITEL
Dreizehn

Dafür brauche ich Stunden. Ich muss Schweißgeräte mieten und dreimal zum Baumarkt fahren, aber schließlich halte ich das Becken für oktopussicher.

Nachdem ich mir den Dreck von den Händen gewaschen habe, schaue ich auf meinem Handy nach der Uhrzeit.

Karpfenmist. Es ist schon nach meiner Schlafenszeit und Lemon, Fabio und meine Großeltern haben mir eine SMS geschickt, weil ich nicht zum Abendessen aufgetaucht bin.

Ich lasse sie alle wissen, dass ich zurückfahre und steige in mein Auto.

Als ich in die Einfahrt zum Haus meiner Großeltern fahre, sind die Lichter aus, was wahrscheinlich bedeutet, dass alle schlafen. Ich hätte auf dem Weg ein Sandwich essen sollen. Ich habe Hunger.

Es stellt sich heraus, dass nicht jeder schläft. Opa wartet mit der obligatorischen Schrotflinte in seinen starken Händen in der Garage auf mich.

»Nicht schießen«, sage ich und grinse.

Seine buschigen Augenbrauen ziehen sich in der Mitte seiner Stirn zusammen. »Kaper, weißt du, wie spät es ist?«

Ich erkläre ihm, dass ich länger arbeiten musste – neuer Job und so weiter.

»Wir sind hier nicht in New York«, sagt Opa. »Die Leute, die hier mehr als von neun bis fünf arbeiten, lassen alle anderen schlecht aussehen.«

Ich gähne. »Ich werde das im Hinterkopf behalten.«

Er öffnet mir die Tür zum Haus und ich schleiche mich in die Küche, um den Kühlschrank nach Resten zu durchsuchen.

Lemon schnarcht, als ich mich ins Schlafzimmer schleiche. Ich benutze mein Handy als Taschenlampe, streichele Beaky, gebe ihm den jetzt aufgeladenen Dildo zurück und werfe etwas Futter hinein.

»Bald wirst du ein Becken haben, auf das alle anderen Kraken neidisch sein werden«, flüstere ich.

Freue dich, treue untertänige Priesterin, denn du hast unseren Zorn vermieden. Jetzt, wo wir wieder mit dem Zepter vereint sind, lassen wir die Welt weiter um das Aquarium rotieren. Mach weiter so und denk daran: Wenn Cthulhu erwacht, werden die Frommen zuerst verschlungen.

»Olive?«, fragt Lemon mit schläfriger Stimme. »Bist du das?«

»Tut mir leid, wenn ich dich geweckt habe«, flüstere ich zurück. »Ruhe jetzt. Ich komme ins Bett.«

Sie antwortet nicht, also schmiere ich mein Gesicht mit Sonnencreme ein und krabbele unter die Decke.

Ein weiterer Tag, eine weitere ausgelassene Masturbationssitzung.

Wenn das so weitergeht, könnten meine Eierstöcke blau werden, wenn ich Oliver das nächste Mal sehe.

———

Als ich aufwache, ist Lemon nicht im Bett.

Ich mache mich fertig und verlasse das Gästezimmer. Ich finde Lemon und Oma im Wohnzimmer, wo sie wieder Ballett schauen, nur dass dieses Mal auch Opa und Fabio da sind.

Ich bin mir nicht sicher, welches Ballett das ist. *Dornröschen*, vielleicht? Der Grund dafür ist allerdings klar. Lemons Schwarm, der Russe, erscheint auf der Bühne, schnappt sich eine Ballerina und wirft sie so mühelos in die Luft, wie es normale Menschen mit Babys tun.

»So tragisch es auch ist, der Typ ist nicht schwul«, sagt Fabio und starrt Lemons Besessenheit mit unverhohlener Bewunderung an.

Lemon sieht aus, als könnte sie vor Aufregung ertrinken. »Bist du sicher?«

Fabio prüft seine Nägel. »Sour Sweetie, mein Schwulenradar ist so genau wie eine Schraubenlehre.«

»Was für ein Glückspilz«, murmelt Opa, während er dem Russen dabei zusieht, wie er praktisch mit Ballerinas jongliert. »Von so vielen schönen Frauen umgeben zu sein.«

Lemon runzelt die Stirn und Oma hebt eine Augenbraue, als sie sich an ihren Mann wendet.

»Ich will damit nicht sagen, dass ich mit der wunderbaren Frau, die ich habe, nicht glücklich bin«, sagt Opa hastig. »Ich war nur …«

»Olive!«, ruft Lemon, als sie mich entdeckt. »Wann bist du gestern Abend nach Hause gekommen?«

»Warum reden wir nicht, während wir frühstücken?«, fragt Oma.

Ich lächele alle an. »Frühstück klingt gut.«

»Gebt mir eine Minute«, sagt Oma und eilt davon.

Ich nehme ihren Platz ein und schaue von Fabio zu Lemon. »Was macht ihr heute?«

»Ziggy und ich gehen angeln«, sagt Fabio und sieht Opa bewundernd an.

Ich runzele die Stirn – zum einen, weil ich es nicht mag, wenn Fische für den Sport geschlachtet werden, und zum anderen wegen »Eisbär« und »Daddy.«

»Mach dir keine Sorgen«, sagt Opa. »Wir fangen sie und lassen sie wieder frei.«

»Dadurch fühle ich mich nicht besser«, murmelt Lemon.

Ich mich auch nicht. Opa genießt eindeutig den Enkel, den er nie hatte, aber ich möchte nicht daran denken, was Fabio von diesem Arrangement hat.

Es klingelt an der Tür.

»Ich gehe.« Opa eilt zur Haustür.

Nach ein paar Sekunden kommt er zurück, aber er ist nicht allein.

Oliver betritt den Raum in seiner Sealand-Uniform aus weißem Poloshirt und Khakihosen. Zumindest glaube ich, dass es so ist. Es ist möglich, dass meine Masturbationsabstinenz dazu führt, dass ich feuchte

Träume habe, und das ist der Beginn eines sehr seltsamen Traums, wenn man bedenkt, dass Freunde und Familie dabei sind.

Fabio und Lemon starren meinen Chef an, als hätten sie noch nie einen heißen Mann gesehen, während mein Körper durchdreht, meine Haut heiß wird und sich meine Lungen zusammenziehen, bis ich nur noch flach atmen kann. Es kostet mich all meine Willenskraft, nicht zu sabbern – obwohl die Flüssigkeit, die ich in meinem Mund unterdrücken kann, in meinem Höschen zu landen scheint.

»Hallo, Oliver«, sagt Oma über ihre Schulter vom Herd aus. »Sie kommen gerade rechtzeitig zum Frühstück.«

Oliver schüttelt den Kopf. »Danke, aber ich bin nur gekommen, um Olive zu helfen, Beaky in sein neues Zuhause zu bringen. Ich wollte kein Familienessen stören.«

Das erklärt eine Menge – und ich weiß nicht, wie ich mich dabei fühlen soll. Ich weiß nicht, ob er nur nett ist oder sichergehen will, dass ich nicht von unserer Vereinbarung zurücktrete.

»Blödsinn«, sagt Opa. »Essen Sie mit, oder Sie beleidigen uns.«

Ein reumütiges Lächeln umspielt Olivers Lippen. »Das Letzte, was ich will, ist, meine Nachbarn zu beleidigen.«

»Dann ist es abgemacht«, sagt Oma. »Möchten Sie Haferflocken, Omelett oder Pfannkuchen?«

»Haferflocken wären toll«, sagt Oliver. »Danke.«

Oma stellt allen anderen dieselbe Frage, und ich

antworte als Letzte und entscheide mich für Pfannkuchen mit einem Zehntel des Sirups, den Lemon für ihre verlangt.

»Also«, sagt Fabio gereizt. »Möchte uns jemand vorstellen?«

Opa schlägt sich auf die Stirn. »Wo sind meine Manieren? Das ist Oliver, Olives Freund.«

»Nein, ist er nicht«, sage ich erschrocken, gerade als Oliver sagt: »Ich bin es nicht.«

Hey, er braucht es nicht so vehement zu leugnen.

Als ob er es nicht gehört hätte, sagt Opa: »Oliver, das ist Fabio, Olives Jugendfreund. Und wie Sie sehen können ist Lemon«, er nickt meiner Schwester zu, »eine von Olives vielen identischen Geschwistern.«

Fabio streckt seine Hand aus, und Oliver schüttelt sie.

»Wussten Sie überhaupt, welche Olive und welche Lemon ist?«, flüstert Fabio verschwörerisch.

Oliver blickt mich an. »Ich erkenne sie.«

Die dummen Piranhas in meinem Bauch müssen sich beruhigen.

»Setzt euch«, sagt Oma.

Wir gehorchen, und sie bringt das Essen für alle anderen, bevor sie sich mit einer Schüssel Haferflocken zu uns setzt.

Ich achte auf Oliver, als er sich hinsetzt, um zu sehen, ob der Quallenstich ihn zucken lässt.

Nein. Er muss vollständig genesen sein.

»Also, Oliver«, sagt Opa, als wir zu essen beginnen, »Sie haben das letzte Mal Ihre beiden Brüder erwähnt. Was machen die denn beruflich?«

»Und ist einer von ihnen schwul?«, flüstert Fabio laut.

Oliver hält seinen Löffel an die Lippen. »Sie sind beide heterosexuell, tut mir leid. Der eine ist ein NASCAR-Fahrer, und der andere ein Surflehrer ... für Hunde.«

Ich schnaube. »Wie floridianisch.«

Oliver zeigt nicht, dass er mich gehört hat. »Was ist mit Ihrer Familie? Was machen die Hyman-Schwestern?«

»Unsere Schwester Blue ist eine Art Spionin«, sagt Lemon aufgeregt und erzählt ihm dann von den anderen – und überspringt dabei zweifellos absichtlich sich selbst. Am Ende sagt sie: »Sie wissen wahrscheinlich, dass Ihre Nicht-Freundin eine Meeresbiologin ist. Sie hat gerade einen neuen Job in einem Aquarium in der Nähe angefangen.«

Oliver wirft mir einen verwirrten Blick zu. Er fragt sich wahrscheinlich, warum ich niemandem erzählt habe, dass ich für ihn arbeite. Die Wahrheit ist, ich hatte noch keine Gelegenheit dazu. Wenn ich das getan hätte, hätten meine Großeltern ihn vielleicht nicht eingeladen, zum Frühstück zu bleiben.

»Apropos Job«, sagt Fabio zu mir. »Hattest du Glück mit Octoworld?«

Oliver zieht eine Augenbraue hoch. »Octoworld?«

Ich mache eine abschneidende Geste, aber Lemon bemerkt sie nicht.

»Ja, sie redet von nichts anderem mehr«, sagt sie. »Sie hat ihren jetzigen Job als Sprungbrett angenommen, aber eigentlich will sie mit Kraken arbeiten.«

Nein. Halt die Klappe. Er hat schon ausreichend Gründe, mich zu feuern. Warum ihm mehr geben?

»Ich bin sehr zufrieden mit meinem neuen Job«, sage ich ein wenig zu schnell und ein wenig defensiv.

»Bist du?« Lemon schüttet noch eine Tasse Sirup auf ihre Pfannkuchen. »Gibt es da Tintenfische?«

Ernsthaft, warum kann sie nicht verstehen, wie sehr ich möchte, dass sie die Klappe hält? Ich verlange hier keine gespenstische *Zwillingstelepathie* – sie könnte einfach das Entsetzen in meinem Gesicht lesen.

»Sealand bekommt einen Oktopus«, sagt Oliver, dessen Gesichtsausdruck nichts verrät. »Vielleicht macht das Olive glücklich?«

»Das wird es«, sage ich fest.

»Nur einen?« Lemon schüttelt den Kopf. »Ich dachte, es würde tausend brauchen.« Sie dreht sich zu mir um. »Was ist mit deinem Mädchenschwarm, Ezra Shelby? Ihr gehört doch noch Octoworld, oder nicht?«

»Ezra Shelby«, wiederholt Oliver langsam.

»Ich glaube, das ist der Name«, sagt Lemon. »Sie ist so …«

»Oh, ich kenne sie«, sagt Oliver. »Ich habe nur …«

»Oliver gehört Sealand«, platze ich damit heraus. »Sie hängen wahrscheinlich an den Wochenenden zusammen ab.«

Lemon erblasst und hört endlich auf, zu reden.

»Warte«, sagt Fabio. »Dein Freund ist dein Chef?«

Ich werfe Opa einen zusammengekniffenen Blick zu. »Oliver ist nicht mein Freund.«

»Wir sind Kollegen«, sagt Oliver.

Vorläufig. Wenn diese Unterhaltung noch länger andauert, werde ich sicher arbeitslos sein.

»Die Welt ist so klein«, sagt Oma. »In einer Nacht bringst du ihn nackt nach Hause, in der nächsten arbeitest du für ihn.«

Ernsthaft, warum? Warum? Als Nächstes wird Lemon etwas sagen wie … »Moment, er ist also derjenige, dem du Natursekt gegeben hast?«

In einem verzweifelten Versuch, ein für alle Mal das Thema zu wechseln, sage ich: »Wisst ihr, Leute, Oliver ist gebürtiger Floridianer, also hat er vielleicht ein paar schöne Ideen für euren Urlaub.«

»Das stimmt«, sagt Oliver. »Geboren und aufgewachsen.«

Ich schätze, er will genauso wie ich vermeiden, über den nackten Gang der Schande zu reden.

Lemon rümpft die Nase, als gäbe es einen üblen Geruch – und mit ihrem unheimlichen Geruchssinn hat sie vielleicht gerade entdeckt, dass Tofu in Olivers Haus gefurzt hat. »Ich dachte, dass das Wort Strand den ganzen Spaß zusammenfasst, den man hier haben kann.«

Oh, richtig. Lemon ist ein viel größerer New York-Snob als ich es je sein könnte. Ich glaube, das könnte eine Nebenwirkung davon sein, dass sie zu viel *Sex and The City geschaut hat.*

»Die Strände hier sind toll«, sagt Oliver. »Aber es gibt noch viel mehr zu erleben – vor allem, wenn Sie bereit sind, ein paar Stunden zu fahren.«

Lemons Augenrollen ist subtil, aber ich erkenne es

dank meiner jahrelangen Erfahrung mit Gesichtern wie dem ihren. »Ich habe kein Interesse daran, zu angeln oder auf einen Schießstand zu gehen«, sagt sie.

Oliver presst seinen Kiefer zusammen. Leute, die Florida schlecht machen, sind ihm ein Dorn im Auge, das ist klar. Aber hey, wenigstens ist er nicht mehr sauer auf mich. Hoffentlich. Andererseits könnte die Wut auf Lemon dazu führen, dass er auf jemanden mit meinem Gesicht wütend wird. Vielleicht sollte ich Fabio dazu bringen, Oliver zu verärgern?

»Was ist mit Disney World?«, fragt Oliver. »Leute aus der ganzen Welt verfrachten ihre Familien hierher, um es zu besuchen.«

Lemon kratzt sich am Kinn. »Daran habe ich nicht gedacht.«

»Sie könnten auch die Everglades besuchen«, sagt Oliver. »Und die Universal Studios, das Kennedy Space Center, den Dry-Tortugas-Nationalpark, das Salvador-Dalí-Museum, St. Augustine's Historic District, Legoland – ich könnte den ganzen Tag so weitermachen.«

»Hmm.« Lemons Nase wird wieder normal. »Was liegt am nächsten?«

Triumphierend nennt Oliver ihr und Fabio eine Reiseroute, auf die ein Reisebüro stolz sein würde.

Mein Telefon klingelt, und alle sehen mich an.

»Tut mir leid«, sage ich. »Ich habe einen Wecker gestellt, der mich daran erinnert, zur Arbeit zu fahren.«

Oliver legt seinen Löffel weg. »Richtig. Wir sollten besser gehen.«

Ich stehe auf. »Holen wir Beaky.«

Oliver gesellt sich zu mir, und als wir ins Gästezimmer gehen, höre ich Kichern und Anspielungen von meinem *Freund* und meiner *unterstützenden Familie*.

Als wir den Raum betreten, wird mir klar, dass sie einen guten Grund für ihre Sticheleien hatten. Ich bin mir plötzlich des Bettes vor uns sehr bewusst – bevor ich mich dafür verfluche, dass ich es heute Morgen nicht geschafft habe, es zu machen.

Wenigstens liegt hier nichts Unerwünschtes herum ... es sei denn, man zählt den Tentakeldildo, den Beaky in seinen Armen hält, dazu – genau den, den Oliver mit einem verwirrten Blick anstarrt.

»Erfinderisch«, sagt er.

»Seien Sie kein Feuerschwanz«, platzt es aus mir heraus.

Karpfenmist. Auch wenn es nur der Name eines Fisches ist, könnte *Feuerschwanz* als Beleidigung aufgefasst werden und ist definitiv nichts, was man zu seinem Chef sagen sollte.

Zu meiner Erleichterung bilden sich in Olivers Augenwinkeln Fältchen. »Warum macht es mich zu einem Goldfisch, wenn ich dir Komplimente mache?«

Ich grinse. »Nur ein Meeresbiologe würde so etwas sagen.«

Seine Augen glänzen. »Ich bin nur froh, dass du mich nicht einen protogynen Hermaphroditen genannt hast.«

Ich schüttele den Kopf und werde mir des nahen Bettes wieder bewusst. Oliver spricht jetzt von Fortpflanzung – schlüpfrige Schwanzfortpflanzung, aber immerhin. Protogyne hermaphroditische Fische beginnen ihr Leben als Weibchen, werden aber später im Leben zu Männchen, wenn es einen Fortpflanzungsbedarf gibt. Wenn ich ein Feuerschwanz wäre und wenn Geilheit eine Geschlechtsumwandlung bewirken könnte, würde mir jetzt ein Schwanz sprießen.

»Wenn sie mich ärgern, nenne ich meine Brüder Schleimköpfe«, sagt Oliver.

Ich nicke zustimmend. »Beryx splendens. Er wird auch Rotbrasse genannt, aber das ist kein so lustiger Name für einen Bruder, es sei denn, er war zu lange in der Sonne.«

Oliver runzelt die Stirn. »Rotbrasse ist nur ein neuer Name, damit er appetitlicher klingt, wenn er in Restaurants serviert wird. Egal, dass dieser Fisch Millionen von Jahren alt ist. Diese Art von Umbenennung hat dazu geführt, dass aus Coregonus Maränen wurde, aus Köhler Seelachs, aus Wolfsbarsch plötzlich Loup de mer, aus Ritterkrebs Languste, aus Lotte Seeteufel und – was noch schlimmer ist – aus Goldmakrele Mahi-Mahi.«

Ich lege den Kopf schief. »Sie essen keine Meerestiere, oder?«

Er seufzt. »Was hat mich verraten?«

»Ich mache mich nicht lustig, ich esse sie auch nicht. *Fische sind Freunde, kein Essen.*«

Er tritt in meinen Nahbereich und schaut mir in die Augen. »Da kann ich nur zustimmen ... Kelpcake.«

Bei Cthulhus Eileiter, ich werde wieder in Olivers

Umlaufbahn gezogen – genau wie neulich auf der Veranda und am Strand.

Die gleiche unheilige Magie scheint auch von ihm Besitz zu ergreifen. Er fängt an, den Kopf zu senken, seine Augenlider sind schwer.

Heiliger Bimbam.

Wenn die Geschichte ein Indikator für die Zukunft ist, werden wir uns gleich küssen.

KAPITEL
Vierzehn

ICH SCHLUCKE HÖRBAR.

Mit diesem Bett in der Nähe kann es nur ein Ergebnis geben, wenn wir uns küssen – und das würde das Ende meiner Karriere bedeuten. Ganz zu schweigen von meinen Hoffnungen für Beakys neues Zuhause.

Als ob er Hellseher wäre – und hey, man weiß ja nie –, schaltet Beaky seinen Vibrator ein.

Das Geräusch erschreckt uns beide.

Oliver zieht sich zurück und räuspert sich. »Möchten Sie ihm dieses Spielzeug geben, wenn er in seinem neuen Becken ist?«

Ich trete auch einen Schritt zurück. »Würde es Ihnen etwas ausmachen?«

»Nein«, sagt er. »Die meisten Leute werden gar nicht merken, was es ist. Wahrscheinlich.«

Zurück zum eigentlichen Thema. Okay. Ich nehme die Fernsteuerung und setze das Aquarium in Bewegung.

Beaky wird aufgeregt rot.

Ja. Ja. Der allmächtige Cthulhu will, dass Leonardo – die Schildkröte, auf der das Aquarium ruht – wieder in himmlische Bewegung kommt.

Während das Aquarium rollt, geht Oliver schweigend neben ihm her und überlegt sich, wie er mich am politisch korrektesten feuern kann.

Als wir in der Küche ankommen, hat sich Beaky bereits in einen Stein verwandelt, noch bevor Opa in das Becken schaut.

Ich spüre einen Schmerz in meiner Brust. Das ist der letzte Streich, den Beaky Opa spielen wird … es sei denn, Opa besucht ihn in Sealand.

Ich bin angespannt und ignoriere Lemons und Grandmas libidinöses Augenbrauenwackeln ganz bewusst.

»Zieht er wirklich aus?«, fragt Fabio und schaut auf das scheinbar leere Aquarium.

Ich nicke.

»Vielleicht kann ich dann endlich ein paar Krakenwitze erzählen, ohne um mein Leben zu fürchten«, sagt er.

Ich schaue Fabio mit zusammengekniffenen Augen an, aber er ist schon dabei. »Wie nennt man einen jonglierenden Kraken?«

Ich rolle mit den Augen. Den habe ich in der ersten Klasse gehört.

»Wie?«, fragt Lemon theatralisch.

»Tentakel-Spektakel.«

Hat Oliver gerade gestöhnt?

»Sie haben keine Tentakel«, sagt Oma. »Das sind Arme.«

Wow, sie hat im Unterricht gut aufgepasst.

Großvater lacht. »Wie schreibt ein Oktopus? Krakelig.«

Das passiert, wenn Opa zu viel Zeit mit Fabio verbringt.

»Wie nennt man eine Gruppe von Tintenfischen?«, fragt Fabio als Nächstes.

»Sie sind asozial, deshalb gibt es keinen Namen dafür«, sagt Oliver. »Ich habe aber schon den Begriff ›Schwarm‹ gehört.«

»Falsch«, sagt Fabio. »Die richtige Antwort ist: Oktoposse.«

Ha-ha. Das klingt wie der Spitzname, den sie mir hinter meinem Rücken geben: Octopussy.

»Wir werden zu spät zur Arbeit kommen«, sage ich.

»Wer war Ödipus?«, fragt Fabio.

»Wer?«, fragt Oma, sichtlich fasziniert.

»Ein Oktopus, der mit seiner eigenen Mutter geschlafen hat.«

»Das funktioniert nicht«, sage ich, um ein ungewolltes Lachen zu verbergen. Komischerweise kannte ich den noch nicht. »Kinder zu bekommen ist eines der letzten Dinge, die ein weiblicher Krake in seinem Leben tut. Ihr Sohn würde nicht mehr rechtzeitig erwachsen werden.«

Fabio schüttelt den Kopf. »Überlass es Olive, aus einem harmlosen Inzest eine Nekrophilie zu machen.«

Wird Oma ihm einen Vortrag über das Verurteilen von Fetischen halten?

Nein.

Opa lacht unverhältnismäßig laut und sagt dann:

»Dieser Junge bringt mich immer wieder zum Krakeelen.«

Dann klatschen sie sich gegenseitig ab, und ich stöhne.

»Fertig?«, frage ich Oliver, bevor das Ganze noch weiter ausufern kann.

Er nickt begeistert, also rolle ich das Aquarium in die Garage, während Oliver sich verabschiedet und nach Strich und Faden lügt, indem er behauptet, dass es *sehr schön war, alle kennenzulernen.*

In der Einfahrt steht der Sealand-Van, den Dex gestern gefahren hat.

War es rücksichtsvoll oder machiavellistisch von Oliver, ihn gleich als Erstes am Morgen herzubringen?

»Eine Sekunde«, sagt er und baut die Rampe hinten im Van auf.

»Danke.« Ich führe das Aquarium die Rampe hinauf und gehe hinein, um es zu sichern.

Oliver geht die Rampe hinauf. »Alles bereit?«

Ich nicke. »Fahren Sie bitte langsam.«

»Natürlich. Kommen Sie.«

Ich klettere hinten aus dem Van, und Oliver öffnet mir die Beifahrertür.

»Danke«, sage ich, als ich einsteige.

Er schließt sich mir an und fährt langsam los, wie ich es verlangt habe.

Wir fahren ein paar Sekunden schweigend, was für mich noch unangenehmer wird, weil ich seinen Geruch nach Meeresbrandung, seine kräftigen Hände, die das Lenkrad umklammern, seine …

»Also«, sage ich und versuche verzweifelt, mich

abzulenken, bevor ich mich auf ihn stürze. »Warum Seekühe?«

Er spitzt seine Lippen, was mich dazu bringt, daran knabbern zu wollen. »Wir sind in Florida, also war es entweder das oder Alligatoren.« Er lächelt und zeigt seine weißen Zähne. »Seekühe sind eine gefährdete Art und ich habe mich schon immer für den Naturschutz eingesetzt, also mussten es sie sein.« Er blickt mich an. »Warum Kraken?«

»Ich weiß es ehrlich gesagt nicht. Ich liebe sie, so lange ich denken kann. Meine Eltern behaupten, ich hätte ein Bild davon in einem Malbuch gesehen und mich darin verliebt. Sie behaupten auch, dass es mein erstes Wort war – aber ich bin skeptisch.«

Er hält an einer roten Ampel an. »Ich finde das gar nicht so schwer zu glauben.«

»Was ist mit Sealand?«, frage ich.

Er umfasst das Lenkrad fester. »Was ist damit?«

Oh, richtig. Dex hat erwähnt, dass es dort ein Chaos im Zusammenhang mit einer Ex-Freundin gab, also muss ich vorsichtig sein.

»Was hat Sie dazu bewogen, ein Zuhause für Meerestiere zu schaffen?«, frage ich. »Ist das wegen Ihres Interesses an Seekühen?«

Er schüttelt den Kopf. »Die Seekühe kamen später. Ich glaube, es hat alles angefangen, als ich noch ein Kind war. Mama brachte einen lebenden Hummer mit nach Hause, aber ich ließ es nicht zu, dass sie ihn kochte. Zuerst habe ich den Hummer in der Badewanne gehalten, und dann habe ich ihm ein Aquarium besorgt.«

Ich grinse. »Ich finde das gar nicht so schwer zu glauben.«

»Clawdia gibt es tatsächlich noch«, sagt er. »Sie können ihr in der Krustentierstation Hallo sagen.«

Das ergibt Sinn. Wenn er nicht gestört wird, kann ein amerikanischer Hummer bis zu hundertvierzig Jahre alt werden.

Apropos Belästigung – mal sehen, ob ich meinen Job noch habe, nachdem ich das fast mit meinem Chef gemacht hätte. »Wie sieht es mit der Bereicherung auf der Krustentierstation aus?«, frage ich. »Brauchen Sie da Hilfe?«

Er biegt auf die Straße ein, die zum Sealand-Parkplatz führt. »Sie sind nicht vorrangig, aber wenn Sie die Gelegenheit dazu haben, schauen Sie sich es bitte an. Im Moment kopieren wir, was andere Aquarien machen, aber ich bin mir nicht sicher, ob jeder weiß, wie schlau diese Tiere sind.« Er wirft mir einen kurzen Blick zu. »Ich habe das Gefühl, dass sie von Ihrem einzigartigen Ansatz profitieren werden. Das gilt für alle meine Schützlinge.«

Das Piranha-Massaker ist in meinem Bauch in vollem Gange – und das nicht nur, weil er es so aussehen lässt, als würde ich nicht gefeuert werden.

Nun, jedenfalls noch nicht. Wenn ich meinem starken Drang nachgebe, meinen Chef zu lecken, könnte sich das ändern.

Er parkt, und ich hole Beakys Aquarium heraus.

Ich erwarte fast, dass Oliver geht, aber er besteht darauf, mit uns zu kommen, um *Beaky zuzusehen, wie er sich einlebt.*

»Ich hatte eine Idee, die ich mit Ihnen besprechen wollte«, sage ich, als wir losgehen.

Er bindet sein loses Haar zu einem Dutt zusammen, eine Geste, die nicht erregend sein sollte, es aber ist. Die Muskeln in seinen Armen spannen sich an, während er den Dutt mit einem dünnen schwarzen Haargummi fixiert. »Was denn?«

»Ich dachte, ich lasse das mobile Becken hier, damit Beaky spazieren gehen kann, so wie er es getan hat, als er bei mir lebte.«

Er nickt. »Wenn es ihm gefällt, spricht nichts dagegen.«

Puh. Vielleicht ist es gar nicht so schlecht für mich, Beaky hier zu haben. Für Beaky selbst ist das natürlich eine große Verbesserung.

Trotzdem – und ich weiß, dass ich egoistisch bin – werde ich ihn morgens beim Aufwachen vermissen.

»Es ist okay, wenn Sie mehr Zeit mit ihm verbringen wollen«, sagt Oliver leise, als hätte er meine Gedanken gelesen.

Ich drehe mich in seine Richtung. »Während der Arbeitszeit?«

Er lächelt. »Beaky bei Laune und zu unterhalten ist genauso Ihr Job wie Hummer und Seekühe zufriedenzustellen. Da Beaky bald umzieht, wird er gestresst sein – er braucht also mehr Aufmerksamkeit.«

Ich werfe einen Blick auf Beaky und seine aufgeregte rote Farbe. Irgendwie habe ich das Gefühl, dass seine drei Herzen die Trennung viel besser verkraften werden als mein einziges, wenn er erst einmal in seinem riesigen neuen Zuhause ist.

»Danke«, sage ich zu Oliver, als wir das Gebäude betreten, in dem sich Beakys neue Bleibe befindet.

»Siehst du das?«, sage ich zu dem mobilen Aquarium. »Das gehört alles dir.«

Beaky wird weiß.

Wir sind ehrfürchtig, untertänige Priesterin. Dieses Aquarium ist die Welt, aber das neue Aquarium ist ein ganzes Universum. Gelobt sei Cthulhu, die Theorie des Multiversums könnte richtig sein, was bedeutet, dass Leonardo nicht die einzige Schildkröte ist, die ein Aquarium auf dem Rücken trägt. Es könnte noch mehr geben, wie Raphael, Donatello und Michelangelo. Unsere neun Gehirne sind kaputt. Alles dreht sich nicht nur um ein einziges Aquarium, sondern um zwei oder drei oder vier. In Anbetracht der Schwere dieser Errungenschaft befördern wir mit der uns von Cthulhu selbst verliehenen Macht die Priesterin zur Hohepriesterin ... und wir werden Gottkaiser der Aquarien. Mit einem »en« am Ende, für den Plural.

Oliver schaut fasziniert zu, als ich ihm die Sicherheitsvorkehrungen zeige, die ich gestern Abend eingebaut habe. Als Nächstes öffne ich das mobile Aquarium und bringe Hulk und die anderen Tiere an den neuen Ort, bevor ich mich um den VIP selbst kümmere.

Sobald ich ihn im großen Becken gesichert habe, beginnt Beaky eifrig, seinen neuen Lebensraum zu erkunden. Wenn er gestresst ist, sehe ich das nicht.

»Wegen Ihrer Überstunden gestern Abend«, sagt Oliver und reißt mich aus meiner Krakenbetrachtung. »Ich verstehe, warum Sie so lange geblieben sind, aber bitte arbeiten Sie in Zukunft zu den vereinbarten Zeiten.«

Das klingt, als ob er sich um mein Wohlbefinden sorgt. Das – oder Beakys Umzug hat mein Gehirn zu sehr verwirrt, um klar zu denken.

»Ist es nicht besser für Sie, wenn ich umsonst Überstunden mache?«, frage ich.

Seine blaugrünen Augen schimmern sanft und lassen meinen Atem stocken und mein Inneres kribbeln. »Ich möchte nicht, dass Sie ausbrennen. Sie haben noch zu viel wichtige Arbeit zu erledigen.«

»Abgemacht«, sage ich schließlich. »Ich werde nicht zu lange arbeiten. Was noch? Möchten Sie, dass ich bei meinen Großeltern weniger im Haushalt helfe?«

Was mich daran erinnert, dass ich wenigstens den Müll für sie rausbringen sollte.

Sein Telefon klingelt. Er reißt seinen Blick von mir los und schaut auf den Bildschirm. »Ich habe ein Meeting. Ich muss los.«

Und einfach so bin ich mit Beaky allein.

Da mein Chef sein Okay gegeben hat, verbringe ich den halben Tag mit Beaky und habe ein Dutzend Ideen für Puzzles, die ich in sein neues Becken einbauen kann, von denen einige nur durch den größeren Platz möglich sind.

Danach besuche ich die Seekühe erneut und setze noch ein paar meiner Ideen um, bevor ich einige Fernsehinhalte ausprobiere, um zu sehen, ob sie auch etwas anderes als Dokumentationen über Algen mögen.

Rose kommt gerade vorbei, als *Aquaman* auf dem Bildschirm in dem Aquarium erscheint.

»Ihr Appetit ist viel besser«, sagt sie, nachdem wir uns begrüßt haben. »Ihnen Jason Momoa zu zeigen könnte jetzt zu viel des Guten sein.«

Ich grinse. Rose hat ihren Personalabteilungshut nicht auf, so viel ist sicher. »In dem Film gibt es eine Menge Wasser, also …«

»Oh, ich vertraue Ihnen.« Rose reicht mir ein Bündel mit Kleidung – diesmal in Beige und Blau. »Das müssen Sie morgen anziehen.«

Meine gute Laune verschwindet. Mein Ex hat mich ganz schön durcheinandergebracht, wenn es darum geht, dass Leute mir sagen, was ich anziehen soll.

»Ich weiß, wie Sie sich fühlen«, sagt Rose. »Ich hasse es, die Touren zu machen, aber wir müssen alle mithelfen.«

Ich runzele die Stirn. »Touren?«

Sie sieht mich mit einem verwirrten Blick an. »Wir haben Ihnen nichts von den Touren erzählt?«

Ich schüttele den Kopf.

»Nun«, sagt sie. »Es ist genau das, wonach es klingt. Eine Gruppe kommt nach Sealand, und Sie führen sie herum und zeigen ihr alles. Morgen ist Ihr erstes Mal.«

»Wie genau soll das ablaufen?«

Sie deutet nach Norden. »Aruba wird gleich ihre Tour machen, warum schauen Sie nicht zu?«

Großartig. Diese arme Gruppe wird gleich eine Ladung *TMI* über Delfine bekommen.

»Das mache ich«, sage ich.

»Viel Glück«, sagt Rose.

Als ich zu der Menge hinübergehe, die sich um Aruba versammelt hat, blicke ich vier Personen verständnislos an: Fabio, Lemon, Oma und Opa.

»Überraschung«, sagt Lemon, als sie mich entdecken. »Wir haben uns entschieden, uns deinen Arbeitsplatz anzusehen.«

»Miss Hyman«, ruft mir Aruba zu, bevor sie Fabio bewundernd anschaut. »Kennen Sie diese Leute?«

Jemand, der ein Gesicht wie meines hat, war also kein guter Hinweis? Soll ich ihr auch sagen, dass Fabio noch weniger sexuelles Interesse an ihr hat, als ihre Delfine? Nein. Das wäre keine angemessene Unterhaltung am Arbeitsplatz, oder?

Als ich Aruba mein Familienquartett vorstelle, wird mir klar, dass sie eigentlich nur Fabios Namen erfahren wollte. Sie wiederholt ihn genüsslich und fragt ihn, ob er mit *dem* Fabio verwandt ist.

»Fabio ist mein Vorname«, sagt er. »Und seiner. Warum sollten wir verwandt sein?«

Ich will Aruba nicht verteidigen, aber es gibt eine gewisse Ähnlichkeit, wenn man die kantigen Gesichtszüge und die langen Haare meines Freundes bedenkt – auch wenn sie nicht annähernd so lang sind wie die von Oliver. Oder die vom Original-Fabio. Ganz zu schweigen davon, dass unser Fabio niemals eine Frau auf dem Cover eines Liebesromans im Arm halten würde.

Aruba kichert kokett. »Sie sind so witzig.«

Oh nein. Ich hoffe, er nimmt das nicht als Ausrede, um Witze zu machen.

Zu meiner Erleichterung tut er das nicht. Er muss seine Anziehungskraft auf Aruba bemerkt haben und will, dass diese Tour so schnell wie möglich endet. Eine erregte Vagina – oder jede Vagina – ist Fabios schlimmster Alptraum. Er prahlt gerne damit, dass er ein Kaiserschnittbaby war und deshalb auch bei seiner Geburt keinen Kontakt zu einer Vagina hatte.

Die Tour beginnt.

Wie ich vermutet habe, handeln neun ihrer zehn Fakten über Meerestiere von Delfinen.

»Hinreißend«, sagt Fabio, als wir Otteraction erreichen. »Schade, dass es keine Wölfe oder Bären gibt.«

Aruba schleicht sich so nah an ihn heran, dass ich fast erwarte, dass sie an ihm schnuppert.

»Warten Sie, bis Sie die Delfine sehen«, sagt sie verführerisch.

Sieht sie nicht, dass es bei seinem Kommentar um Dex und nicht um die Otter ging?

Die Tour geht weiter, und ich stelle fest, dass Aruba sich nicht die Mühe macht, jemandem Beaky zu zeigen. Zu ihrer Verteidigung sei gesagt, dass er erst heute angekommen ist, also weiß sie vielleicht nicht, dass er hier ist.

»Und jetzt kommt das Beste«, sagt Aruba, als wir die Delfine erreichen. Sie spricht schneller, als ein Segelfisch schwimmt, und überhäuft alle mit Fakten wie »Die Marine bildet Delfine aus, um Unterwasserminen zu räumen«, »Delfine im Amazonas sind rosa«, »Delfine trinken nie Wasser – Wasser würde sie krank machen, genau wie uns« und nicht zuletzt »sie können mit 160 km/h Luft aus ihren Blaslöchern blasen.«

Ich schätze, wir dürfen auf der Tour *Blasloch*, sagen. Gut zu wissen.

»Gibt es Killerwale?«, fragt Fabio.

Was denkt er? Aruba sieht aus, als könnte sie sich jeden Moment an ihm reiben.

»Nein.« Sie leckt sich beunruhigend über die Lippen. »Aber wussten Sie, dass sie eigentlich Delfine sind?«

Das ist wahr. Orcas sind die größten Mitglieder der Delfinfamilie, und im Gegensatz zu ihren *Seht-her-ich-bin-niedlich*-Geschwistern geben sie nicht vor, etwas anderes zu sein als die Tötungsmaschinen, die sie sind.

Die Tour geht weiter, aber selbst als wir bei den Seekühen ankommen, erklärt Aruba alles in Delfinsprache: »Seekühe sind Wassersäugetiere, wie Delfine« und »sie schlafen jeweils mit einem halben Gehirn, wie Delfine, und aus den gleichen Gründen – sie müssen atmen und würden ertrinken, wenn sie im Schlaf bewusstlos wären.« Sie schließt mit den Worten: »Anders als Delfine benutzen Seekühe keine Echoortung und sind Pflanzenfresser.«

Seekühe töten ihre Neugeborenen auch nicht, so wie es ihre wertvollen Delfine tun. Außerdem gibt es bei Seekühen kein *aggressives Herdenverhalten*, bei dem die Männchen die Weibchen in die Enge treiben und sie erst wieder loslassen, wenn sie sich paaren. In meinen menschlichen Ohren hört sich diese Aktivität ziemlich vergewaltigend an, und all die Behauptungen, die Menschen über Delfine aufstellen, die sie sexuell angreifen, machen die Sache nicht besser. #*MeTuna*.

Ich behalte meine Gedanken jedoch für mich und bereite im Geiste das vor, was ich morgen sagen werde, wenn ich dir Führung mache. Es wird viel weniger Delfin-Trivialitäten geben, das steht fest.

Nach der Tour esse ich mit meiner Familie zu Mittag, wobei ich den größten Teil des Essens Fragen über Oliver ausweiche. Gegen Ende teilen mir Fabio und Lemon mit, dass sie heute Abend nicht zu Hause sein werden. Sie machen eine Reise nach Orlando und werden dort in einem Hotel übernachten.

Als das Mittagessen vorbei ist, nehme ich meine Aufgaben in Sealand bis zum Feierabend wieder auf und fahre dann mit einem Uber nach Hause, um mit meinen Großeltern zu Abend zu essen. Sie bestätigen, dass morgen Müllabfuhrtag ist, also beschließe ich, nützlich zu sein und den Müll rauszubringen, bevor ich ins Bett gehe.

Ich öffne das Garagentor, fahre den schweren Mülleimer die Auffahrt hinunter und achte darauf, den Deckel mit einem speziellen Band zu sichern – wegen der Waschbären. Ich will mich gerade umdrehen und zurück zum Haus gehen, als mich ein Bellen erschreckt.

Erschrocken drehe ich mich um und sehe keinen Geringeren als meinen Chef und sein Würstchen.

KAPITEL
Fünfzehn

»HEY«, platzt es so unprofessionell wie nur möglich aus mir heraus. Hungrig betrachte ich sein Äußeres: dasselbe ärmellose T-Shirt wie beim ersten Mal, Cargoshorts, langes, offenes Haar, das so zerzaust ist, dass ich an Sex denken muss. Natürlich muss ich bei Oliver immer an Sex denken.

»Hallo«, sagt er, viel förmlicher. Seinem Hund ist der Tonfall seines Chefs allerdings völlig egal. Tofus Schwanz sieht aus wie eine Bifi, und er wedelt so schnell damit, dass es ein Wunder ist, dass sein Hintern nicht abhebt.

Ein zögerliches Lächeln umspielt Olivers Lippen. »Er mag Sie.«

Ich hocke mich hin und streichele Tofus Kopf, während er verzweifelt versucht, mich abzulecken. »Für jemanden, der nach einem geschmacklosen Lebensmittel benannt wurde, hat er einen tollen Geschmack.«

Oliver schnaubt. »Geschmacklos? Sie haben

offensichtlich noch nie meinen süß-sauren Tofu probiert.«

Ich blinzele ihn an. »Sie essen Tofu?« Und noch wichtiger: Warum läuft mir auf einmal der Speichel aus dem Mund?

Sein Lächeln wird breiter. »War der Name meines Hundes nicht Hinweis genug?«

Als ich merke, dass meine gebückte Haltung mein Gesicht direkt an seine Aqua-Männlichkeit bringt, richte ich meinen Blick auf den Hund. »Mein Krake heißt Beaky, aber ich esse keine Schnäbel.«

»Gut zu wissen«, sagt er. »Ich esse Tofu, und zwar die ganze Zeit.«

Eine Unterhaltung mit seinem Schwanz zu haben, lenkt mich zu sehr ab, also stehe ich auf, woraufhin Tofu enttäuscht aufheult. »Sind Sie Vegetarier?«, frage ich und lasse meine Hand sinken, damit Tofu sie ablecken kann.

Ich dachte, Oliver meidet einfach Meeresfrüchte, so wie ich – eine Ernährungsweise, für die es eigentlich keinen speziellen Begriff gibt … es sei denn, es handelt sich um umgekehrten Pescatarismus?

»Ich bin Veganer«, sagt er. »Ich esse keine Milchprodukte, Eier oder Fleisch.«

Wow. Wie hat er es geschafft, das bis jetzt nicht zu erwähnen? Wie einer von Fabios Witzen sagt: »Woher weißt du, ob jemand vegan ist? Sie werden es dir sofort sagen, wenn du sie triffst.«

Ich beiße mir auf die Lippe und lasse meinen Blick über Olivers wohlgeformte Muskeln gleiten. »Sie sehen nicht so aus.«

Er hebt die Augenbrauen. »Warum nicht?«

Karpfenmist. »Sie sehen einfach so aus, als würden Sie viel Fleisch essen«, sage ich wenig überzeugend.

Das läuft ja spitzenmäßig. Als Nächstes werde ich über sein Männerfleisch sprechen.

Oliver seufzt. »Jedes Mal, wenn jemand einen Veganer trifft, wird er zum Ernährungsberater. Wenn ich jedes Mal einen Dollar bekäme, wenn mich jemand fragt, woher ich mein Eiweiß beziehe, wäre ich Millionär.«

»Aber … woher bekommen Sie es?« Das ist nur ein halber Scherz.

Er rollt mit den Augen. »Woher bekommen Gorillas ihres?«

»Gorillas?« Ich schaue Tofu an, falls er die Antwort weiß. Das tut er nicht.

»Gorillas sind muskulöse Pflanzenfresser, deren DNA der des Menschen sehr ähnlich ist.«

Ich grinse. »Bezeichnen Sie sich selbst als einen Gorilla?«

»Ich will damit sagen, dass pflanzliche Lebensmittel viel mehr Eiweiß enthalten, als den meisten Menschen bewusst ist.«

»Auch wieder wahr. Sind Sie schon lange Veganer oder haben Sie es erst kürzlich für sich entdeckt?«

»Habe vor einigen Jahren damit angefangen.«

»Warum?«, frage ich. »Versuchen Sie, übersinnliche Kräfte zu bekommen, wie der Typ von Scott Pilgrim gegen den Rest der Welt?«

Er legt den Kopf schief. »Sind Sie sicher, dass Sie das wissen möchten? Ich will nicht belehrend klingen.«

»Sagen Sie es mir.«

Er fixiert mich mit einem ernsten Blick. »Die Fleisch- und Milchindustrie ist schlecht für die Umwelt.«

Oh. Ich dachte, es würde so etwas wie diese Hummer-Geschichte dahinterstecken. »Das ist ein ernsthaftes Engagement für die Umwelt. Die Sonnenkollektoren und jetzt das.«

Er zuckt mit den Schultern. »Mein Einfluss mag winzig sein, aber jedes bisschen hilft.«

Ich schaue auf Tofu hinunter. »Dürfen Veganer mit Hot Dogs verkehren?«

»Nur wenn es Tofu-Hotdogs sind.« Er grinst seinen kleinen Begleiter an.

Warum fühle ich mich so schwindlig?

Gefahr. Gefahr. Das ist mein Chef.

Ich räuspere mich. »Ich lasse Sie lieber weitergehen.«

Ich wende mich zum Gehen, aber Oliver sagt: »Warten Sie.« Als ob seine Worte nicht genug wären, berührt er meinen Ellenbogen, und mein gesamter Körper zuckt unter der Berührung zusammen. Mein Atem stockt und Hitze strömt durch meine Adern, als ich mich zu ihm umdrehe und mein Herz wie verrückt in meiner Brust hämmert.

»Was?« Ich schaffe es, mit halbwegs fester Stimme zu fragen.

Seine Augen glänzen in der schnell zunehmenden Dämmerung. »Darf ich Sie um einen Gefallen bitten?«

»Um welchen?«

Ist es falsch, dass ich hoffe, er will einen sexuellen Gefallen? Und ist es ein Gefallen, wenn ich es auch will? Wir müssen nur aufpassen, dass wir es nicht direkt hier auf der Straße machen, sonst werden uns die neugierigen Nachbarn auf die Pelle rücken. Die gute Nachricht ist, dass Lemon heute Abend nicht im Gästezimmer ist und es immer noch sein Haus gibt. Es ist nur so, dass …

»Tofu zählt Leute«, sagt Oliver und schüttet kaltes Wasser auf meine überaktive Libido.

Ich versuche, meine Enttäuschung zu verbergen, und schaue mir den süßen kleinen Wiener an. »Er tut was?«

»So nenne ich es. Er merkt sich, wie viele Leute mit ihm spazieren gehen, und wenn diese Zahl abnimmt, wird er sehr wütend.« Als ich immer noch verwirrt dreinschaue, erklärt Oliver: »Letzte Woche waren meine Brüder hier, und wir drei sind mit Tofu spazieren gegangen. Einer von ihnen ging, und Tofu bemerkte, dass die Anzahl der Menschen nicht mehr stimmte. Er fing an zu jammern und weigerte sich schließlich, weiterzugehen. Ich musste ihn nach Hause tragen.«

»Sie meinen, Tofu zählt mich zu seinen Menschen?« Die bessere Frage ist: Erfindet Oliver diese unwahrscheinliche Geschichte, um mehr Zeit mit mir zu verbringen?

»Ja«, sagt er. »Am Tag unseres ersten Treffens, nachdem wir uns getrennt hatten, war er wütend, weil er Sie mitgezählt hatte.«

Hm. Tofu warf mir an diesem Tag einen traurigen Blick zu.

»Also … Sie möchten, dass ich mit Ihnen spazieren gehe?«

Oliver nickt. »Ich würde es zu schätzen wissen.«

»Okay«, sage ich beiläufig, als würde mein Puls vor Aufregung nicht verrücktspielen. »Ich werde Ihre Gesellschaft noch ein wenig länger ertragen, für Tofu.«

Oliver schenkt mir ein Lächeln. »Tofu weiß Ihr Opfer zu schätzen.«

Wir fangen an zu laufen, und ich bemerke, dass Tofu immer wieder zurückschaut, um sich zu vergewissern, dass seine Menschenanzahl immer noch korrekt ist.

»Leben Ihre Eltern in dieser Gemeinde?«, frage ich.

Oliver schüttelt den Kopf. »Als sie in Rente gingen, zogen sie auf die Keys.«

Ich lache. »Wenn ein Floridianer einen wärmeren Ort sucht, muss er entweder dorthin oder ins Death Valley in Kalifornien.«

Tofu versucht an etwas zu schnüffeln, das wie Rehkacke aussieht, also zieht Oliver an seiner Leine. »Ich glaube, sie sind wegen der Strände, an denen Kleidung optional ist, auf die Keys gezogen – und die gibt es im Death Valley nicht so häufig.«

Ich schnaube. »Erzählen Sie niemals meinen Eltern von diesen FKK-Stränden, sonst ziehen sie auch auf die Keys.«

Was sage ich da? Er wird niemals – und ich meine niemals – meine Eltern kennenlernen.

Oliver grinst. »Wo wohnen Ihre Eltern jetzt?«

»Sie haben eine Farm im Norden von New York.«

Er fragt nach der Farm, und ich erzähle ihm von all den exotischen Tieren, die meine Eltern im Laufe der Jahre gerettet haben, darunter ein rosa Feengürteltier und Dikdiks.

Er hebt die Augenbrauen. »Dikdiks?«

»Winzige Antilopen. Möchten Sie ein Dikdik-Pic sehen?«

Lachend stimmt er zu, also hole ich mein Handy heraus und zeige ihm ein Foto. »Das sind Bean und Buzz.«

»Sehr süß«, sagt er. »Wer ist wer?«

»Buzz ist horny – in jeder Hinsicht.«

In seinen Augenwinkeln bilden sich Fältchen. »Die Liebe zu Tieren müssen Sie von Ihren Eltern haben.«

»Ich habe nie darüber nachgedacht, aber Sie könnten recht haben.«

Während ich spreche und zu seinem Gesicht aufschaue, spüre ich, wie wir wieder zueinander hingezogen werden. Mein Atem beschleunigt sich, meine Haut kribbelt vor Hitze und ich kann nur versuchen, nicht auf ihn zuzugehen.

Oliver scheint einen ähnlichen Kampf mit sich selbst zu führen – aber dann rettet Tofu den Tag, indem er furzt. Laut. Und als ob das noch nicht genug wäre, kackt er auch noch.

Hey, das ist besser als eine kalte Dusche.

Oliver bückt sich und hebt die Ausscheidungen mit einer Tüte auf. Das erinnert mich an die weisen Worte von Jerry Seinfeld: »Hunde sind die Anführer des Planeten. Wenn du zwei Lebewesen siehst, von denen das eine kackt und das andere die Kacke für ihn trägt, wer hat dann deiner Meinung nach das Sagen?«

»Das hier ist der Grund, warum Kraken den Hund als besten Freund des Menschen ablösen sollten«, sage ich, als Oliver mit Kacke im Schlepptau weitergeht.

Er zuckt mit den Schultern. »Das hält mich demütig.«

»Gutes Argument. Vielleicht wäre die Welt ein besserer Ort, wenn mehr Männer durch ihre Wiener gedemütigt würden.«

Er lacht. »Nun, da Tofu sein Ziel erreicht hat, sollten wir nach Hause gehen.«

Ich stimme zu, und wir kehren um.

»Ich habe gehört, dass Sie morgen eine Tour machen«, sagt er.

Ich nicke. »Ich bin auch ein wenig aufgeregt deswegen. Würde es Ihnen etwas ausmachen, mir zu sagen, was Sie von meinem Entwurf für die Führung halten?«

»Überhaupt nicht. Schießen Sie los.«

Während ich ihm erzähle, was ich sagen will und in welcher Reihenfolge ich die Exponate zeigen werde, erreichen wir das Haus meiner Großeltern.

»Das ist perfekt«, sagt Oliver. »Großartige Arbeit.«

Meine Brust wird ganz leicht, und die Piranhas in meinem Bauch geben wieder Gas.

»Ich schätze, das ist der Abschied«, sage ich und schlucke, während ich zu ihm aufschaue, zu seinen vollen, weichen Lippen mit dem warmen, anerkennenden Lächeln. Ich möchte sie mit meinem Finger berühren, dann den Finger ablecken und dann meine eigenen Lippen benutzen, um …

Nein. Ich muss gegen den Sog ankämpfen.

»Ja.« Sein Blick klebt ebenfalls an meinem Mund. »Viel Glück morgen.«

Der blendende Strahl einer Taschenlampe trifft meine Augen.

»Kaper, belästigt dich jemand?«, ruft Opa von der Haustür aus.

»Nein!«, rufe ich zurück. »Ich spreche nur mit Oliver.«

Opa kommt näher, und ich merke, dass er auch eine Schrotflinte hat.

»Das ist mein Stichwort, zu gehen«, sagt Oliver und beäugt vorsichtig die Waffe.

Ich schenke ihm ein reumütiges Grinsen. »Gute Nacht.«

»Bis später, Kelpcake.« Oliver hebt Tofu auf und geht auf sein Haus zu.

Ich eile auf einen entschuldigend dreinblickenden Opa zu.

»Ich wollte deinen Freund nicht verscheuchen«, sagt er. »Wir haben gerade eine Nachricht von Blue bekommen und …«

Ich erstarre auf der Stelle. »Was für eine Nachricht?«

»Du solltest lieber selbst mit ihr sprechen.«

»Gut.« Ich eile zurück ins Haus und suche mein Telefon.

Ich habe zwei verpasste Videotelefonate und eine SMS von Blue:

Brett hat ein Ticket nach Florida gekauft. Sein Flug geht morgen, und der Flughafen ist für meinen Geschmack zu nah an Palm Pilot.

Scheiße. Brett ist mein schrecklicher Ex, und Palm Pilot ist das, was Blue Palm Islet nennt, die Stadt, in der ich bin.

In der Hoffnung, dass ich etwas missverstanden habe, rufe ich meine Schwester per Video zurück.

»Hey«, sagt sie. »Hast du meine SMS bekommen?«

»Ja. Woher weißt du, dass er hierherfliegt?«

Sie vermeidet es, in die Kamera zu schauen. »Ich habe ihn im Auge behalten, seit ich die einstweilige Verfügung in deinem Namen erwirkt habe.«

Wenn sie denkt, dass ich wegen der Einmischung sauer bin, irrt sie sich. Das Arschloch verwechselte Blue mit mir, als sie betrunken war, und griff sie körperlich an. Zum Glück endete es damit, dass er in den Arsch getreten wurde und Ärger mit dem Gesetz bekam. Dass er gewalttätig wurde, war für mich keine große Überraschung. Als wir zusammen waren, war der Missbrauch psychologisch, aber als ich ihn verließ, hatte ich den Verdacht, dass er zu viel Schlimmerem fähig war.

»Wirst du es wissen, wenn er die einstweilige Verfügung bricht?«, flüstere ich.

Sie nickt, und ihre Augen glänzen. »Vergiss dreißig Meter. Wenn er sich dir auch nur bis auf fünfzehn Kilometer nähert, sage ich dir sofort Bescheid.«

»Danke.« Ich lege den Hörer auf, teile Opa mit, dass ich mit Blue gesprochen habe, und gehe ins Gästezimmer.

Ich bin mir nicht sicher, ob es die Neuigkeiten über meinen Ex sind oder das Fehlen von Beaky im Zimmer, aber ich habe wieder Probleme, einzuschlafen.

KAPITEL
Sechzehn

NACH EINER UNRUHIGEN Nacht wache ich spät auf und muss mich beeilen, damit ich nicht zu spät zur Tour komme.

Auf halbem Weg nach Sealand merke ich, dass ich mein Handy zu Hause vergessen habe.

So ein Mist! Wenn ich jetzt zurückfahren würde, würde ich die Besucher definitiv im Stich lassen, und das könnte berufliche Konsequenzen haben. Anstatt umzukehren, gebe ich Gas.

Als ich am Treffpunkt ankomme, warten die Tourgäste schon ungeduldig auf mich.

»Hallo«, sage ich so fröhlich wie möglich. »Entschuldigen Sie die kleine Verzögerung. Gehen wir zu unserem Oktopus. Er ist erst gestern nach Sealand gekommen, Sie werden also die erste Gruppe sein, die ihn sieht.«

Beakys Neuheit lässt einige der Gesichter aufleben, so wie ich es mir erhofft hatte.

»Woher kommen Sie denn alle?«, frage ich, während

wir gehen. Jeder antwortet nacheinander und erwärmt sich noch mehr für mich, was wieder einmal beweist, wie gerne Menschen über sich selbst reden.

Als wir Beakys Lebensraum betreten, sieht er aufgeregt aus, mich zu sehen – zumindest interpretiere ich seine leuchtend rote Färbung und seine ausgebreiteten Arme so.

Sind diese Anbeter hier, um uns zu ehren, Hohepriesterin, oder dienen sie der Unterhaltung?

»Was für eine gruselige Kreatur«, sagt eine Dame, die einen winzigen Yorkshireterrier in den Händen hält.

»Ja«, murmelt ihr Freund. »Hässliches Wesen«

Sie fächelt sich theatralisch Luft zu. »Er will Nacho essen.«

»Nein, will er nicht«, lüge ich. Wenn der kleine Nacho ein Bad im Aquarium nehmen würde, würde er innerhalb von drei Herzschlägen in Beakys Schnabel landen.

»Ich weiß diese Dinge«, sagt sie. »Ich bin eine Haustier-Hellseherin.«

Oh, richtig. Bei der Vorstellung sagte sie, sie und ihr Freund kämen aus Cassadaga, Florida, der *Hellseher-Hauptstadt der Welt.*

Beaky schaut von dem Hund zu seinem Besitzer.

Heiden. Nur der mächtige Cthulhu hat übersinnliche Kräfte, nicht ein einfacher Fleischsack wie du. Wenn du wirklich unsere Gedanken lesen könntest, würdest du diesen leckeren Happen in das Aquarium werfen und dich flehend vor uns verneigen.

Ich zwinge mich, das Ehepaar aus Cassadaga anzulächeln, und beginne meinen Vortrag mit: »Ihre

Kräfte müssen sehr stark sein. Ein Oktopus hat neun Gehirne.«

Alle außer der Hellseherin und ihrem Freund lachen, und ich rede über Tintenfische, bis ich sehe, dass einige Augen glasig werden.

»Die Otter sind die Nächsten«, sage ich, was mit Begeisterung aufgenommen wird.

Als wir bei Otteraction ankommen, ist Dex dort und isst Tacos zu Mittag. Als ich mit meinen Erklärungen zur Tour beginne, schweigt er respektvoll und überlässt das Reden mir.

»Otter sind so süß«, sagt die Hellseherin, als ich frage, ob jemand Fragen hat. Sie legt einen Finger an ihre Schläfe, wie Professor X. »Sie schicken mir ihre Gedanken.« Ihre Stimme klingt höher, als sie verkündet: »*Wir wollen mit Nacho spielen.*«

»Ich fürchte, sie werden Nacho eher fressen, als mit ihm zu spielen«, sage ich.

»Aber Nacho will mit ihnen spielen«, sagt sie.

Dex räuspert sich. »Bitte halten Sie Ihren Hund von den Fischottern fern. Sie sind Raubtiere und fressen alles, was sie überwältigen können, darunter Biber, Waschbären, Schnappschildkröten, Schlangen und sogar kleine Alligatoren. Nacho wäre für sie das, was dieser Taco für mich ist.« Er stürzt sich auf seinen Taco, und die Hellseherin erblasst.

»Wie wäre es, wenn wir die Delfine besuchen?«, sage ich schnell.

Ich bin etwas verärgert darüber, wie gut dieses Ausweichmanöver funktioniert. Bei dem Wort *Delfine* leuchten die Augen aller auf, sogar Nachos.

Aruba ist nicht da, als wir zum Delfinbecken kommen, Cthulhu sei Dank.

Ich beginne damit, die Delfine vorzustellen, und als ich zu Hopper – Arubas Liebling – komme, springt er zur Freude aller aus dem Wasser.

Ich gebe es nur ungern zu, aber Delfine machen meinen Job als Führerin sehr einfach. Mein Vortrag kommt gut an ... das heißt, bis ein lautes Bellen ertönt, gefolgt von einem Platschen.

»Hilfe«, ruft die Hellseherin. »Nacho ist in den Pool gesprungen!«

KAPITEL
Siebzehn

VERDAMMTER KARPFENMIST. Der Hund schwimmt mit den Delfinen – und wenn niemand etwas unternimmt, könnte er bald bei den Fischen schlafen.

Bevor ich etwas unternehmen kann, springt der Freund der Hellseherin in den Pool.

Warum, Cthulhu, warum? Die morgige Schlagzeile wird lauten: *Florida-Mann schneidet Delfin den Bauch auf, um gefressenen Hund zu bergen* – und das während meiner Führung.

Hopper zwitschert laut und schwimmt in die Richtung des Hundes.

»Er will Nacho fressen«, ruft die Hellseherin hysterisch.

»Sie sind gut gefüttert«, sage ich und hoffe, dass ich recht habe. »Ich bezweifle, dass sie …«

Mein Argument wird hinfällig, als der Mann sich den Hund schnappt und ihn an seine Freundin übergibt.

Puh. Tragödie abgewendet.

Oder vielleicht auch nicht.

Als der Freund zur Leiter schwimmt, die aus dem Pool führt, schießt Hopper zu ihm und schnappt ihn an seiner Hose.

Ernsthaft, Cthulhu?

»Sie riecht den Schwanz im Wasser«, ruft die Hellseherin. »Bleib weg von meinem Mann!«

Sind es nicht Haie und Blut? Auf jeden Fall fürchte ich, dass sie nicht allzu weit von der Wahrheit entfernt ist, und die Schlagzeile, die ich fürchte, wird sein: *Delfin bumst Florida-Mann während Sealand-Tour*. Das wäre noch schlimmer, wenn es während meiner Führung passiert.

»Es ist okay! Hopper will nur seinen Gürtel«, schreit Aruba. Sie muss gerade vom Mittagessen zurückgekommen sein.

Der Gürtel, den der Delfin von der Hose befreit hat, sinkt auf den Boden, aber der Delfin zerrt weiter an der Hose. Die Hose und die engen weißen Slips, die der arme Kerl trägt, rutschen herunter und entblößen seinen blassen, pickeligen Hintern.

Oh, Karpfenmist.

Wird der Delfin gleich sexuell aggressiv?

Scheint so. Hopper taucht nicht nach dem Gürtel. Er will eindeutig noch etwas von dem Menschen.

»Sie hat einen Schwanz!«, ruft die Hellseherin und deutet verzweifelt auf Hopper.

Cthulhu hilf uns. Das riesige Ding, auf das sie zeigt, ist definitiv der Penis des Delfins. Delfinweibchen haben einen wahrhaft labyrinthischen Fortpflanzungstrakt, deshalb haben die Männchen einen sogenannten *Greifpenis*. Er ist sehr beweglich und kann sich wie eine menschliche Hand drehen, greifen und tasten. Außerdem kopulieren Delfine zum Vergnügen – wie Menschen – und können mehrmals pro Stunde ejakulieren – im Gegensatz zu allen anderen, außer ein paar sehr glücklichen Menschen.

Was soll ich tun?

Vielleicht kann Aruba eines der Delfinweibchen dazu bringen, sich für das Team einzusetzen? Oder ein Männchen? Das tun sie manchmal.

Mein verzweifelter Blick fällt auf ein Schwimmgerät und ich greife es.

»Hier.« Ich werfe es dem Typen zu, der sich panisch neben dem verspielten Delfin windet. »Halten Sie sich fest und lassen Sie sich nicht von ihm runterziehen.«

»Das würde Hopper nie tun«, ruft Aruba und bläst wütend in ihre Pfeife.

Zwei Dinge passieren gleichzeitig. Der Kerl schnappt sich das Gerät und tritt wild nach der Leiter, und Hopper schwimmt durch das Versprechen einer Belohnung in Richtung Aruba, abgelenkt von dem, was er gerade tun wollte.

Aruba bewegt sich wie ein Ninja und wirft Hopper einen Fisch zu, während ich dem zitternden Kerl aus dem Pool helfe.

Hopper isst seinen Fisch und sieht dabei so glücklich aus wie eine Geoduck-Muschel. Er war wohl hungrig. Nacho hat Glück gehabt. Genau wie der arme Freund der

Hellseherin. In Anbetracht dessen, was hätte passieren können, sollte der Delfin in Humper umbenannt werden – aber das behalte ich für mich, sonst wirft ihm Aruba vielleicht mich anstatt des nächsten Fischs zu.

»Wir gehen«, sagt die Hellseherin entrüstet. »Und kommen nie wieder her.«

Aruba und ich tauschen in seltener Übereinstimmung Blicke aus. »Gut, dass wir sie los sind«, murmelt sie leise vor sich hin.

Ich setze die Tour fort, und alles verläuft zum Glück ereignislos, bis wir zu den Seekühen kommen und Oliver sich uns anschließt.

Karpfenmist. Ist er hier, um mich wegen des Delfindebakels zu feuern? Es war nicht meine Schuld, aber …

»Tun Sie so, als sei ich gar nicht hier«, sagt Oliver zu der Menge. »Ich möchte nur diesen Teil der Tour hören.«

Oh, er möchte hören, wie ich über die Seekühe rede. Das ergibt Sinn.

Ich gehe darauf ein. Seine Augen leuchten auf, und leuchten die ganze Zeit, was man von denen der anderen Leute der Tour nicht behaupten kann.

Zu ihrer Verteidigung sei gesagt, dass keine Seekuh das übertreffen kann, was sie gerade in der Delfin-Ausstellung gesehen haben.

»Tolle Arbeit«, sagt Oliver, als ich fertig bin. Er klatscht langsam.

Der Rest der Leute stimmt in seine Ovationen ein, aber wahrscheinlich aus sozialem Druck heraus.

Ich verbeuge mich trotzdem. »Das ist das Ende der Tour. Vielen Dank, dass Sie Sealand besucht haben.«

Alle zerstreuen sich, als Oliver herüberkommt und mich anlächelt. »Ich meinte es ernst. Sie haben tolle Arbeit geleistet.«

Damit geht er davon und lässt mich mit einem geplatzten Eierstock zurück.

Ich schaue Betsy an, deren Blick viel weniger mürrisch ist als beim letzten Mal, als ich sie besuchte.

Gut. Wenn du ihn so sehr willst, gehört er dir. Mein neuer Schwarm ist Jason Momoa.

Mein Magen knurrt, also hole ich mir etwas zu essen. Dann arbeite ich bei den Seekühen, in der Hoffnung, Oliver wieder zu treffen, aber er taucht nicht auf.

Oh, na gut. Vielleicht ist es so am besten.

Er ist immer noch mein Chef.

Um genau siebzehn Uhr mache ich Feierabend.

Nachdem ich das Auto zu Hause geparkt habe, gehe ich die Auffahrt hinunter und schiebe die nun leere Mülltonne hinein. Als ich sie in Richtung Garage schiebe, wird mir klar, dass ich einen strategischen Fehler gemacht habe. Wenn ich damit bis zu dem Zeitpunkt gewartet hätte, an dem ich Oliver gestern Abend traf, hätte ich *zufällig* auf ihn stoßen können, und Tofu hätte mich *gezählt*, und wir hätten noch einen Spaziergang zusammen gemacht.

Noch einmal, na ja. Das ist vielleicht auch gut so.

Das Rascheln der nahen Büsche erregt meine Aufmerksamkeit.

Wir sind hier in Florida, also könnte es ein

Wildschwein, eine Schlange, ein Waschbär oder ein Alligator sein.

Als sich die eigentliche Quelle des Geräuschs offenbart, beschleunigt sich mein Puls, und ich erstarre auf der Stelle.

Es ist so viel schlimmer als jedes wilde Tier.

Es ist mein Ex-Freund, Brett.

KAPITEL
Achtzehn

EIN WIRBELSTURM unangenehmer Gefühle bricht beim Anblick seines gefürchteten Gesichts los.

Wir waren vier Monate zusammen, von denen drei ziemlich gut waren, aber dann wurde er besitzergreifend und kontrollierend – was zu meiner Schande nicht der Grund war, warum ich mit ihm Schluss gemacht habe. Der letzte Strohhalm war, als ich ihn beim Fremdgehen erwischte.

»Hi, Baby«, ruft er und fährt sich mit der Hand durch sein kurzes, dunkles Haar.

Pfui Teufel. Ich kann nicht glauben, dass ich ihn jemals attraktiv fand. Mit dem, was ich jetzt weiß, erinnert er mich an einen kränklichen Krötenfisch.

»Hi, Baby?« Ich starre ihn wütend an. »Du greifst meine Schwester an, verstößt gegen deine einstweilige Verfügung und sagst ›Hi, Baby‹ zu mir?«

Seine Nasenlöcher weiten sich. »Ich will nur reden.«

»Es gibt nichts, worüber wir reden könnten.«

Er kommt auf mich zu, und ich kann Alkohol in seinem Atem riechen.

Nicht gut. Als er Blue angriff, war er betrunken, hatte sie gesagt.

»Können wir nicht einfach reden?«, fragt er und jetzt, wo ich weiß, worauf ich achten muss, klingt seine Aussprache undeutlich.

Mein Herzschlag beschleunigt sich weiter, und ich wünschte, ich hätte Opas Rat befolgt, eine Waffe zu tragen. »Bitte, Brett. Ich will, dass du gehst.«

Er beugt sich vor. »Ich gehe nirgendwohin, bis du mich anhörst.«

Ich ziehe mich zurück. »Wenn du jetzt nicht gehst, bekommst du noch mehr Ärger.«

Er verengt seine Augen. »Willst du mir drohen?«

Ich gehe noch einen Schritt zurück. »Verstößt du nicht gegen deine Kautionsauflagen, indem du hier bist?«

Er kommt wieder auf mich zu.

Okay, ich schätze, ich werde fliehen.

Ich drehe mich um, und genau in diesem Moment kommt ein Tesla dicht neben uns mit quietschenden Reifen zum Stehen.

Ich blinzele, als Oliver aus dem Fahrzeug springt.

Bevor ich mich fragen kann, wie und warum er hier ist, steht er schon zwischen mir und Brett.

»Wer zum Teufel bist du?«, fragt Brett böse.

Oliver ballt seine Hände zu Fäusten. »Du hast drei Sekunden, um zu gehen. Eins.«

»Fick dich!« Brett macht einen drohenden Schritt auf Oliver zu.

Sieht er nicht das mörderische Funkeln in Olivers Augen?

Wenn man jemanden ermordet, ist man dann immer noch Veganer? Wahrscheinlich, solange man den Körper danach nicht ausschlachtet. Außerdem ist Oliver aus Umweltschutzgründen Veganer, also könnte er Brett töten und sich einreden, dass er seinen ökologischen Fußabdruck verkleinert hat.

»Zwei«, knurrt Oliver.

Brett schnaubt.

Idiot. Sieht er nicht, dass Oliver muskulöser ist? Ich dachte immer, Brett hätte einen schönen Körper, weil er groß und schlank ist, aber gegen Oliver sieht er aus wie ein glitschiger Aal.

Zwei Dinge passieren gleichzeitig.

Oliver sagt: »Drei«, und Brett schwingt eine Faust.

Ein Adrenalinstoß lässt mich nach Luft schnappen.

Oliver weicht Bretts Schlag aus und schlägt ihm mit der Faust auf die Nase.

Brett stöhnt und stolpert zurück. Blut fließt aus seiner Nase, aber er sieht immer noch angriffslustig aus. Was für ein Idiot. Das, oder er ist wirklich dumm, wenn er betrunken ist.

Ich weiß nicht, was ich tun soll, aber dann höre ich ein entferntes Heulen.

Eine Polizeisirene?

Das muss sie sein, und ich mache mir Sorgen, dass Oliver mit dem Gesetz in Konflikt gerät. Ich bin kein Jurist, aber in der Schule mussten beide Parteien bei einer Schlägerei nachsitzen, also denke ich, dass das auch für Erwachsene gelten könnte.

Brett hält sich die Nase, macht auf dem Absatz kehrt und läuft weg.

Uff. Er muss die Sirene auch gehört haben – oder er hat endlich begriffen, dass er gleich wieder in den Arsch getreten wird.

Ich eile an Olivers Seite und schaue ihn an. »Geht es Ihnen gut?«

Abgesehen davon, dass er viel zu lecker aussieht, scheint mit ihm alles in Ordnung zu sein.

Er ergreift meine Schultern, und sein blaugrüner Blick wandert über meinen Körper. »Hat er Ihnen wehgetan?«

»Nein, nein. Was machen Sie denn hier? Wie haben Sie …?«

Olivers Telefon klingelt. »Es tut mir leid«, sagt er und lässt mich los, um den Anruf anzunehmen.

Ein Anruf um diese Uhrzeit? Wer …?

»Hi, Blue«, sagt Oliver.

Blue? Meine Schwester?

»Ja, ich bin gerade noch rechtzeitig gekommen, aber das Arschloch ist abgehauen, bevor die Polizei kam.«

Ich starre ihn mit offenem Mund an, als er das Gespräch beendet.

»Ihre Schwester hat Sie gesucht, konnte Sie aber nicht erreichen«, sagt er und bestätigt damit meinen aufkeimenden Verdacht.

»Oh, ja«, murmele ich. »Ich habe heute mein Telefon zu Hause vergessen.«

»Das hat sie schnell herausgefunden«, sagt er. »Sie hat im Sealand angerufen, um Sie zu erreichen. Da Sie schon weg waren, habe ich gefragt, ob ich helfen kann, und sie hat mir erzählt, dass Ihr Ex ein gefährlicher Stalker ist und dass sie ihn bis zum Haus Ihrer Großeltern verfolgt hat. Tut mir leid, dass ich nicht schneller hier sein konnte.«

Ich reibe meine Schläfen. »Sie waren rechtzeitig hier. Ich weiß nicht, wie ich Ihnen danken soll.«

Bevor er antworten kann, hält ein Auto, auf dessen Seite das Wort *Sheriff* steht, mit heulenden Sirenen neben der Einfahrt an.

Die Sheriffs – oder sind es Hilfssheriffs oder Polizisten? – steigen mit schussbereiten Waffen aus.

»Er ist da lang gelaufen.« Ich zeige nach Norden. »Ich bin mir nicht sicher, ob Sie ihn fangen werden können.«

Die Männer stecken ihre Waffen in die Halfter. »An jedem der Ortsausgänge wartet ein Auto«, sagt einer der Polizisten. »Wir werden ihn kriegen.«

Ich blinzele ihn an. »Ich wusste gar nicht, dass Sie so viel Personal haben, wenn man bedenkt, wie groß die Stadt ist und wie niedrig die Kriminalitätsrate.«

Der Polizist zuckt mit den Schultern. »Irgendein hohes Tier aus New York hat den Sheriff um einen Gefallen gebeten. Anscheinend wurde hier ein gefährlicher Flüchtling gesichtet.« Er zeigt mir ein Foto von Brett. »Das ist der Typ, richtig?«

»Ja, das ist der, der abgehauen ist«, sage ich und frage mich, welches hohe Tier er meint. Hat Blue ein paar Fäden gezogen – oder ist *sie* das hohe Tier?

Ein anderes Auto hält an, und meine Großeltern springen heraus, wobei Opa natürlich eine Schrotflinte in der Hand hält.

»Sir, ich muss Sie bitten, die wegzulegen«, sagt der Polizist zu Opa.

Opa tut, was ihm gesagt wird, und dann überhäufen er und Oma alle Anwesenden mit einer Million Fragen.

»Ich bin gleich wieder da«, sage ich. »Ich muss mein Telefon holen.«

Während die anderen weiterreden, gehe ich ins Haus.

Als ich mein Telefon finde, sehe ich eine Million Nachrichten. Die meisten sind von Blue, aber einige sind von Lemon – Blue hat versucht, mich über sie zu erreichen – und Mom … aus demselben Grund.

Ich rufe jeden an und teile mit, dass alles in Ordnung ist.

Als ich wieder herauskomme, ist das Polizeiauto verschwunden, und Oma und Opa bedanken sich bei Oliver für seine Hilfe.

»Es tut mir sehr leid, Kaper«, sagt Opa, als er mich entdeckt. »Wir waren bei unserer Tanzstunde und hatten die Telefone ausgeschaltet, deshalb haben wir nicht bemerkt, dass Blue angerufen hat und dich gesucht hat.«

Oma zupft an seinem Ärmel. »Wir sollten gehen.«

»Gehen?« Großvater sieht sie an, als wären ihr Augen auf dem Kopf gewachsen, wie bei einem Sterngucker-Fisch.

Oma wirft einen bedeutungsvollen Blick auf Oliver. »Wir haben diesen Cartoon, den wir uns ansehen wollten, weißt du noch?«

Wird sie vor meinem Chef über Tentakelpornos sprechen?

Opa nickt theatralisch. »Richtig. Richtig. Der Hentai. Gehen wir.« Er sieht mich und Oliver an. »Viel Spaß, Kinder.«

Olivers Augen funkeln, als er ihnen beim Weggehen zusieht, aber als er sich wieder zu mir umdreht, ist sein Blick ernst. »Wie geht es Ihnen?«, fragt er leise.

Ich seufze. »Ich bin wie betäubt, um ehrlich zu sein.«

Er schaut in die Richtung, in die Brett gerannt ist, bevor er sich wieder zu mir umdreht. »Möchten Sie darüber reden?«

Ich weiche seinem Blick aus. »Das war mein Ex.«

Er wartet geduldig, und aus irgendeinem seltsamen Grund ertappe ich mich dabei, dass ich ihm die ganze hässliche Geschichte erzähle – wie ich Brett bei meinem letzten Job kennengelernt habe, wie die Dinge gut anfingen, sich aber schnell zum Schlechten gewendet haben und schließlich in dem Fremdgehen gipfelten. Was ich nicht erwähne, ist, dass Brett mir sagte, was ich tun und sogar anziehen sollte – und dass ich wie ein Trottel auf ihn gehört habe. Manchmal wünsche ich mir, ich könnte in eine Zeitmaschine steigen, in die Vergangenheit reisen und Brett in die Eier treten, anstatt mich von ihm kontrollieren zu lassen.

»Als ich ihn verließ, ließ er mich Beaky nicht mitnehmen, und davor hat er Beaky gehasst«, sage ich zum Schluss.

Olivers ballt seine Hände an seinen Seiten und öffnet sie dann wieder. »Ich hätte dem Arschloch in die Eier treten sollen.«

Hm. Große Geister denken ähnlich.

»Es tut mir so leid, dass Sie das durchmachen mussten«, fährt er mit fester Stimme fort.

»Hey, das war nicht Ihre Schuld«, sage ich. Vorsichtig frage ich: »Was ist mit Ihnen? Was war Ihre schlimmste Beziehung?«

Dank Dex' Klatsch und Tratsch weiß ich ein wenig über seine Dating-Geschichte, aber ich will es aus dem schönen Mund der Quelle hören.

Für eine Sekunde denke ich, dass er sich daran erinnern wird, dass er mein Arbeitgeber ist und sein Liebesleben mich nichts angeht, aber zu meiner Überraschung sagt er: »Ihr Name war – ich meine, ist – Brooke.« Er seufzt. »Wir waren ein Jahr lang zusammen, bevor ich sie überredete, mit mir Sealand zu gründen. Es hat viel Arbeit gekostet, das auf die Beine zu stellen, und mit der Zeit hat sie es mir übel genommen, wie sehr ich mich diesem Ort widmete und dass ich nicht mehr so viel Zeit für sie hatte.« Sein Gesichtsausdruck wird noch angespannter. »Um sich an mir zu rächen, schlief sie mit einem wichtigen Wissenschaftler und brachte damit fast das ganze Projekt zum Scheitern.«

Der Schmerz in seinen Augen führt dazu, dass sich mein Herz wie ein Krake fühlt, der versucht, durch ein winziges Loch zu entkommen. »Das ist scheiße«, sage ich leise. »Ihre Ex hört sich an wie ein Zigarrenhai.«

Er ergreift meine Hand, und seine Finger fühlen sich warm um meine an. Seine ernsten Augen sind auf mein Gesicht gerichtet. »Und Ihrer ist wie ein Piratenbarsch.«

Wärme breitet sich in mir aus, als ich seine Hand drücke. »Eine Goldbrasse.«

Der leiseste Hauch eines Lächelns berührt seine Augen. »Ein Bückling?«

»Nein. Der hawaiianische Staatsfisch – obwohl ich ihn nicht aussprechen kann.«

»Humuhumunukunukuāpua'a«, sagt er mühelos.

»Wow.« Ich starre ihn bewundernd an. »Sie sind wirklich gut mit Ihrer Zunge.«

Sein Blick wird heißer und seine Finger legen sich noch fester um meine. »Sie haben keine Ahnung, was ich alles mit meiner Zunge machen kann.«

Heiliger Karpfenmist. Ich stelle mir seine Zunge auf meiner Perle vor, und meine Eileiter verwandeln sich in einen Oktopus.

Mein Herz hämmert wie verrückt und bevor ich es mir anders überlegen kann, platzt es aus mir heraus: »Zeigen Sie es mir.«

Seine Augen leuchten auf, das Türkis verdunkelt sich zu der Farbe eines sturmgepeitschten Ozeans, und ohne weitere Umschweife zieht er mich zu sich und fordert meinen Mund in einem Kuss ein, der so brennend ist wie ein Unterwasservulkan.

Ich drücke mich gegen ihn, und meine weichen Teile schmiegen sich an seine harten. Seine Lippen sind so weich und köstlich, wie ich es in Erinnerung habe, seine Zunge streicht hungrig über jede empfindliche Oberfläche in meinem Mund, seine großen Hände wandern über meinen Rücken, meine Hüften, meinen Hintern. Ich spüre, wie ich mich auflöse, wie ich mit ihm verschmelze, und die Welt um uns herum verschwindet.

Fast.

Ich glaube, ich höre, wie ein Auto in der Nähe anhält. Entweder das – oder die fiebrige Hitze in mir lässt mich halluzinieren.

Oliver reißt seine Lippen los und atmet schwer, während er frustriert über meine Schulter blickt.

Karpfenmist.

Das verfluchte Auto gibt es wirklich, und eine verlegen dreinblickende Lemon steigt daraus aus, gefolgt von einem reuelosen Fabio.

»Warum habt ihr aufgehört?«, fragt Fabio, als das Taxi wegfährt. »Macht weiter mit dem Gesichtssaug…«

Lemon schlägt Fabio in die Schulter, und der jault vor Schmerz auf.

»Grenzen«, sagt sie weise.

Fabio sieht sie mit zusammengekniffenen Augen an. »Wenn du mich noch einmal schlägst, werde ich …«

»Ich muss gehen«, sagt Oliver und zieht sich zurück.

Ich berühre meine geschwollenen Lippen, und meine Hand zittert. »Sehen wir uns morgen?«

Er antwortet nicht, weil er schon weg ist.

Grr.

Ich habe meinen Chef geküsst. Dieses Mal mit dem Wissen, dass er mein Chef ist.

Was habe ich mir dabei gedacht?

Aber er hat mich zurückgeküsst.

Was hat *er* gedacht?

Ich gebe dem Adrenalin und den Urinstinkten meiner geilen Höhlenfrauenvorfahren die Schuld. Zu sehen, wie Oliver um mich kämpft, hat mich sehr angetörnt, auch wenn es das nicht hätte tun sollen.

»Tut mir leid wegen der Unterbrechung«, sagt Lemon und zuckt zusammen.

Ich atme hörbar aus. »Ihr habt wahrscheinlich meinen Job gerettet.«

Fabio rollt mit den Augen. »Wie?«

»Ich arbeite immer noch für ihn, und er hat eine Regel gegen Dates mit Kollegen.«

Fabio will gerade widersprechen, als mein Telefon klingelt. »Es ist Blue«, sage ich, als ich abhebe.

»Die Polizei hat den Wichser nicht erwischt«, rattert Blue ohne eine Begrüßung heraus.

»Hat sie nicht?« Ich schaue mich um, für den Fall, dass Brett wieder aus dem Gebüsch springt.

»Nein, aber ich bin mir ziemlich sicher, dass er nicht mehr in deiner Gemeinde ist.«

Ich runzele die Stirn. »Ziemlich sicher?«

Blau seufzt. »Er hat sein Telefon ein paar Kilometer von deinem Standort entfernt weggeworfen. Er muss gemerkt haben, dass ich ihn damit im Auge behalten habe.«

Ich drücke mein Telefon ein wenig zu fest. »Du kannst ihn nicht mehr aufspüren?«

Sie schnaubt. »Vorläufig. Keine Sorge, ich werde einen Weg finden.«

Ich atme einen Atemzug aus, von dem ich nicht wusste, dass ich ihn angehalten habe. Wenn die NSA Brett finden könnte, kann Blue das auch. Meine Schwester ist wie Big Brother – sie schaut immer zu.

»Wir hören uns«, sage ich. »Ich muss mich um Lemon und Fabio kümmern.«

»Bis später«, sagt Blue.

Ich lege auf, als Fabio eine Augenbraue hochzieht. »Um uns kümmern?«

Mit einem Knurren ziehe ich ihn und Lemon ins Haus – nur für den Fall, dass Brett schlau genug war, Blue zu täuschen, auch wenn das schwer vorstellbar ist.

Beim Abendessen bringe ich sie auf den neuesten Stand, und sie erzählen mir von ihren Plänen für morgen – eine Reise nach Miami, wo sie bis übermorgen bleiben werden.

Als ich ins Bett gehe, kann ich nur an Oliver und den Kuss denken. Seit Lemon da ist, kümmere ich mich nicht mehr um den aufkommenden sexuellen Druck – und das ist auch gut so. Wahrscheinlich.

Eine einzige Frage schwirrt mir durch den Kopf, als ich einschlafe.

Was passiert, wenn ich Oliver morgen bei der Arbeit sehe?

KAPITEL

Neunzehn

ICH ARBEITE den größten Teil des nächsten Tages bei den Seekühen, und es zahlt sich aus, als ich gegen vier Uhr nachmittags *zufällig* auf Oliver treffe.

»Hi«, sagt er, als er mich sieht.

Er sieht so verführerisch aus wie immer, aber seine Schultern sind angespannt, und sein Gesichtsausdruck ist vorsichtig. Noch schlimmer ist, dass er nicht herbeieilt, um mich zu küssen – etwas, von dem ein Teil von mir wirklich gehofft hatte, dass es heute passieren würde.

»Auch hi«, sage ich so lässig wie möglich. »Wollen Sie Betsy besuchen?«

Er nickt und wirft einen Blick auf meine kurvige Rivalin. »Es geht ihr so viel besser, dank Ihnen.«

Ich grinse. »Vielleicht können Sie jetzt aufhören, sich um sie zu sorgen, und sich um andere Tiere kümmern?«

»Tolle Idee«, sagt er. »Ich sehe mal nach den Ottern.«

Er dreht sich um und geht weg. Ich schaue ihm

hinterher und weiß nicht, ob ich verärgert oder erleichtert sein soll, dass er sich professionell verhält.

———

Während ich nach Hause fahre, überlege ich, wie er sich verhalten würde, wenn wir uns außerhalb der Arbeit treffen würden.

Würde er mich dann küssen?

Schade, dass heute nicht Mülltag ist, sonst könnte ich die Mülltonnen hinausstellen, während er mit Tofu Gassi geht – vorausgesetzt, ich könnte das richtige Timing finden.

Um sicherzugehen, dass ich ihn am nächsten Mülltag nicht verpasse, habe ich einen Alarm auf meinem Handy eingestellt.

Ich bin auf keinen Fall eine Stalkerin. Ich schwöre es.

Aber ich habe eine Idee: Vielleicht sollte ich stattdessen die Post holen?

Als ich in die Einfahrt meiner Großeltern einfahre, steht dort ein fremdes Auto, und dazu noch eines, was meinen Herzschlag beschleunigen lässt.

Einen Tesla.

Seinen Tesla.

Meine Großeltern haben ihn zu einem weiteren Abendessen eingeladen?

Ich parke und eile ins Wohnzimmer, wo ich abrupt stehen bleibe.

Ich hatte recht damit, dass Oliver hier ist, aber ich habe vergessen zu fragen, wem das andere Auto gehört, und jetzt, wo ich es weiß, ist es eine Katastrophe von Blauwal-Ausmaßen.

Meine Eltern sind hier.

Ja, meine Eltern.

Aber es kommt noch schlimmer.

Aus irgendeinem Grund massiert Papa Olivers Ohrläppchen.

Aber es kommt noch schlimmer.

Papas dünner Pferdeschwanz hat sich irgendwie um Olivers Hals gewickelt, wie ein silberner Aal.

Aber es kommt noch schlimmer.

Mom starrt meinen Chef mit unverhohlener Lust an, und wenn sie sein freies Ohrläppchen lecken würde, wäre ich nicht im Geringsten überrascht.

»Mama, Papa, was macht ihr hier?« Meine Frage kommt als Schrei aus meinem Mund.

Opa wirft Papa einen mürrischen Blick zu. »Jemand hatte die Nase voll von den Hymans und kam hierher. Das passiert in jedem Urlaub.«

Hey, wenigstens zieht er nicht seine Waffe gegen Dad, wie an Thanksgiving.

Mama sieht ihren Vater mit zusammengekniffenen Augen an. »Wir sind gekommen, um Olives Freund zu besuchen.«

»Er ist nicht mein Freund«, sage ich und begegne verlegen Olivers Blick.

Sein Ausdruck ist undurchschaubar.

Karpfenmist. Ist er verrückt?

»Warum nicht?«, fragt Papa, ohne Olivers Ohrläppchen loszulassen. »Liebe ist schön. Alles, was du brauchst, ist …«

»Oliver ist mein Chef«, sage ich. »Kannst du jetzt bitte aufhören, ihn anzufassen?«

Papa lässt Olivers Ohrläppchen nur widerwillig los. »Das Ohr ist ein Mikrosystem, das den ganzen Körper repräsentiert.«

»Wirklich?« Ich traue mich nicht, zu fragen, welchen baumelnden Teil von Olivers Anatomie er zu streicheln glaubte, als er das Ohrläppchen massierte.

»Ja«, sagt Papa. »Oliver erwähnte, dass er Kopfschmerzen hat, also bot ich an, die Ausschüttung von Endorphinen auszulösen.«

Es hätte schlimmer sein können. Blowjobs können auch Endorphine freisetzen.

Seufzend frage ich: »Oliver, möchten Sie eine Aspirin?«

»Nein, danke«, sagt Oliver. »Ich fühle mich jetzt viel besser.«

Papa wirft mir einen triumphierenden Blick zu. »Siehst du? Die Aurikulotherapie funktioniert wirklich.«

Opa tut so, als würde er das Wort *Schlangenöl* niesen.

Papa zieht seinen Pferdeschwanz von Olivers Hals weg. »Wir sind auch gekommen, um sicherzugehen, dass die Sache mit Brett unsere Kleine nicht aus dem Gleichgewicht gebracht hat.«

Mom reißt ihren lüsternen Blick von Oliver los und nickt enthusiastisch. »Der Junge wird eines Tages seine gerechte Strafe bekommen, warte nur ab.«

Grr. Blue hätte sie nicht anrufen sollen. Sie machen sich auch so schon genug Sorgen um mich.

»Olive, warum setzt du dich nicht?« Oma deutet auf einen Stuhl direkt neben Oliver. »Das Essen wird kalt.«

Ich setze mich, während jeder etwas vom Tisch nimmt.

Jetzt, wo ich weiß, dass Oliver Veganer ist, ergeben seine Entscheidungen mehr Sinn. Er entscheidet sich für die gerösteten Erdnüssen zum Knabbern, das Süßkartoffelpüree mit Kräutern und ein Gericht mit viel Soße, das ich nicht kenne.

Ich mache es Oliver nach und probiere das ungewohnte Gericht und stöhne versehentlich vor Vergnügen. »Oma, was ist das?«

Oma grinst Oliver an. »Wollen Sie ihr sagen, was Sie mitgebracht haben?«

Oliver nickt. »Das ist süß-saurer Tofu.«

Mama stößt Papa an und flüstert laut: »Er kann auch kochen. Wenn er jetzt noch für regelmäßige Orgasmen sorgt, ist er der perfekte Mann.«

Wäre es zu viel verlangt, zu hoffen, dass Oliver das nicht gehört hat?

Nein. Er muss es gehört haben – das Grinsen verrät es.

Ich probiere die Erdnüsse. Lecker. Ein Hauch von Ahornholz und ein bisschen Chipotle-Schärfe.

Oliver probiert sie auch, genau wie meine Eltern.

»Schöne Erdnüsse«, sagt Papa. »Sie erinnern mich an die Reese's Pieces Brownies, die wir manchmal auf der Farm machen.«

»Welche Erdnüsse?«, fragt Oma. Als sie den fraglichen Teller entdeckt, weiten sich ihre Augen, und sie tauscht einen bedeutungsvollen Blick mit Opa aus.

Mit einer für ihr Alter erstaunlich flinken Bewegung schnappt sie sich den Teller, bevor jemand mehr nehmen kann. »Die sind vielleicht nicht mehr so frisch. Ich hätte sie nicht rausstellen sollen.«

Seltsam, aber … na ja.

»Also, Oliver«, sagt Mama, »hat unsere Tochter Ihnen erzählt, dass Harry und ich Tiere retten, genau wie Sie?«

»Ja, Crystal, das hat sie«, sagt Oliver. »Ich bin wirklich sehr neugierig auf Ihren Hof.«

Mama erzählt ihm alles über ihre Tiere, während ich die Tatsache verdaue, dass Oliver und meine Eltern sich beim Vornamen nennen. Er zuckte nicht mit der Wimper, als sie *Harry*, sagte, und er nannte sie *Crystal*. Worüber haben sie noch gesprochen, bevor ich kam? Ich frage mich, ob Oliver sein Pokerface behalten hat, als sie sich vorstellten. Crystal Hyman klingt wie eine jungfräuliche Membran, an der sich jemand bei einer Entjungferung schneiden könnte, während Harry Hyman im Grunde die Jungfräulichkeit eines Gorillas ist.

»Bieten Sie auch Führungen an?«, fragt Oliver. »Oder sammeln Sie auf andere Weise Geld, um die Tiere zu unterstützen?«

Karpfenmist. Ich weiß was jetzt kommt.

»Wir haben Jobs«, sagt Papa. »Ich bin Penetrationstester bei Tag … und oft auch bei Nacht.«

Hat Opa gerade nach seiner Waffe gegriffen?

Oliver zieht eine Augenbraue hoch. »Ein Penetrationstester?«

Papa grinst. »Es geht darum, in Computersysteme einzudringen.«

»Tagsüber«, sagt Mama. »Nachts in mich.«

Wenn Opa zur Waffe greift ... Kann ich ihn bitten, mich von meinem Elend zu erlösen?

Olivers Pokerface hat mindestens eine Oscar-Nominierung verdient. »Was ist mit Ihnen?«, fragt er meine Mutter. »Sind Sie auch im Computerbereich tätig?«

»Nein«, sagt sie. »Ich bin eine Hühnersexerin.«

Opa seufzt.

»Hört sich das nicht nach einem lustigen Hobby an?«, fragt Papa.

Opa knirscht mit den Zähnen und will gerade etwas sagen – oder jemanden erschießen –, als Oma ihm eine Hand auf die Schulter legt.

»Ein Hühnersexer trennt die Küken in männliche und weibliche«, sagt Oma beruhigend.

Opa grunzt etwas Unverständliches.

»Das ist ein interessanter Job«, sagt Oliver. »Ich wette, sie sind genauso schwer zu unterscheiden wie Fische.«

»Eine Zeit lang war es eine tolle Sache«, sagt Mama. »Aber in letzter Zeit nicht mehr. Immer mehr Brütereien verwenden das In-Ovo-Sexen.«

»Oh Schatz«, sagt Oma. »Das wusste ich nicht.«

Papa zwinkert Oma zu. »Keine Sorge, Mrs. Butchski. Ich werde gut für Ihre Tochter sorgen.«

Opa schaut Papa zum ersten Mal heute anerkennend an.

»Oh, ich werde schon einen anderen Weg finden,

Geld zu verdienen«, sagt Mama zuversichtlich. »Ich habe mich um den Hof gekümmert und biete meine Dienste vielleicht auch anderen an.«

Cthulhu, erlöse mich. Dann erzählt sie eine Geschichte, bei der ich mir immer das Gehirn durch die Ohren bleichen möchte: wie sie einmal unser Hausschwein Petunia als Teil ihrer künstlichen Befruchtung zum Orgasmus gebracht hat.

»Das erhöht die Chance auf Ferkel um sechs Prozent«, sagt Mama. »Ich habe gehört, dass sich einige Betreuer auf großen Farmen nicht wohl dabei fühlen, also könnte ich einen guten Preis verlangen.«

Puh. Orgasmen für Geld. Ich frage mich, was älter ist: die Landwirtschaft oder der älteste Beruf der Welt?

»Warum lasst ihr euch von Oliver nicht ein paar Touristentipps geben?«, sagt Opa, der offensichtlich genauso begierig auf einen Themenwechsel ist wie ich. »Er hatte welche für Lemon und Fabio und sie haben einen Riesenspaß.«

Oliver spielt wieder den Reiseleiter, aber dieses Mal schlägt er nicht nur Attraktionen vor. Er erwähnt auch einige fantastisch klingende Restaurants und die Gerichte, die man dort unbedingt probieren muss.

»Wow«, sagt Mama. »Einige der Gerichte, die du beschrieben hast, lassen mir das Wasser im Mund zusammenlaufen.«

Damit schnappt sie sich von jedem Gericht auf dem Tisch eine Portion.

Wo sie recht hat, hat sie recht. Olivers Beschreibungen – oder sind es seine Lippen? – haben auch mir das Wasser im Mund zusammenlaufen lassen, also schnappe ich mir alle Nicht-Meeresfrüchte. Papa und Oliver folgen seinem Beispiel, wobei Letzterer nur die veganen Vorspeisen nimmt.

Aus irgendeinem Grund tauschen Oma und Opa einen schuldbewussten Blick aus.

»Lecker«, sagt Papa, als er Olivers süß-saures Gericht probiert. »Ich kann nicht glauben, dass das Tofu ist.«

Oliver grinst. »Der Trick ist die Soße.«

Papa reibt sich den Bauch. »Erinnert mich an Dikdik.«

Ich ersticke fast an meinen Süßkartoffeln.

»Sie haben ein Dikdik gegessen?«, fragt Oliver mit großen Augen.

Das eigene Haustier zu essen muss in seinen veganen Ohren barbarisch klingen ... oder in allen Ohren.

»Es ist nicht so, wie Sie denken.« Mama wirft Papa einen tadelnden Blick zu. »Es starb zuerst eines natürlichen Todes.«

Oliver schaut von Mama zu Papa, wahrscheinlich in der Hoffnung, dass jemand sagt, es sei ein Scherz. »Ich bin mir nicht sicher, ob es dadurch besser wird«, sagt er nach einer Pause. »Ist das überhaupt sicher?«

»Glaubst du, es geht los?«, fragt Oma Opa, aber er bringt sie zum Schweigen.

»Wenn das Tier nicht krank war, ist es völlig unbedenklich, es zu essen, nachdem es gestorben ist«, sagt Papa. »Es ist eine Art, es zu ehren.«

Oliver starrt Papa an. »Es zu ehren?«

Papa schluckt einen ganzen Dumpling herunter,

ohne zu kauen – ein bisschen wie ein Delfin einen Fisch. »Manche Kulturen haben ihre toten Verwandten aus demselben Grund gegessen. Bambi war wie ein Teil der Familie für uns, und jetzt ist sie ein Teil unseres Körpers. Welche größere Ehre gibt es?«

Ist es egoistisch, dass ich froh bin, dass ich den betreffenden Dikdik nie getroffen habe?

Als er das alles hört, zieht Opa eine Waffe hervor. Nach einem kurzen Blick von Oma versteckt er sie wieder und schaut meinem Vater in die Augen. »Wenn du auch nur daran denkst, mich nach meinem Tod zu essen, werde ich zum Poltergeist für deinen Hippie-Arsch und erschieße dich.«

»Schatz«, flüstert Oma durch den Mundwinkel. »Du weißt, dass es die Drogen sind, die aus dir sprechen.«

Ich runzele die Stirn. »Welche Drogen?«

Opa wirft Oma einen verärgerten Blick zu. »Sie konnte noch nie ein Geheimnis bewahren.«

Mama sieht Oma an. »Von welchen Drogen redest du? Harry und ich sind ganz nüchtern.«

»Erinnerst du dich, dass du darauf bestanden hast, mir beim Tischdecken zu helfen?«, fragt Oma.

Mama verschränkt ihre Arme vor der Brust. »Sprich weiter.«

Oma seufzt. »Du hättest die Erdnüsse nicht mit rausnehmen sollen.«

Moms Pupillen sind besonders weit, als sie ihre Augen auf Oma richtet. »Warum nicht, Mama?«

Ich kichere. »Ahorn-Chipotle-Erdnüsse. Natürlich. Sie waren mit Cannabis, nicht wahr?«

»Er ist medizinisch«, sagt Opa abwehrend.

Ich kichere weiter. Zuerst habe ich fast mit meinem Chef geschlafen. Dann habe ich auf ihn gepinkelt, dann habe ich ihn geküsst, und jetzt hat meine Familie ihn unter Drogen gesetzt.

Mein Lachen wird hysterisch.

Ja. Jetzt, wo ich weiß, worauf ich achten muss, sehe ich Rötungen in Olivers blaugrünen Augen. »Wie hoch war die THC-Konzentration?«

»Hoch«, sagt Oma verlegen. »So high wie du bist.«

Mama und Papa fangen an zu kichern, und die Tatsache, dass ich es ansteckend finde, bestätigt, was wir gerade erfahren haben.

»Ihr könnt es genauso gut genießen«, sagt Oma. »Das ... oder etwas dagegen tun.«

»Was?«, fragt Oliver. Er sieht überhaupt nicht glücklich aus.

»Desserts helfen mir, vom High herunterzukommen«, sagt Oma. »Ich habe etwas im Kühlschrank.«

Lecker. Ich könnte einen Nachtisch vertragen. Und Nachos. Haben meine Großeltern Nachos? Oh, und kann ich Nachos *mit* Käsekuchen haben?

»Trink auch viel Wasser.« Opa holt einen Krug vom Tisch und füllt ihn am Wasserhahn in der Küche auf.

»Meiner Erfahrung nach ist Ausdauersport gut«, sagt Mom kichernd. »Besonders bestimmte Arten.« Danach zwinkert sie verstörenderweise Papa zu. »Das sind zwei Fliegen mit einer Klappe.«

Oliver trinkt ein großes Glas Wasser, während meine Eltern und ich unsere Teller mit den restlichen herzhaften Gerichten füllen, um auf dem Tisch Platz für den Nachtisch zu schaffen.

»Wir könnten eine Pizza bestellen«, sagt Mama, nachdem sie alles auf ihrem Teller verschlungen hat. Sie zwinkert mir zu. »Mit Oliven.«

Papa nickt. »Und Pommes.«

Großmutter räuspert sich. »Was ist mit dem Nachtisch, den ich gemacht habe?«

Mama runzelt die Stirn. »Karamellsoße auf Pommes?«

»Nein, wir sollten Oreos holen«, sagt Oliver. Er sieht jetzt nicht mehr ganz so unglücklich aus. Wenn überhaupt, dann sieht er hungrig aus. Das THC muss wirklich wirken.

»Ist das vegan?«, frage ich.

»Jepp«, sagt er. »Das ist Vegenaise auch. Ich habe welche in meinem Kühlschrank. Ich wette, sie würden perfekt zusammenpassen.« Er leckt sich über die Lippen, was mich fast das Essen vergessen und mich an Ausdauersport denken lässt – die Art, an die meine Mutter gedacht hat. »Ich habe auch eine Avocado, die wir mit Schokolade mischen können«, fährt Oliver fort. »Vielleicht etwas Sriracha hinzufügen. Und Erdnussbutter.« Er sieht meine Eltern an. »Kann ich mir etwas Basilikum von Ihrer Pizza leihen?«

Oma knallt einen Teller auf den Tisch. »Das ist ein veganer Limettenkuchen.«

»Wow«, sagen wir alle vier und stürzen uns wie ein Rudel gefräßiger Wölfe auf den Kuchen.

»Ist da Agar-Agar drin?«, fragt Oliver meine Oma, nachdem sein Teller leer ist.

Sie schüttelt den Kopf. »Was ist das?«

»Eine Gelatine, die aus Seetang hergestellt wird.« Er grinst. »Wenn Sie es benutzt hätten, wäre das ein *Kelpcake*.«

Ich fächele mir selbst Luft zu. Er spricht offen darüber, dass er mich essen will.

Es ist amtlich.

Wir sind high.

Zwanzig

PAPA HEBT einen Finger in die Luft. »Wir sollten *Dark Side of the Rainbow* anmachen.«

Mama nickt enthusiastisch. »Und mehr Essen holen.«

»Was ist ›Dark Side of the Rainbow‹?«, fragt Oma.

»Bring was zum Knabbern mit, dann zeige ich es dir.« Mama springt auf und rennt ins Wohnzimmer.

Oma seufzt. »Ich denke, wir sollten folgen.« Sie reicht allen Snacks.

Ich fange an zu helfen, aber aufzustehen macht mich noch higher – das oder ich erlebe Zeitsprünge. Ich weiß nur, dass ich mich irgendwie im Wohnzimmer wiederfinde, wo ich es mir neben Oliver gemütlich gemacht habe.

Hey. Mein highes Ich hat die richtige Idee. Wenn jetzt nur meine Familienmitglieder gehen würden …

»Passt auf und hört zu«, sagt Mama und schnappt sich ein weiteres Stück Limettenkuchen. »Das ist Pink

Floyds *Dark Side of the Moon*, gespielt zu *Der Zauberer von Oz*.«

Zuerst bin ich zu sehr mit der Welle von Hormonen beschäftigt, die durch Olivers Nähe ausgelöst wird. Irgendwann bemerke ich jedoch die Musik und schaue auf den Bildschirm.

Wow.

In einem seltenen Moment der Klarheit merke ich, dass sie unheimlich gut zusammenpassen. Haben Pink Floyd das Album mit Blick auf den Film geschrieben, oder ist das ein Bestätigungsfehler?

Irgendwann in der Mitte des Films machen mich die Musik und das Cannabis so high wie noch nie, und die Handlung von *Der Zauberer von Oz* ist schwer zu verstehen, obwohl ich den Film schon einmal gesehen habe. Ein paarmal vergesse ich sogar, wie das Fernsehen funktionieren soll, aber fange mich schnell wieder.

Hmm. Vielleicht bin ich wie die Vogelscheuche – und brauche ein Gehirn?

Viele Fragen schwirren mir durch den Kopf, und sie scheinen alle so tiefgründig zu sein, dass ich sie aufschreiben möchte – aber ich glaube, ich habe vergessen, wie man schreibt.

Warum ist der Blechmann verrostet? Er ist aus Blech, nicht aus Eisen, und Blech rostet nicht. Und wie schrecklich war es für ihn, unbeweglich dazustehen, bevor Dorothy ihn rettete? Und um auf den Wasserschaden zurückzukommen: Wie ist die Böse Hexe geschmolzen? Hat sie auch eine Erdnuss gegessen, oder war sie aus etwas Schmelzbarem gemacht?

»Wenn Wasser ihre Schwäche ist, warum hat sie dann einen Eimer davon in ihrem Schloss?«, frage ich laut.

»Das frage ich mich auch«, sagt Papa. »Warum wollte sie Toto töten? Er war keine Bedrohung.«

Ja. Zum ersten Mal, seit ich mich erinnern kann, ergibt Dad einen Sinn – auch wenn mein Gedächtnis im Moment etwas beeinträchtigt ist, um es vorsichtig auszudrücken.

Auch die Zeitwahrnehmung. In einem Wimpernschlag sind das Lied und der Film vorbei, und anscheinend war der ganze Film »nur ein Traum«, was in meinem derzeitigen Zustand sehr leicht zu glauben ist.

Plötzlich wird eine Szene aus einem Hardcore-Tentakelporno auf dem Bildschirm eingeblendet.

»Ups«, sagt Oma. »Das ist nicht das, was ich anmachen wollte.«

Ist es komisch, dass ich jetzt geil bin? Heißt das, ich mag Hentai?

Nein. Oliver hat seinen Arm um mich gelegt – deshalb.

Ich ignoriere die ermutigenden Kommentare meiner Mutter über Pornos und das Sexleben meiner Großeltern, drücke mich näher an Oliver und schwebe auf einer Wolke der Euphorie.

Oliver umarmt mich und sorgt dafür, dass der Rest meiner Gehirnzellen einen Kurzschluss erleidet.

Ein neuer Film beginnt, dieses Mal ohne Pink Floyd.

Es fällt mir schwer, einen Sinn darin zu sehen. Ich glaube, es ist einer der späteren Harry-Potter-Filme, weil Hermine darin erwachsen aussieht.

Aber wo ist Harry? Und wer ist der Typ, der Hermine anbaggert?

Hmm. Sein Name ist Gaston. War er in Slytherin?

Außerdem erinnere ich mich nicht an diesen Werwolf mit Hörnern ...

Moment einmal. Jetzt weiß ich es: Das muss die Live-Action-Adaption von *Die Schöne und das Biest* sein.

Ja. Der Song *Be Our Guest* bestätigt das – und er ist hier genauso psychedelisch wie in der Zeichentrickversion, aber das könnte auch nur am THC liegen.

Jetzt ergeben einige der früheren Szenen weniger Sinn ... es sei denn, es waren Halluzinationen. Habe ich zum Beispiel gesehen, wie Hermine – ich meine Belle – im Frankreich des 18. Jahrhunderts eine Waschmaschine erfunden hat? Und wenn es hier keine Werwölfe gibt, warum waren die Wölfe dann so groß? Und haben Löwenlaute von sich gegeben?

»Ich habe Hunger«, sagt Mom und lenkt mich von meinen Versuchen ab, den Film zu verarbeiten.

»Es gibt nichts mehr zu essen«, sagt Oma lachend.

»Wollen wir einkaufen gehen?« Papa fragt niemanden Bestimmtes.

»So fährst du nicht«, sagt Opa streng und tätschelt sein Gewehr.

»Mist«, sagen Mama und Papa unisono.

»Ich habe Essen bei mir zu Hause«, sagt Oliver, nur wenige Zentimeter von meinem Gesicht entfernt.

Oh ja. Er umarmt mich. Kein Wunder, dass ich mich so wohlfühle.

Außerdem, wer braucht schon Essen, wenn ich seine Lippen lecken kann?

Nein. Zeugen.

»Lassen Sie uns zu Ihnen gehen«, sagen meine Eltern.

»Sind Sie sicher?«, fragt Oma Oliver.

Er nickt. »Tofu vermisst mich wahrscheinlich.«

»Lecker«, sagt Mama. »Wir vermissen den Tofu auch.«

———

Ich kann mich nicht mehr genau an den Weg zu Olivers Haus erinnern, aber als wir hereinkommen, kommt ein Hotdog zu uns gerannt und kläfft uns freudig an, wobei sein Schwanz so schnell wedelt, dass mein verwirrtes Gehirn es nicht verarbeiten kann.

»Das ist Tofu«, sagt Oliver zu meinen Eltern. »Er steht nicht auf der Speisekarte, aber süß-saurer Tofu schon.«

Ich kichere und streichele Tofus nasse, spitze Nase.

»Die Küche ist hier entlang«, sagt Oliver und führt uns durch einen minimalistisch anmutenden Flur.

Die Küche ist auch ziemlich spärlich, mit sauberen, modernen Geräten und einem Glastisch.

»Haben Sie Graved Lachs?«, fragt Mama.

»Oder Gnocchi?«, fügt Papa hinzu.

»Oliver ist Veganer«, sage ich und bin stolz darauf,

dass ich eine solche Logikkette geschafft habe. »Hier gibt es keine Fisch- oder Eiergerichte.«

»Hier.« Oliver holt etwas aus dem Kühlschrank und wir stürzen uns alle wie ein Team darauf, bis nichts mehr übrig ist.

»Was war das?«, frage ich verspätet. »Nachos?«

Oliver lacht. »Oreos, aber mit Salsa, ich verstehe also, dass es Sie verwirrt hat.«

Die kulinarischen Abenteuer gehen weiter, bis Olivers Kühlschrank leer ist, und dann entschuldigen sich meine Eltern und verschwinden.

Ich blinzele Oliver an. »Wo sind sie hin?«

»Ich bin mir nicht sicher«, sagt er. »Lassen Sie uns sie suchen.«

Sicher. Ich muss mich nur daran erinnern, wie man läuft.

Mit herkulischer Anstrengung stehe ich auf.

Großartig. Diese ganze Sache mit dem Laufen könnte mir jetzt wieder einfallen.

Bevor ich einen Schritt machen kann, rennt Tofu ins Zimmer und fängt an, herumzutänzeln und zu jammern.

Oliver wirft einen schuldbewussten Blick auf sein Würstchen. »Normalerweise füttere ich ihn, wenn ich von der Arbeit nach Hause komme. Ich kann nicht glauben, dass ich das vergessen habe.«

Tofu wackelt mit dem Kopf, als ob er sagen würde: *Willst du mich füttern, oder muss ich einen Dachs zum Abendessen töten? Dafür haben sie uns Hot Dogs gezüchtet.*

Oliver lacht. »Ich wette, wenn er sprechen könnte, würde er genau so klingen.«

Ich runzele die Stirn. »Habe ich das laut gesagt?«

Er kratzt sich am Scheitel. »Ich hoffe, Sie waren es. Wenn ich so high bin, dass Tofu mit mir spricht, muss ich vielleicht ins Krankenhaus.«

»Nein, das war ich«, sage ich. »Denke ich zumindest.«

»Puh. In diesem Fall sollten Sie wissen, dass ein Dackel – vor allem ein moderner – einen Dachs nicht wirklich töten kann. Sie helfen nur bei der Jagd. Die Menschen erledigen das Töten.«

Ich schnaube. »Was ist ein Dackel?«

Er seufzt. »Ein Hot Dog.«

»Richtig, richtig. Auf Lateinisch heißt es *canis pēnis*. Umgangssprachlich heißt es aber Wiener Hund. Oder Würstchen-Hund. Shlong Dog? Shlong Dog Millionär. Cock …«

Ein lautes Bellen von Tofu unterbricht mich.

Ich mag es nicht, wenn man mich verspottet.

Oliver grinst. »Mein Würstchen ist ausgehungert.«

Das Bild von Olivers massiver Aqua-Männlichkeit huscht vor meinem perversen Auge vorbei.

Es ist amtlich.

Ich bin genauso hungrig auf sein Wiener wie sein Wiener auf Hundefutter.

Oliver greift zu einem Regal in der Nähe und schnappt sich eine Dose mit dem Bild eines – möglicherweise – bekifften Hundes darauf. Als er das Ding aufbricht, rieche ich etwas Leckeres, und mein Magen knurrt.

Tofu schaut besorgt zu mir auf.

Ich bin so hungrig, ich könnte alles essen.

Mit einem Glucksen, das darauf hindeuten könnte, dass ich das schon wieder laut gesagt habe, schüttet Oliver das Essen in eine Schüssel auf dem Boden.

Tofu verschlingt es besonders schnell, als hätte er Angst, dass er mit jemandem darum kämpfen müsste.

Mein Magen knurrt erneut. Wann habe ich das letzte Mal gegessen?

Oliver grinst. »Knabbereien?«

Ich werfe einen Blick auf den Hundenapf. »Es riecht so gut.«

Er schnaubt. »Sie würden Hundefutter essen?«

Ich lecke mir über die Lippen. »Haben Sie sich nie gefragt, wie es schmeckt?«

Er sieht neugierig aus. Er schnappt sich eine weitere Dose, bricht sie auf, nimmt einen Löffel heraus und schaufelt einen Bissen in seinen sexy Mund.

Ist es komisch, dass ich will, dass er mich mit dem Hundefutter füttert, wie ein Vogelpapa?

»Nicht schlecht«, sagt Oliver, nachdem er geschluckt hat. »Ich könnte allerdings etwas Salz gebrauchen.«

Ich schnaube. »Sie sind so bekifft, dass Sie gerade Hundefutter gegessen haben.«

Oliver wedelt mit dem Löffel, und ein Tropfen Hundefutter fliegt in Tofus Schüssel. »Ich würde Tofu nicht mit etwas füttern, was ich selbst nicht essen würde.«

Ich kichere. »Sie wissen, dass Sie den heiligen Veganer-Pakt gebrochen haben? Ihre übersinnlichen Kräfte werden nicht mehr funktionieren.«

»Stimmt nicht«, sagt er. »Das ist veganes Hundefutter.«

»Ist es das?« Ich blinzele ihn an. »Sind Hunde nicht im Grunde genommen Wölfe – also Fleischfresser?«

Er fuchtelt mit der Dose in der Luft herum. »Ich kaufe diese hier, damit Tofu mehr Abwechslung hat. Hunde sind Allesfresser und können vegane Mahlzeiten essen, solange sie richtig zusammengestellt sind.«

Ich grinse. »Er ist ein veganer Hot Dog?«

Oliver schüttelt den Kopf. »Tofu frisst nicht ausschließlich vegan – dafür mag er Fleischgerichte zu sehr. Trotzdem genießt er gelegentlich ein veganes Gericht, und es gibt ihm die Möglichkeit, seinen winzigen ökologischen Fußabdruck zu verringern.«

Als er seinen Namen immer wieder hört, schaut Tofu auf.

Eigentlich könnte ich die Methanemissionen der Welt einpfotig reduzieren, indem ich all die furzenden Kühe fresse. Und Schweine – wenn es das ist, woraus Speck gemacht wird. Und Hühner – vorausgesetzt, sie wissen, wie man furzt. Ich esse eigentlich alles, was furzt. Deshalb haben wir Hunde auch so einen guten Geruchssinn.

Oliver lacht und reicht mir die Dose und den Löffel. »Interessiert?«

Ich rieche daran. Es riecht köstlich.

»Ich werde es niemandem erzählen«, sagt Oliver. »Es wird unser kleines Geheimnis bleiben.«

Zögernd nehme ich einen Löffel Hundefutter und stecke ihn mir in den Mund, während Oliver mir hungrig zusieht.

Will er mehr?

Dann erreicht mich der Geschmack. Bei Cthulhus

Geschmacksnerven, ich mag es! Da ist Reis drin, vielleicht Hafer, sicher auch Gerste und entweder Erbsen oder Kichererbsen.

Tofu wimmert wieder, und ich schaue nach unten, um zu sehen, wie er panisch auf die Dose in meinen Händen starrt.

Essen die Menschen jetzt mein spezielles Essen? Was steht als Nächstes auf dem Speiseplan?

Ich kichere. Dummer Tofu. »Wird er sich überfressen, wenn ich es ihm gebe?«

Oliver schüttelt den Kopf. »Er kann es haben.«

Traurig schütte ich den Rest der Köstlichkeit in Tofus Schüssel, und der Wiener stürzt sich wie ein phallisch aussehender Wolf darauf.

Aaah. Ich hatte gehofft, er würde mir etwas übrig lassen.

Ich reiße meinen Blick von dem schnell verschwindenden Essen los und sehe mich um. »Ich habe das Gefühl, dass etwas fehlt, aber ich kann es nicht genau zuordnen.«

Oliver wirft einen verwirrten Blick auf die Tür. »Ja. Erinnerst du dich, was?«

Ich schließe meine Augen und strenge mein Gehirn so sehr an, wie ich kann.

Delfine?

Nein, sie sind bei der Arbeit.

Snacks?

Habe schon alles gegessen. Tofu hat geholfen.

Musik?

Nein. Das war damals im Haus meiner Großeltern.

Moment. Ich hab's. Ich öffne die Augen und schlage mir auf die Stirn. »Eltern.«

»Oh, ja«, sagt Oliver. »Wo sind sie?«

»Keine Ahnung.« Ich gehe zu ihm und lege meinen Arm in seine Ellenbogenbeuge. »Wollen wir sie suchen gehen?«

»Gehen wir.« Er führt mich aus der Küche und ins Wohnzimmer.

Ich schaue mir die bequeme Couch und den Großbildfernseher an.

Wonach habe ich nochmal gesucht?

»Hier sind sie nicht«, sagt Oliver.

Oh, richtig. Eltern.

»Suchen wir woanders«, sage ich und wende mich dem Flur zu.

»Ja.« Oliver führt mich den Flur hinunter und schnuppert die Luft, so wie es Tofu tun würde. »Ist das Erdnussbutter?«

Ich atme tief ein. Mhm, nussig. »Entweder das – oder eine Schaufelfußkröte. Wenn die gestresst ist, sondert sie ein Sekret ab, das nach Erdnussbutter riecht.«

Olivers Augenbrauen ziehen sich zusammen. »Ich glaube, es kommt aus meinem Schlafzimmer.«

Ich versuche, mir einen Reim auf diese Aussage zu machen. Ist *er* durchgeknallt? Worum ging es nochmal? Oh, ja, der Geruch. »Glauben Sie, meine Eltern haben Erdnussbutter in Ihr Schlafzimmer geschmuggelt, damit sie nicht teilen müssen?« Diese Mistkerle. Wie konnten sie nur?

Oliver blinzelt mich an. »Sie scheinen zu nett zu

sein, um etwas so Abscheuliches zu tun. Vielleicht testen sie sich gegenseitig auf Alzheimer?«

Tun sie das? Wie alt sind meine Eltern? Moment, welches Jahr haben wir? »Haben Sie Alzheimer oder Alka Seltzer gesagt?«

Er hält einen Finger hoch, der in meinem Blickfeld zu tanzen scheint. »Patienten mit Alzheimer sind nicht in der Lage, Erdnussbutter durch das linke Nasenloch so gut zu riechen wie durch das rechte.«

Nasenlöcher. Rechts. Gegen links. Ich drücke meinen Finger auf eine Seite meiner Nase. Moment, worüber haben wir noch einmal gesprochen? Oh, ja, meine Eltern und dieser leckere Geruch. »Sie sind zu jung für Alzheimer. Ich glaube, sie haben beschlossen, die Erdnussbutter zu klauen.« Puh. Ich denke, das ergibt Sinn.

Oliver sieht erschrocken aus. »Das würden sie nicht tun.«

»Mal sehen«, sage ich entschlossen und reiße mit einem empörten Schnauben die Tür zum Schlafzimmer auf, bereit, hineinzustürmen und die Erdnussbutter in Besitz zu nehmen.

Aber ich kann nicht.

Oliver neben mir holt scharf Luft und bleibt ebenfalls wie erstarrt stehen.

Der Schock über das, was ich sehe, ist so stark, dass die Wirkung des Cannabis nachlässt.

Heiliger Cthulhu und der Rest der Großen Alten.

Mama reitet Papa rückwärts, wie ein umgedrehtes Cowgirl.

Beide sind so nackt wie an dem Tag, an dem sie geboren wurden.

Oh, und beide Elternteile sind mit so viel Erdnussbutter eingeschmiert, dass sie eine ganze Armee von Kiffern ernähren könnten.

Einundzwanzig

ICH SPRINGE ZURÜCK, knalle die Tür zu und überlege angestrengt, ob ich mir meine Augen ausstechen soll.

Nein. Das reicht nicht.

Ich lasse mich von meinen Füßen wegtragen. Eine Sekunde später sitze ich auf der Couch und presse meine Handflächen auf meine Augen.

Habe ich sie also doch herausgestochen?

Ein starker Arm legt sich um mich. »Geht es Ihnen gut?«, murmelt Oliver in mein Ohr.

Ich schüttele den Kopf. »Ich glaube, ich bin traumatisiert.«

Er umarmt mich fester. »Sealands Krankenversicherung deckt die Therapiekosten.«

Ist es hier drin heiß oder liegt es an ihm?

Ich nehme meine Handflächen von meinem Gesicht. »Tut sie das?«

Oliver nickt. »Zur Not könnten Sie auch mit Rose reden.«

Ich kichere. »Sie wissen aber schon, dass sie eine Fischpsychologin ist?«

Er starrt mich wie hypnotisiert an. »Habe ich Ihnen jemals gesagt, dass Sie ein wunderschönes Lächeln haben?«

Hat er das? Ich kann mich nicht erinnern. Wahrscheinlich nicht. Wenn ich mich jemals so leicht und flatterhaft in meinem Herzen gefühlt hätte, würde ich mich daran erinnern.

Er blickt mich immer noch an.

Ich frage mich, warum. Erwartet er eine Antwort?

Außerdem, warum fühle ich mich so warm und wohlig?

Oh, ja, er hat seinen Arm um meine Schultern gelegt. Mein Blick fällt auf die Hand, die mich berührt.

Wunderschön. Ja, es wurde etwas zu diesem Thema gesagt. »Sie haben einen wunderschönen Daumen«, hauche ich und betrachte seine Finger.

Dann erinnere ich mich an das, was er gesagt hat. Ich glaube, ich habe es versehentlich auf den Punkt gebracht. Quid pro quo oder *tit for tat*, wie man so schön auf Englisch sagt. Apropos Titten: Meine fühlen sich an, als würden sie in meinem blöden BH ersticken, und die Tatsache, dass meine Brustwarzen hart sind, ist nicht gerade hilfreich.

Oliver hat schwere Augenlider, als er sich näher heranlehnt. »Sie haben mir noch nie ein Kompliment gemacht.«

Wie hatte ich das nicht tun können? Wenn ein Kompliment ein Mensch wäre, dann wäre er es.

Ich befeuchte meine Lippen. »Lassen Sie sich meine

Komplimente nicht zu Kopf steigen. Ich laufe nicht gerade auf allen Zylindern.«

Karpfenmist. Hätte ich eine umweltfreundlichere Metapher verwenden sollen? Auf allen Pferden laufen? Können Pferde furzen? Vielleicht läuft auf …

Olivers Lippen prallen auf meine.

Oh. Meine Güte. Cthulhu.

Ich bin high, aber nicht einmal annähernd dry.

Die restlichen Zylinder, auf denen ich noch laufe, kommen kreischend zum Stillstand. Wenn ich ein Motor wäre, würde ich jetzt explodieren.

Ich fühle mich schwach und lasse mich zurückfallen, und Oliver folgt mir, ohne den Kuss zu unterbrechen.

Er hat eine beeindruckende Mund-Augen-Koordination. Vor allem, wenn er so bekifft ist wie ich.

Sobald ich es mir auf dem Rücken bequem gemacht habe, sind seine Krakenhände auf die wunderbarste Art und Weise überall auf mir. Eine hält mein Kinn, die andere meinen Hinterkopf, und die dritte …

Moment. Er ist eigentlich kein Oktopus, also ist das dritte Ding, das gegen meinen Bauch drückt, keine Hand. Es ist etwas anderes.

Aber was?

Oh, ich weiß.

Seine Aqua-Männlichkeit.

Ich schlängele meine Hand nach unten und fühle ihn. Ja. Sie ist es, und ich will sie unbedingt.

Er zieht sich zurück und atmet abgehackt. Seine Augen sind dunkel vor Hitze. »Alles in Ordnung?«

Ich nicke wortlos.

Er greift nach dem Saum seines Hemdes und zieht es mit einer ruckartigen Bewegung aus.

Ich starre wie betäubt auf seine Pracht.

Er knöpft mein Shirt auf und entblößt meinen BH. Seine Nasenlöcher blähen sich auf, während er seinen Blick über mich schweifen lässt.

Ja! Mir gefällt, worauf das hinausläuft – nur habe ich das Gefühl, dass ich etwas vergessen habe. Etwas Entferntes, aber irgendwie Wichtiges ... denke ich.

Er beugt sich vor und presst seine Lippen auf die zarte Haut meines Halses – und ich vergesse alles, vielleicht sogar meinen eigenen Namen. Cthulhu, das fühlt sich gut an. Seine Lippen sind weich und warm, seine Haut ist rau und hat einen Hauch von Stoppeln, die mich auf köstliche Weise kratzen.

Ich stöhne und er leckt an meinem Schlüsselbein, während einige seiner Hände den Reißverschluss meiner Arbeitsshorts öffnen.

Arbeitsshorts ... Ich glaube, das könnte ein Hinweis auf etwas sein, was ich vergessen habe.

Seine Lippen und seine Zunge tauchen tiefer ein, zu den Spitzen meiner Brüste und dann darunter, über meinen bebenden Brustkorb zu meinem Bauchnabel. Dann geht es abwärts, und ich vergesse, dass ich etwas vergessen habe.

Ist er dabei ...

Ja.

Sein Atem ist auf meiner Wunderpus. Er hebt seinen Blick kurz, um meinen zu treffen und murmelt: »Zeit für Kelpcake.«

Bevor ich antworten kann, leckt er meine Perle langsam und ausgiebig.

Ein Stöhnen entweicht meinen Lippen.

Er leckt mich wieder. Und wieder. Dann macht er etwas Geniales, aber ich bin mir nicht sicher, was. Es fühlt sich an, als wären ihm plötzlich acht Zungen gewachsen, die alle um die Ehre wetteifern, mich zum Kommen zu bringen.

Vielleicht ist er zum Teil Krake?

Mein Stöhnen steigert sich im Rhythmus.

Oliver leckt unablässig weiter.

Die Wolke der Euphorie, auf der ich schwebe, ist anders als alles, was ich je gefühlt habe. Es ist intensiv und fast beängstigend, weil ich denke, dass ich mich in Zukunft immer wieder so fühlen möchte. Er macht mich süchtig nach Gras oder ihm … oder beidem.

»Kommst du für mich?« Seine Stimme ist tief und rau und klingt, als käme sie aus weiter Ferne

Ein weiteres Stöhnen ist meine Antwort, und das muss ihn ermutigen, noch geschickter mit seinen Zungen zu werden. Vier Sekunden später explodiere ich und schreie seinen Namen, während sich meine Zehen krümmen.

Als er sich zurückzieht, zeigt sich auf seinem Gesicht ein Ausdruck männlicher Zufriedenheit, der fast selbstgefällig wirkt.

Oh, ja? Er denkt, er ist der Einzige, der jemanden in den Wahnsinn treiben kann?

Ich greife sein langes Haar und ziehe ihn zu mir heran, um ihn zu küssen, ganz fest. Während unsere Zungen tanzen, knöpfe ich seine Hose auf.

Er versteift sich – im doppelten Sinne des Wortes.

Ich schiebe seine Hose über die Hüften und entferne meine Lippen von seinen, während ich keuchend nach unten rutsche.

Er sieht hungrig aus. Gefräßig.

Das gilt auch für seine Aqua-Männlichkeit.

Ich ergreife sie am Schaft, beuge mich hinunter und lecke langsam und genüsslich wie an Eiscreme an ihr.

»Scheiße«, stöhnt Oliver.

Das stimmt. Ich kann schwere Maschinen bedienen, auch wenn ich total high bin.

Ich will ihn gerade in meinen Mund schieben, als ein seltsames Geräusch in mein Bewusstsein eindringt.

Verärgert drehe ich mich zu ihm um, ohne meinen Griff von seiner Aqua-Männlichkeit zu lösen. Denn ich werde das Baby nicht gehen lassen.

Eine Entscheidung, die ich sehr schnell bereue.

Weil es meine Eltern sind.

Sie sind hier.

Das ist die Sache, die ich vergessen habe.

KAPITEL

Zweiundzwanzig

Ich schaue auf den Schwanz in meiner Hand.

Ich schaue meine Mutter an.

Ich schaue zurück auf den Schwanz in meiner Hand.

Ich schaue meinen Vater an.

Beide Elternteile haben zerzauste Haare und tragen Klamotten, die sie wahllos angezogen haben. Auf ihren Gesichtern sind Spuren von etwas Braunem zu sehen. Und ich rieche Erdnussbutter.

Oh Cthulhu.

Wie konnte ich nur die Erdnussbutter vergessen?

Was noch schlimmer ist, ist, dass sie mich beide mit seltsamen Gesichtsausdrücken ansehen. Was ist es? Zustimmung? Ermutigung? Wie auch immer, ich möchte durch die Couch fallen und immer weiter fallen, bis ich Australien erreiche.

Ich merke, dass Mama spricht.

»Es tut mir sehr, sehr leid«, sagt sie. »Bitte mach weiter. Wir wollten gerade gehen.«

Oliver stöhnt, und ich merke, dass ich seine Härte vielleicht ein wenig zu fest gepresst habe.

Mama muss das auch denken, denn sie sagt tadelnd: »Du musst sanfter mit den männlichen Organen umgehen. Normalerweise benutze ich nicht einmal meine Hände für den deines Vaters, sondern …«

Ich lasse Olivers männliches Organ fallen, als würde es mir die Finger verbrennen, und klettere von der Couch. Mein hektischer Blick fällt auf mein Shirt, das zusammengeknüllt auf der Couch liegt, und ich schnappe es mir.

Oliver wirft mir einen verwirrten Blick zu.

»Tut mir leid«, sage ich.

Er schaut auf seinen Schwanz.

Dann zu mir.

Dann zu meiner Mutter.

Dann zu meinem Vater.

Dann wieder zu mir, und er formt mit seinem Mund: »Ich verstehe.«

Tut er das?

Ich nicht. Ich weiß nur, dass ich fliehen muss, und das tue ich auch.

Als ich weglaufe, höre ich, wie mein Vater mich ermutigt, weiterzumachen. Er versichert mir, dass ich gute Arbeit leiste und dass er und meine Mutter gehen würden, damit ich mich wohler fühle. Mama übertönt ihn und erzählt etwas von der transzendentalen Kraft des Orgasmus, aber ich verstehe die Details nicht.

Sobald ich draußen bin, ziehe ich meine Klamotten an und laufe zum Haus meiner Großeltern, eile ins

Gästezimmer und lege mich in der Hoffnung hin, dass ich einen klaren Kopf bekomme.

Stattdessen schlafe ich ein.

KAPITEL
Dreiundzwanzig

DIE SONNE SCHEINT mir ins Gesicht, als ich aufwache.

Verdammt. Warum will die Sonne unbedingt, dass ich Hautkrebs bekomme? Es ist, als wüsste sie, dass ich vor dem Schlafengehen keine Sonnencreme aufgetragen habe.

Ich schaue unter die Bettdecke.

Ich habe nicht nur keine Sonnencreme aufgetragen, ich habe mich auch nicht ausgezogen. Oder meine Zähne geputzt.

Da fällt mir ein, wie bin ich eigentlich unter die Decke gekommen?

Moment einmal. Es ist wie Omas Lieblingslied von Céline Dion: *It's all coming back to me now.*

Habe ich geträumt, was passiert ist, kurz bevor ich aus Olivers Haus geflohen bin, oder habe ich tatsächlich den peinlichsten Moment meines Lebens erlebt?

»Namaste, Sonnenschein«, sagt eine Stimme neben mir, und ich bekomme fast einen Herzinfarkt.

Ich drehe meinen Kopf herum und sehe Moms lächelndes Gesicht.

Sie ist mit mir abgestürzt? Ich schätze, das erklärt die Decke.

»Was tust du hier?«, frage ich mit einer seltsam heiseren Stimme.

»Wir waren nicht in der Lage, zurück zu den Hymans zu fahren«, sagt sie. »Also haben wir hier übernachtet.«

Ich sollte wohl dankbar sein, dass Papa nicht mit uns im Bett liegt oder dass ich nicht aufgewacht bin, als sie sich mit Erdnussbutter beschmiert und das Kamasutra nachgestellt haben.

Cthulhu hilf mir. Ich habe das gestern Abend gesehen – und es Minuten später wieder vergessen.

Ich werde nie wieder Marihuana anrühren. Wenn die *Just-Say-No*-Kampagne die Menschen davor gewarnt hätte, dass Drogenkonsum dazu führt, dass sie ihre Eltern nackt sehen, wäre der Kampf gegen Drogen kurz gewesen.

»Wegen letzter Nacht«, sagt Mama. »Ich wollte nur sagen, wie leid es deinem Vater tut und …«

Ich klettere aus dem Bett. »Ich möchte nicht darüber reden.«

Mama setzt sich auf. »Orgasmen sind der perfekte …«

»Ernsthaft, ich will nicht darüber reden«, knurre ich.

Sie runzelt die Stirn. »Ich habe jahrzehntelange Erfahrung, wenn es um zehenkrümmende, umwerfende, tantrische Orgasmen geht, also wäre es gut, wenn du eine solche Quelle nutzen würdest.«

Grr. »Ich komme zu spät zur Arbeit. Dich auszuquetschen muss warten.« Was ich nicht hinzufüge, ist, dass dieses Gespräch mich dazu bringt, mein eigenes Gehirn durch mein rechtes Nasenloch herausquetschen zu wollen, um es gründlich mit meiner Zahnbürste zu schrubben.

»Aber wir fahren nach dem Frühstück zurück zu den Hymans«, sagt Mama.

»Ich kann anrufen«, lüge ich.

»Gut.« Mama schwingt ihre Füße auf den Boden. »Wenn du Oliver siehst, sag ihm, dass dein Vater und ich ihn sehr gern mögen und hoffen, ihn wiederzusehen.«

War es sein erigierter Penis, der sie überzeugt hat?

Ich versuche, mein rotes Gesicht zu verbergen, und ziehe mir frische Arbeitskleidung an. »Wenn Oliver jemals wieder mit mir spricht, werde ich sicher erwähnen, dass er neue Fans hat.« Nicht.

»Sei positiv«, sagt Mama und küsst mich auf die Wange. »Namaste.«

Ich gehe nach unten, wo ich Dads Versuch ausweiche, mit mir zu plaudern. Ich bin mir nicht sicher, ob und wann ich ihm wieder in die Augen schauen kann.

Außerdem werde ich nie wieder Erdnussbutter essen.

———

Als ich zur Arbeit fahre, merke ich, dass ich nicht im Geringsten hungrig bin. Das ist auch kein Wunder. Ich habe mich gestern Abend wie eine Seekuh verhalten und fünfzehn Prozent meines Körpergewichts gegessen.

Je näher ich meinem Ziel komme, desto größer wird meine Unruhe.

Was wird Oliver zu mir sagen, wenn ich ihn sehe?

Bin ich so gut wie entlassen? Oder wird er mich in sein Büro zerren und beenden, was wir angefangen haben?

Wenn Letzteres der Fall ist, will ich es dann?

Als ich in Sealand ankomme, bin ich erleichtert und enttäuscht zugleich, dass Oliver nicht darauf wartet, mich auf dem Parkplatz zu feuern.

Wie ein Feigling gehe ich meinem Arbeitstag nach.

Um vier Uhr dreißig bin ich immer noch beschäftigt, aber ich habe Oliver nicht gesehen, also weiß ich nicht, wo wir stehen.

Gerade als ich Beaky gefüttert habe, spüre ich eine Präsenz im Raum und rieche die Meeresbrandung.

Mein Herz macht einen Sprung.

»Hi«, sagt Oliver von hinten.

Ich drehe mich um und versuche, cool und lässig auszusehen und nicht so zu tun, als hätten meine Eltern gesehen, wie ich seine Aqua-Männlichkeit in all ihrer leckeren Pracht in den Händen hielt. »Selber hi.«

Sein Gesichtsausdruck ist wieder unleserlich. »Ich wollte mit Ihnen reden.«

Jetzt geht's los. Bin ich gefeuert oder …

»Haben Sie von SOS gehört?«

Ich blinzele ihn an. »Das berühmte Save Our Souls,

das man benutzt, wenn ein Schiff sinkt, oder die Save the Ocean Society?«

»Letzteres«, sagt er.

»Das SOS, das hier in der Nähe jährliche Benefizveranstaltungen abhält?«, frage ich nach.

Ich weiß das, weil ich die Nachrichten zu Octoworld verfolge, das ein großer Sponsor dieser Spendenaktionen ist. Das erwähne ich aber Oliver gegenüber nicht. Ich will ihn nicht an den Fauxpas erinnern, als Fabio und Lemon meinen Wunsch ausplauderten, für Sealands Konkurrenten zu arbeiten.

»Ja. *Das* SOS«, sagt er.

Ich lächele. »Nein. Davon habe ich noch nie gehört.«

Er lächelt nicht und zeigt keinen einzigen Riss in seinem unleserlichen Pokerface. »In ein paar Wochen gibt es eine Spendenaktion.«

»In Ordnung«, sage ich, während die Piranhas in meinem Bauch ihre Zähne wetzen. Das führt nicht dahin, wo ich denke, dass es hinführt, oder? »Wird Sealand bei der Spendenaktion erscheinen?«

Er nickt. »Ich gehe jedes Jahr hin und nehme meistens einen Mitarbeiter mit.«

Die Piranhas riechen Blut. »Das ist schön. Ich wette, der Wettbewerb, die Begleitung zu sein, ist hart.«

»Nicht wirklich. Einige Leute, wie Dex, hatten *familiäre Verpflichtungen*, als ich sie eingeladen habe.«

Dex hätte zu der SOS-Spendenaktion gehen können und hat es nicht getan? Er sieht nicht nur aus wie ein Otter, er muss auch das Gehirn eines Otters haben.

Moment, das ist nicht fair. Otter sind eigentlich sehr intelligent. Sie benutzen Steine, um Muscheln zu öffnen, und wenn ein Chef sie bittet, zu einem wichtigen Ereignis zu gehen, wette ich, dass sie gehen würden – oder sich eine bessere Ausrede als »familiäre Verpflichtungen« ausdenken.

»Also«, sage ich und versuche, mir nicht anmerken zu lassen, wie sehr ich das will, falls das meine Chancen schmälert. »Wen nehmen Sie dieses Mal mit?«

Bitte mich. Bitte.

Seine steinerne Fassade bekommt endlich Risse, und er runzelt die Stirn. »Warum sollte ich das erwähnen, wenn nicht, um Sie einzuladen?«

Um mich zu ärgern?

Ich zucke mit den Schultern und verberge meine Freude. »Ich wollte keine Vermutungen anstellen.«

»Ich verstehe.« Das Pokerface kehrt zurück. »Betrachten Sie es als Ihre offizielle Einladung. Denken Sie, Sie können mitkommen?«

Ich atme tief durch. »Ich denke, ich kann meinen Terminplan freischaufeln.«

»Großartig. Ich werde Ihnen die Details per E-Mail schicken.« Er macht auf dem Absatz kehrt und geht.

Moment, was?

Das war es?

Ich meine, ich freue mich, zu der Spendenaktion meiner Träume zu gehen, aber gab es nicht etwas viel Wichtigeres, das wir hätten besprechen sollen? So etwas wie – und das sage ich jetzt einfach einmal so – seine Aqua-Männlichkeit, die in meinen Mund zurückkehrt, oder der Entzug, unter dem meine Wunderpus ohne seine Zunge(n) leidet?

Vielleicht wollte er bei der Arbeit nicht über so private Dinge sprechen?

Ich schaue Beaky an, als ob ich nach Antworten suche.

Wir erwarten nicht, dass unsere Geistlichen streng sind, aber wenn wir jemanden mit dem Titel der Hohepriesterin ehren, heißt das nicht, dass sie buchstäblich high werden sollte.

———

Als ich nach Hause komme, haben mich Fabio und Lemon erwartet – und lachen über mich. Und das, bevor ich ihnen die ganze Geschichte von gestern Abend erzählt habe.

»Du hast dich mit deinen Eltern bekifft?«, fragt Fabio lachend. »Leuten, die sich auch ohne Drogen so verhalten, als wären sie zugedröhnt?«

»Sie hat auch ihren Freund unter Drogen gesetzt. Vergiss das nicht«, mischt sich Lemon ein.

Ich verschränke die Arme vor meiner Brust. »Ich habe ihn nicht unter Drogen gesetzt. Das war Oma. Glaube ich.«

»Nun«, sagt Lemon mit einem breiten Grinsen. »Was ist passiert? Oma sagt, ihr seid gegangen, um Olivers Kühlschrank zu plündern.«

Seufzend plaudere ich aus dem Nähkästchen und halte nur dann inne, wenn sie sich über mich lustig machen – also nach jedem zweiten Wort.

»Danke, dass ihr mich so unterstützt«, murmele ich.

»Euch ist klar, dass ich immer noch gefeuert werden könnte, oder nicht?«

Lemon sieht leicht reumütig aus, aber Fabio, der grinst wie ein Delfin, scheint alles andere als das zu sein.

»Ich bezweifle, dass er dich zu dieser Spendenaktion einladen würde, wenn er dich feuern wollte«, sagt Lemon.

»Es sei denn, es ist ein Date«, sagt Fabio.

Ich runzele die Stirn. »Ich glaube nicht, dass es ein Date ist. Er hat Dex schon mal gefragt.«

Fabio leckt sich die Lippen. »Ich würde Dex zu einem Date mitnehmen.«

»Ich auch«, sagt Lemon.

»Unser saures Schätzchen ist heute so eine Samantha«, sagt Fabio. »Was ist mit dem Balletttänzer?«

Lemon schaut nach unten. »Du hast recht. Ich sollte den Russen nicht betrügen.«

»Das ist kein Date«, sage ich fest.

Fabio begutachtet seine perfekt manikürten Nägel. »Wenn es ein Date ist, könnte es bedeuten, dass er Sex mit dir haben will, bevor er dich feuert. Das würde in meinem Job auch passieren.«

Lemon rollt mit den Augen. »Du arbeitest in der Pornoindustrie. Sex ist das, was vor dem Ende eines jeden deiner Jobs passiert.«

»Apropos, ich reise morgen ab«, sagt Fabio. »Ich habe einen Dreh in Miami.«

Der Wecker auf meinem Handy erwacht schrillend zum Leben.

Ich schaue verwirrt auf ihn hinunter.

Ah. Richtig. Erinnerung an den Mülltag.

»Ich komme gleich wieder«, sage ich, ohne eine Erklärung zu liefern.

Wenn sie von meinen Stalker-Plänen wüssten, würde ich das nicht mehr mitbekommen.

Ich schnappe mir den Mülleimer und ziehe ihn hinaus – gerade noch rechtzeitig.

Oliver kommt mit Tofu im Schlepptau vorbei.

»Hi«, sage ich atemlos.

»Hallo«, sagt er.

Ich sehe Tofu an. »Soll ich so tun, als ob ich nicht hier wäre, bevor er mich zählt und ich mich eurem Spaziergang anschließen muss?«

»Es ist zu spät.« Olivers Gesichtsausdruck ist wieder einmal nicht zu deuten. »Er hat dich schon *gezählt*.«

Hurra. Ich zucke lässig mit den Schultern. »Ich schätze, dann komme ich einfach mit.«

Oliver nickt knapp. »Danke.«

Wir fangen an zu gehen, und er sagt kein Wort.

Ich räuspere mich. »Interessiert es Tofu, worüber wir reden?«

»Das tut es nicht«, sagt Oliver. »Aber ich wollte etwas mit Ihnen besprechen, wenn es Ihnen nichts ausmacht.«

Ich nicke und atme tief durch. Endlich. Wir werden die Sache von gestern Abend aufklären.

»Ich weiß, dass Sie nicht im Dienst sind«, fährt Oliver fort. »Aber würden Sie mir etwas über Ihre Pläne für die nahe Zukunft erzählen, was die Bereicherung der Gehege angeht?«

Er will fachsimpeln? Jetzt?

»Ich bin fast fertig mit meinen Seekuh-Ideen«, sage ich und versuche, meine Enttäuschung zu verbergen.

»Was ist mit den anderen?«

Ja. Er will über die Arbeit reden – er hat nicht vor, über die letzte Nacht zu sprechen.

Zumindest scheint es so, als ob ich meinen Job behalte ... es sei denn, er will mit dieser Anfrage herausfinden, wie unangenehm es wäre, mich zu entlassen.

Ich unterdrücke einen Seufzer und erzähle ihm, was ich morgen für die Seepferdchen und übermorgen für die Döbel tun werde.

»Und danach?«, fragt er.

Ich erzähle es ihm, und schon reden wir den Rest des Spaziergangs über Spielzeug für Fische – und kein Wort über uns.

Als wir vor seiner Einfahrt anhalten, nachdem Tofu ausreichend Auslauf bekommen hat, spüre ich diese magnetische Anziehungskraft von Oliver, die stärker denn je ist, und ich würde meinen rechten Eierstock darauf verwetten, dass er sie auch spürt. Aber zu meiner großen Enttäuschung beugt er sich nicht herunter, um mich zu küssen. Er sagt nur »Gute Nacht« und geht.

Zu Hause warten Lemon und Fabio mit einem wissenden Gesichtsausdruck auf mich.

»Das war erbärmlich«, sagt Lemon. »Ihr habt euch wie Fremde verhalten.«

Ich bin sicher, dass ich nicht die einzige meiner Schwestern bin, die sich manchmal fragt, warum sie die anderen nicht schon im Mutterleib aufgesaugt hat.

Wenn ich das getan hätte, wäre Lemon jetzt ein Leberfleck auf meiner Schulter – und Leberflecken treten einen nicht, wenn man bereits am Boden liegt.

»Ich gehe ins Bett.« Ich schiebe mich mit Nachdruck zwischen ihnen hindurch.

»Jetzt hast du sie verärgert«, sagt Fabio streng.

»Hey, Olive, es tut mir leid«, ruft Lemon hinter mir her. »Ich wollte nicht gemein sein. Ich schwöre es.«

Ich bleibe stehen und drehe mich zu ihr um. »Ich bin nicht wütend auf dich. Nicht wirklich.« Ich fahre mir mit den Fingern durch die Haare. »Warum tut er so, als ob nichts passiert wäre?«

Lemon zuckt mit den Schultern. »Er ist dein Chef?«

»Wer hat eine schlechte Vorgeschichte mit Beziehungen am Arbeitsplatz«, sagt Fabio. »Und glaub mir, ich weiß, wie das ist.«

»Schluss mit dem Gerede über Fluffer«, faucht Lemon Fabio an. Sie wendet sich an mich und schlägt sanft vor: »Vielleicht braucht Oliver einfach Zeit?«

Ich seufze. »Vielleicht.«

———

Wenn Oliver Zeit braucht, dann braucht er eine ganze Menge davon.

In der nächsten Woche sehe ich ihn kaum, und wenn wir reden, ist es rein beruflich – und das macht mich wahnsinnig.

Nach seinem Pornodreh kommt Fabio für einen Tag zurück und fliegt dann wieder nach New York, wodurch die Couch frei wird. Lemon fängt an, dort zu schlafen, was es mir leichter macht, mich um meine Oliver-bezogenen Frustrationen zu kümmern, wenn ich einen feuchten Traum von ihm habe – was übrigens jede Nacht der Fall ist.

Eine weitere Woche vergeht, und Lemon ist immer noch hier und macht Urlaub. Nicht zum ersten Mal frage ich mich, was sie beruflich macht. Was auch immer es ist, es ermöglicht ihr *wirklich* flexible Arbeitszeiten zu haben. Als ich sehr direkt nachhake, reagiert sie mehr als ausweichend, weshalb ich mich frage, ob Blues Theorie stimmen könnte: Lemon hat so viel *Sex and the City* gesehen, dass sie beschlossen hat, eine anonyme Sexkolumne für eine Zeitung zu schreiben.

Es vergehen noch ein paar Wochen, in denen Arbeit und Familie mich Vollzeit beschäftigen. Dann, ein paar Tage vor der SOS-Spendenaktion, treffe ich Oliver *zufällig* bei den Seekühen.

»Chef«, sage ich und verberge meine Verbitterung.

»Hi«, sagt er. »Ich bin froh, dass ich Sie getroffen habe. Es gibt etwas, was wir besprechen müssen.«

Netter Versuch. Ich mache mir keine Hoffnungen mehr. Es wird mit der Arbeit zu tun haben, da bin ich mir sicher.

Er schaut mir nicht in die Augen. »Ich weiß nicht, ob wir schon darüber gesprochen haben, aber Sealand verdient nicht genug Geld mit den Führungen.«

Moment, was? Ist es möglich, dass er so lange gebraucht hat, um mich zu feuern? Ich denke, das ergibt Sinn. Er hat nach einem Grund gesucht und ist auf diesen gekommen: Haushaltskürzungen.

Stirnrunzelnd sage ich: »Okay. Und?«

Diesmal begegnet er meinem Blick und ich spüre sofort, wie ich in den blaugrünen Tiefen ertrinke. »Und ich brauche wichtige Investoren, um die Dinge über Wasser zu halten.«

Hmm. Also vielleicht kein Gespräch über *Haushaltskürzungen*. Ich fühle eine Welle der Erleichterung.

»Investoren?«, frage ich.

»Ja, wie Tampa Electric«, sagt er.

»Tampa Electric?« Anscheinend habe ich mich heute in einen Papagei verwandelt.

»Floridas Top-Produzent von Solarenergie«, sagt er und klingt dabei wie eine Fernsehwerbung.

»Toll«, sage ich. »Was hat das alles mit mir zu tun?«

Er kommt näher und hüllt mich in seinen Meeresbrandungsduft ein. »Haben Sie schon vom Seekuh Viewing Center von Tampa Electric gehört?«

Ich schüttele den Kopf.

»Seit 1986 verwendet das Unternehmen Wasser aus Tampa Bay, um etwas namens Big Bend Unit 4 zu kühlen. Danach fließt das noch saubere, aber aufgewärmte Wasser in einen Abflusskanal und dann zurück in die Bucht.«

Ich nicke und beginne zu verstehen, worauf das hinauslaufen könnte.

»Seekühe mögen warmes Wasser, deshalb halten sie sich seit diesem Jahr im Abflusskanal auf – vor allem, wenn das Wasser in der Tampa Bay abkühlt.«

»Wow«, sage ich. »Das muss in kalten Wintern Leben retten.«

Er nickt. »Das Gelände ist jetzt ein staatlich ausgewiesenes Seekuh-Schutzgebiet. Es heißt Manatee Viewing Center und ist für die Öffentlichkeit zugänglich.«

Ich schaue zu Betsy und den anderen Seekühen. Diejenigen von ihnen, die wieder in die Freiheit entlassen werden, könnten am Ende in der Nähe des Kraftwerks abhängen – ein herzerwärmender Gedanke.

»Wie auch immer«, sagt Oliver, »Tampa Electric ist ein großer Sponsor der SOS-Spendenaktion. Sie haben sich wegen der Ideen an Sealand gewendet, wie man es den Seekühen im MVC noch angenehmer machen könnte – natürlich ohne sie zu füttern oder ihre Fähigkeit zu gefährden, in freier Wildbahn zu leben.«

Ich kratze mich am Kinn. »Sie könnten Unterwasser-Kratzbäume bauen.« Ich zeige auf meine aus Bürsten gebastelte Vorrichtung.

»Genau«, sagt er. »Überlegen Sie sich eine Liste mit Ideen. Wir werden sie in ein paar Tagen bei einem Treffen in Tampa vorstellen.«

»Ein Treffen in Tampa?« Ich mache unwillkürlich einen Schritt zurück. »Wir?«

Er nickt. »Ich werde Sie dort brauchen.«

»Werden Sie?« Ich halte den Atem an. Das *Wir*, das er erwähnte, bedeutet das, was ich gehofft hatte – uns beide.

Die Piranhas in meinem Bauch werden unruhig.

»Sie müssen kommen«, sagt er. »Ich würde mich nicht wohlfühlen, wenn ich Ihre Ideen für mich beanspruchen würde.« Er wirft einen Blick auf Betsy, die zufällig diesen Moment nutzt, um sich sinnlich an einem meiner Pfosten zu kratzen.

Das stimmt. So sehen die Kurven bei echten Meerjungfrauen aus. Iss dein Herz auf, Mensch.

»Außerdem«, fährt Oliver fort, »könnten sie bei dem Treffen Fragen haben und Sie wären die Beste, um sie zu beantworten.«

»Wann ist diese Reise?«, frage ich.

»In zwei Tagen.«

Die Piranhas beginnen ihren Angriff. »Wie kommen wir dahin?«

Bitte sag, indem wir zusammen fahren.

»Wir werden uns dort treffen«, sagt er. »Ich reise heute ab, weil ich noch ein paar andere Meetings an der Küste habe.«

»Oh«, sage ich und verberge meine Enttäuschung, »und wo übernachten wir?«

»Im Grand Hyatt Tampa Bay Hotel«, sagt er.

Die Piranhas fallen in Ohnmacht. Klar, er will keinen Roadtrip im selben Auto machen, aber wir beide im selben Hotel klingt sehr vielversprechend. Wir werden wahrscheinlich gemeinsam essen. Und vielleicht nimmt er mich mit zum Sightseeing. Schließlich ist er wirklich gut darin, den Reiseleiter in Florida zu geben.

»Ich denke, ich kann mitkommen«, murmele ich.

Zum ersten Mal seit langem lächelt er – und ich bin froh, dass ich Sonnencreme trage, sonst würde ich vor lauter Strahlen zu einer Pfütze schmelzen.

Apropos Sonnencreme … die geht mir langsam aus. Ich habe noch etwa zwei Tuben übrig, vielleicht drei.

Ich muss sicherstellen, dass ich mehr davon bekomme, besonders im Hinblick auf die bevorstehende Reise.

»Es versteht sich von selbst, dass diese Reise als Arbeitszeit zählt«, sagt er.

Wie bei einem bezahlten Urlaub? Mit dem Typen, von dem ich feuchte Träume habe?

Ich bin dabei.

KAPITEL
Vierundzwanzig

AUF DEM WEG zum Treffen mit Tampa stecke ich im Stau fest – das erste Mal, dass so etwas passiert, seit ich nach Florida gekommen bin.

Karpfenmist. Dieses New Yorker Grundnahrungsmittel ist so willkommen wie Riesenratten. Ich hoffe, ich komme nicht zu spät zum Treffen. Hätte ich geahnt, dass es viel Verkehr geben könnte, hätte ich mich nicht noch im Hotel frisch gemacht.

Nein, wem mache ich etwas vor? Ich musste mich vorzeigbar machen, bevor ich Oliver gegenüberstehe, ganz zu schweigen von den Leuten von Tampa Electric.

Als ich auf dem Parkplatz ankomme, ist mein Cortisolspiegel bereits in die Höhe geschossen, und ich bin eine Minute zu spät.

Nach einem wahnsinnigen Lauf hechele ich, als ich der Sicherheitsdame erkläre, warum ich hier bin. Da dies das erste von mehreren Treffen ist, gibt sie mir einen vorläufigen Ausweis. Ich schnappe ihn mir und eile tiefer in das klimatisierte Gebäude, während sich der Schweiß auf meiner Haut anfühlt, als würde er zu Eiszapfen werden.

Ich bin dabei, einen tollen ersten Eindruck zu machen.

Ich sprinte zum Aufzug, drücke den Knopf und warte gefühlt eine Stunde lang.

»Hallo«, sagt eine vertraute, tiefe Männerstimme und erschreckt mich.

Ich drehe mich um und sehe Oliver.

Er trägt einen maßgeschneiderten Anzug, und seine Haare sind zu seinem bisher schönsten Dutt hochgesteckt.

Cthulhu, friss mein Herz. Ich weiß, dass das Hämmern in meiner Brust von dem früheren Sprint und dem Verkehrsstress herrührt, aber wenn ich Oliver sehe, habe ich das Gefühl, dass das alles nur an seiner Schönheit liegt.

So könnte sich eine Geliebte bei der Wiedervereinigung mit ihrem Geliebten fühlen. Oder ein geiler Oktopus, der sein Leben – und seine Gliedmaßen – riskiert, um sich zu paaren.

Oh, und das Verrückteste ist, dass sein Pokerface nicht mehr sitzt. Wenn ich es nicht besser wüsste, würde ich denken, dass er mich mit einer rein männlichen Bewunderung betrachtet.

Hat er einen Fetisch für verschwitzte Sauereien, von dem ich nichts weiß?

»Sie sind spät dran«, keuche ich.

Seine Lippenwinkel verschieben sich nach oben. »Würden Sie dann nicht auch zu spät kommen?«

Verdammt, diese Lippen. Sie machen mein Höschen feucht. »Im Gegensatz zu Ihnen bin ich nicht die wandelnde und sprechende Verkörperung von Sealand.«

Der Aufzug öffnet sich, und er gibt mir ein Zeichen, dass ich zuerst hineingehen soll. »Eigentlich möchten sie Ihnen zuhören, also sind Sie heute die Ikone von Sealand, nicht ich.«

»Warum sind Sie dann überhaupt gekommen?«

Er drückt den Knopf für den zweiten Stock. »Moralische Unterstützung.«

Die Fahrt mit dem Aufzug ist schnell. Als wir aussteigen, begrüßt uns ein Mann in einem Anzug mit einem schmierigen Lächeln.

»Ich bin Jason«, sagt er und streckt seine Hand aus. Seine Handfläche ist feucht, als ich sie schüttele, und ich kann nicht umhin zu bemerken, dass er mich angrinst.

Als Oliver mit dem Händeschütteln an der Reihe ist, sehe ich, wie ein schmerzhafter Ausdruck über Jasons Gesicht huscht, bevor Oliver seine Hand loslässt.

Hat Oliver sie zu fest gedrückt? Wenn ja, warum?

Könnte er die Anzüglichkeiten bemerkt haben?

Bevor ich diesen Gedankengang weiter verfolgen kann, führt uns Jason in einen Besprechungsraum, in dem bereits eine Gruppe von Leuten wartet. Er stellt sich vor und es stellt sich heraus, dass er ein Projektmanager ist, während die anderen eine Auswahl von hohen Tieren aus dem Unternehmen sind.

»Jetzt gebe ich das Wort an Olive«, sagt Jason großmütig.

Ich atme tief durch und beginne mit meinem Vortrag

über die Kratzbäume. Als ich fertig bin, stellen sie mir eine Million Fragen, von denen sich die meisten um die Kosten drehen.

»Das ist ein toller Anfang«, sagt Jason, nachdem die Fragerunde beendet ist. »Warum bearbeiten wir das nicht alle, besprechen es offline und treffen uns morgen wieder hier?«

»Klar«, sage ich und schaue Oliver an, der die ganze Zeit über nicht ein einziges Mal gesprochen hat.

»Hört sich gut an«, sagt er. »Ich danke Ihnen allen.«

Wir stehen alle auf, aber ein Manager stellt Oliver eine Frage und lässt mich in einer seltsamen Situation zurück, in der ich nicht sicher bin, ob ich auf ihn warten soll oder nicht.

Wahrscheinlich nicht. Wir sind schließlich mit verschiedenen Autos gekommen.

Ich rieche halb verdauten Knoblauch, drehe mich um und sehe, dass Jason ein wenig zu nah bei mir steht.

»Ich begleite Sie hinaus«, sagt er.

»Klar«, sage ich unsicher.

Ich folge Jason zur Tür, die er für mich aufhält.

»Also«, sagt er, als wir in den Flur gehen. »Sind Sie das erste Mal in Tampa?«

Ich beschleunige mein Tempo. »Ich bin erst vor kurzem von New York nach Florida gezogen, deshalb hatte ich noch keine Gelegenheit, den Sunshine State zu erkunden.«

Als ich den Aufzug erreiche, drücke ich verzweifelt auf den Knopf.

Jason grinst und entblößt dabei ein Gitter aus klobigen, weißen Kauknochen. »Sie müssen sich heute

Abend von mir ausführen lassen. Ich kenne dieses tolle Restaurant, das …«

»Olive hat schon Pläne«, knurrt eine tiefe Stimme hinter uns.

Ich drehe mich um und sehe Oliver. Sein Kiefer ist angespannt und seine Augen funkeln.

»Pläne?« Ich verschränke meine Arme vor der Brust. »Erinnern Sie mich bitte noch einmal daran, was genau ich vorhabe.«

Ich habe keine Ahnung, warum ich plötzlich so wütend auf meinen Chef bin. Ich war kurz davor, Jasons Annäherungsversuche abzulehnen, also sollte ich für die Rettung dankbar sein.

Dann fällt es mir wieder ein.

Oliver verhält sich so, wie es Brett in dieser Situation getan hätte. Und das, nachdem er wochenlang so getan hat, als ob nichts zwischen uns wäre.

Der hat Nerven!

»Abendessen bei Dim Subtraction«, sagt Oliver, und seine Augen leuchten. »Um sieben Uhr.«

Ich hebe eine Augenbraue. »Und warum kann Jason nicht mit uns zu Abend essen?«

Jason tritt zurück. »Ich bin mir nicht sicher, ob ich …«

»Jason kann nicht mitkommen, weil wir ein Date haben.« Oliver wirft Jason einen bösen Blick zu, während ich fassungslos dastehe. »Es sei denn, Sie wollen das fünfte Rad am Wagen sein?«

»Nein, nein«, sagt Jason. »Genießen Sie Ihr Abendessen.«

Der Aufzug kommt an, und sobald sich die Türen öffnen, stolpere ich hinein.

Was in aller Welt meint er damit, ein Date?

Moment, nein. Es war wahrscheinlich ein Bluff. Wenn das stimmt, bin ich noch verärgerter.

»Also.« Ich wende mich an Oliver, sobald sich die Türen schließen. »Was ist die Kleiderordnung für unser Abendessen?«

Mein Chef seufzt. »Sie müssen nicht wirklich gehen.«

Es war also ein Bluff. Der Mistkerl.

»Nein, nein. Ich freue mich schon darauf. Soll ich ein Cocktailkleid tragen, das zu Ihrem Anzug passt?«

Sein Blick wird heiß. »Wenn Sie darauf bestehen.«

»Treffen wir uns im Restaurant oder fahren Sie mich?«, frage ich, bevor er einen Rückzieher machen kann. Mein Herzschlag beschleunigt sich, während ich auf seine Antwort warte.

Der Aufzug öffnet sich und er steigt aus. »Ich hole Sie um 18.30 Uhr ab. Kommen Sie dieses Mal nicht zu spät.«

Heiliger Cthulhu und all seine Arme. Dieses Date findet statt. »Sie waren auch zu spät«, sage ich mit dem Rest meiner Gelassenheit und nenne ihm meine Zimmernummer.

Seine Lippen zucken. »Das weiß ich. Wir haben angrenzende Zimmer.«

»Oh. Okay. Wir sehen uns«, sage ich, nachdem die Vorstellung, dass unsere Betten nur ein paar Meter voneinander entfernt sind, in meinen schmutzigen Kopf eingedrungen ist.

»Bis später«, sagt er und geht zu seinem Tesla.

Ich beobachte ihn mit diesem hungrigen Piranha-Gefühl in meinem Bauch, das ich mit allem verbinde, was mit Oliver zu tun hat.

Es gibt keinen Zweifel daran, was ich gerade getan habe.

Ich habe meinen Chef überredet, mich zu einem Date auszuführen.

KAPITEL
Fünfundzwanzig

ALS ICH ZUM Hotel fahre und mich für das Abendessen fertig mache, sage ich mir immer wieder, dass dieses Date eine schlechte Idee ist.

Zunächst einmal könnte er sich als der nächste Brett entpuppen. Es gibt schon ein paar rote Fahnen, wie sein eifersüchtiges Verhalten gegenüber Jason heute und Dex davor. Die Tatsache, dass ich seine Besitzansprüche heiß finde, ist eine weitere rote Fahne, ebenso wie die Tatsache, dass ich mich sehr zu ihm hingezogen fühlte, als wir uns kennenlernten. Ich habe eindeutig einen Typ, der zu nichts Gutem führt.

Noch schlimmer ist, dass er mein Chef ist, der gegen jede romantische Beziehung am Arbeitsplatz ist.

Trotzdem ziehe ich mich schick an, perfektioniere mein Make-up und warte an der Tür, während die Minuten auf meinem Handy vergehen.

Kaum ist es halb sieben, öffne ich die Tür und sehe, dass er gerade anklopfen wollte.

»Sehen Sie? Spät dran«, sage ich und ignoriere

dabei, wie mein Herz bei seinem Anblick in diesem Anzug höher schlägt.

Er mustert mich von Kopf bis Fuß, und sein Blick erinnert an einen hungrigen Barrakuda, der sich an seine Beute heranpirscht. »Sie sehen toll aus, Kelpcake.«

Ich schlucke.

»Glauben Sie, mit Schmeicheleien kommen Sie weiter?«, frage ich und bleibe äußerlich ganz cool. Innerlich schwebe ich wie ein Heliumballon, und meine früheren Sorgen sind fast vergessen.

Ein verruchtes Lächeln umspielt seine Lippen. »Wo wollen Sie mich haben?«

Chef? Was ist ein Chef?

»Ich möchte, dass Sie mir in einem Restaurant gegenübersitzen«, quetsche ich irgendwie heraus. Hey, das ist besser als »Wähle ein Loch, irgendein Loch.«

Ich schwebe auf einer Wolke von Hormonen in die Lobby hinunter, die in die Höhe schießen, als Oliver die Pförtner und Diener verscheucht und alle Türen für mich aufhält.

Als er den Wagen startet, dröhnt die Musik aus dem Vorspann von *Pulp Fiction* aus den Lautsprechern, passend zu meinem Herzschlag.

Oder ist das *Pump It* von The Black-Eyed Peas?

»Sind Sie ein großer Tarantino-Fan?«, frage ich, als Oliver die Lautstärke herunterdreht. »Oder wollen wir das Restaurant ausrauben, anstatt dort zu essen?«

Mit einem Lächeln fährt er auf die Straße. »Ausrauben, ganz sicher. Niemand tut das jemals, also ist das eine einmalige Gelegenheit. Wollen Sie Honey

Bunny oder Pumpkin sein … oder bei Kelpcake bleiben?«

»Kelpcake«, sage ich. »Und Sie werden Aquaman sein.«

Seine Augenbraue schießt in die Höhe. »Nicht Namor?«

»Wer zum Henker ist Namor?«

»Namor der Sub-Mariner?« Er wirft mir einen übertrieben verzweifelten Blick zu. »Er ist Marvels König von Atlantis, den es vor Aquaman gab und der fliegen kann.«

Nun, *Namor-Männlichkeit* klingt nicht ganz so gut wie *Aqua-Männlichkeit*, aber das werde ich jetzt nicht ansprechen. Ich halte meinen Blick sicher von besagter Männlichkeit fern und frage: »Mögen Sie die Comics?«

»Ich mag alles, was mit dem Ozean oder dem Meer zu tun hat.« Er erhöht die Lautstärke. »Wie dieses Lied.«

Ich beobachte ihn neugierig. »Was hat Pulp Fiction mit dem Meer zu tun?«

Er grinst. »Das ist *Misirlou* von Dick Dale und seinen Del-Tones. Ein Surf-Rock-Klassiker. Und diese Melodie stammt aus einem Volkslied, das ursprünglich aus dem östlichen Mittelmeerraum stammt – dem Meer.«

Ich lache und frage ihn nach seinen anderen musikalischen Vorlieben, die überraschenderweise alle mit dem Surfen zu tun haben.

»Was ist mit Ihnen?«, fragt er. »Mögen Sie die Band Octopus, aus offensichtlichen Gründen?«

Ich schüttele den Kopf. »Ich mag Jawaiian.«

»Ist das eine Band?«

»Nein. Es ist ein Genre. Reggae im hawaiianischen Stil.«

Er fummelt an den Bildschirmbedienelementen in seinem Auto herum und schon bald hat er einen jawaiianischen Sender gefunden.

»Klingt nach Strand«, sagt er, als wir vor dem Restaurant halten. »Ich mag es.«

Verdammt. Als er die Tür öffnet, wünschte ich, ich könnte auf ihn aufspringen und ihn reiten, wie Aquaman auf einem riesigen Seepferdchen. Stattdessen schaue ich mir das schicke Äußere des Restaurants an.

»Es hieß früher Dim Sub«, sagt Oliver und folgt meinem Blick. »Sie haben es in Dim Subtraction umbenannt, weil zu viele Leute dachten, es sei ein BDSM-Club.«

Der alte Name wäre passender, wenn man bedenkt, wie ich mich fühle – wie ein böses Mädchen, dem man den Hintern versohlen sollte … am besten mit Olivers Aqua-Männlichkeit

Eine blonde, modelhafte Hostess setzt uns an ein Fenster, dann reicht ihr Klon uns die Getränkekarte und fragt, was wir möchten.

»Sex with an Alligator.« Ich zwinkere Oliver zu. »Das klingt wie eine Florida-Mann-Schlagzeile.«

»Ich nehme einen Smart-Ass Manhattanite«, sagt Oliver. »Er wird genau wie der The Leg Spreader auf Ihrer Speisekarte gemacht, aber in einem männlichen Glas.« Er macht eine Pause und fügt dann hinzu: »Wenn Sie mein Getränk und das Essen vegan halten könnten, wäre das toll.«

»Bei mir bitte auch«, sage ich, denn wenn ich Fleisch

esse, will er mich später vielleicht nicht küssen – nicht, dass ich etwas vorhätte oder so.

»Ich werde für Sie mit dem Koch und dem Barkeeper sprechen«, sagt die Kellnerin mit einer heiseren Stimme zu Oliver, die anzudeuten scheint, dass ihre Beine zum Spreizen zur Verfügung stehen. Dann schnappt sie sich die Speisekarten und verweilt für meinen Geschmack etwas zu lange in seiner Nähe.

Zu Olivers Ehre muss ich zugeben, dass er sie nicht ansieht, während sie wegstolziert. Stattdessen beugt er sich vor und sagt in einem verschwörerischen Ton: »Ich glaube, die Namen der Getränke hier haben zu dem Missverständnis *Sexclub* beigetragen.«

Ich grinse. »Wo ist die Speisekarte? Ich bin am Verhungern.«

»Es gibt keine«, sagt er. »Im Dim Sum wird alles vom Küchenchef ausgewählt.«

Faszinierend.

Ich will ihn gerade weiter ausfragen, als eine Wolke, die die Sonne verdeckt hatte, sich verzieht und ein Sonnenstrahl durch ein nahes Fenster auf mich fällt.

Karpfenmist. Ich will mich nicht wie eine Diva aufführen und sie bitten, uns einen anderen Platz zu geben, aber wenn wir hierbleiben, muss ich mich sofort wieder mit Sonnencreme eincremen.

Seufzend ziehe ich die Tube Sonnencreme heraus.

Oliver blinzelt nicht, also beginne ich, sie aufzutragen, genau als die Kellnerin mit unseren Getränken zurückkommt und mich ansieht, als wäre ich ein syphiliskranker Kriegsverbrecher.

»Sonneneinstrahlung ist schlecht«, sage ich zu

Oliver in einem abwehrenden Ton, als die Kellnerin weg ist.

»Sogar um diese Tageszeit und durch Glas?« Er probiert sein Getränk und nickt zufrieden.

»Ich würde sagen, der UV-Index hier ist ein halber Punkt«, sage ich. »Aber das bedeutet, dass die UV-A-Strahlen, die durch das Glas kommen, immer noch meine DNA zerstören können, ganz zu schweigen von den Alterungseffekten von blauem Licht, Infrarotlicht und so weiter.« Um mich davon abzuhalten, einen TED-Vortrag über Sonneneinstrahlung zu halten, nippe ich an meinem Getränk und stelle fest, dass es noch leckerer ist, als der Name vermuten lässt.

»Ich sollte Sonnencreme auftragen, wenn ich surfe«, sagt Oliver. »Ich habe gezögert, weil einige der Inhaltsstoffe den Korallenriffen schaden.«

Ich krame in meiner Tasche und hole eine meiner Ersatztuben heraus. »Hier.« Ich drücke sie Oliver in die Hand – und als meine Finger seine berühren, komme ich vor lauter Lust fast zum Orgasmus. Irgendwie schaffe ich es immer noch, halbwegs zusammenhängend zu klingen, als ich sage: »Die aktiven Inhaltsstoffe in diesem Produkt sind Mineralien und es enthält kein Oxybenzon, die Chemikalie, die Sie wahrscheinlich gemeint haben.«

Er betrachtet meine Tasche misstrauisch. »Wie viele davon tragen Sie immer bei sich?«

Das schon wieder?

»Wissen Sie nicht, dass der Inhalt der Handtasche einer Frau intim und privat ist?«

»Mein Fehler.« Er steckt mein Geschenk ein. »Ich werde nicht mehr neugierig sein.«

Ich unterdrücke meinen Drang, darauf zu bestehen, dass er jetzt den Schutz aufträgt. Ich will nicht wie meine keimfeindliche Schwester Gia klingen, wenn jemand den Fehler macht, von Viren, Bakterien oder Wurst zu sprechen.

»Also«, sage ich, »Sie machen sich Sorgen um die Korallenriffe?«

»Wer tut das nicht?«, fragt er. »Aber ich will heute Abend nicht über Unheil und Dunkelheit reden.«

»Also keine Umweltthemen.«

»Nicht unbedingt. Manche Dinge können erhebend sein – wie die Aussicht auf schwebende Städte.« Er kreist mit seiner Hand in der Luft, und sein Zeigefinger zeigt nach oben.

Wäre es so falsch, wenn ich an diesem Finger lutschen würde? Nur für ein paar Sekunden, das ist alles.

Mit Mühe setze ich eine ernste Miene auf. »Städte auf schwimmenden Inseln, wie in Avatar? Das klingt erhebend – im wahrsten Sinne des Wortes.«

Sein Mund verzieht sich zu einem schwachen Lächeln. »Die heutige Technologie ist kaum in der Lage, Städte zu bauen, die auf dem Wasser schwimmen können – also würden wir dort ansetzen.«

Ich betrachte ihn mit Interesse. »Gibt es so etwas schon?«

»Einige Dörfer befinden sich noch im Anfangsstadium ihrer Entwicklung. Sobald eine voll entwickelte schwimmende Stadt existieren wird, wird sie für Menschen und Meeresbewohner gleichermaßen großartig sein. Der Boden einer solchen Stadt könnte zum Beispiel ein künstliches Riff sein.«

Ich lache. »Das wird eine neue Definition des Begriffs ›Unterwelt‹ sein.«

Er lächelt. »Wenn es eine schwimmende Stadt gäbe, würden Sie darauf leben wollen?«

Ich nippe an meinem Getränk. »Wie wäre sie?«

»Modern. Sie würden die coolsten Technologien nutzen, wie OTEC und …«

»Langsamer. Was ist OTEC?«

»Ocean Thermal Energy Conversion«, sagt er. »Sie nutzt den Temperaturunterschied zwischen dem kalten Wasser in der Tiefe des Ozeans und dem wärmeren Wasser an der Oberfläche, um Strom zu erzeugen.«

»Hm. Ich habe das Gefühl, dass ich das wissen sollte, aber ich höre zum ersten Mal davon.«

Seine Augen glänzen vor Aufregung. »Das ist nur eine von vielen erneuerbaren Technologien, die eine schwimmende Stadt nutzen könnte. Es gibt auch Wellenenergie, Solarenergie – alles, was Sie wollen.«

Ich betrachte mein Glas. »Müsste ich recycelten Urin trinken, à la Kevin Costner in Waterworld?«

Er zuckt mit den Schultern. »Darüber würde ich mir keine Sorgen machen. Jedes einzelne Glas Wasser, das Sie jemals getrunken haben, enthält Moleküle, die durch ein Lebewesen hindurchgegangen sind – höchstwahrscheinlich einen Dinosaurier.«

Großartig. Wenn ich Gia jemals umbringen will, kann ich diese Tatsache mit ihr teilen.

Ich umklammere meine nicht vorhandenen Perlen.

»Sie wissen wirklich, wie man den Appetit einer Dame anregt.«

Er betrachtet meine Lippen. »Reden wir über Essen?«

Das Fettnäpfchen habe ich mir selbst in den Weg gestellt. Bevor ich etwas erwidern kann, rettet mich die nordisch aussehende Kellnerin, die mit einem riesigen Tablett voller kleiner Bambusdämpfer herbeieilt.

»Alles biologisch und auf pflanzlicher Basis«, sagt sie zu Oliver. »Guten Appetit.«

Ich unterdrücke den Drang, sie anzuknurren, und schiebe mir einen Bissen in den Mund.

Nicht schlecht.

Ich probiere einen anderen.

In Ordnung – obwohl ich glaube, dass er aus der falschen Küche kommt. Aus der spanischen, um genau zu sein.

Oliver scheint alles, was er probiert, viel mehr zu genießen, und ich genieße diesen Ausdruck auf seinem Gesicht.

Nachdem ich ein paar weitere Gerichte probiert habe, frage ich: »Ist das ein Fusionrestaurant?«

Er schluckt alles herunter, was er gekaut hat. »Warum?«

»Nun, die meisten davon erinnern mich an Dim Sum, aber einige schmecken eher wie Tapas.«

Er schüttelt den Kopf. »Das sind echte chinesische Dim Sum.«

»Ja, klar. Und ich bin eine echte Meerjungfrau.«

Er wölbt eine Augenbraue. »Sie mögen es nicht?«

»Es ist okay, aber sicher nicht authentisch.« Ich werfe einen Blick auf die blonde Kellnerin und die ebenso blonde Hostess. »Das sieht man schon an den Mitarbeitern.«

Er runzelt die Stirn. »Ist das rassistisch?«

»Wie? Vielleicht food-istisch. Ein x-beliebiges, schmuddeliges Dim-Sum-Restaurant in Chinatown ist eine Million Male besser als dieser Ort. Ganz zu schweigen von der Art, wie sie servieren …«

»Nicht das schon wieder«, sagt Oliver seufzend. »Wollen Sie mir sagen, dass Sie noch einen Grund gefunden haben, warum New York besser ist als Florida?«

Ich grinse. »Wenn der Schuh passt.«

Er streckt seine Hand aus, als wolle er meine schütteln. »Ich wette, ich kann Ihnen hier in Florida etwas zeigen, was es in New York nicht gibt.«

Ist das etwas in seiner Hose? Wenn ja, dann bitte.

Nach außen hin spotte ich. »Was zum Beispiel? Einen nackten Mann, der mit einer Python ringt? Das wird etwas sein, was es in New York nicht gibt – zum Glück.«

Seine Hand bewegt sich nicht. »Sie wissen, was ich meine. Ich kann Ihnen hier ein tolles Erlebnis bieten. Etwas, wo Sie sagen werden: ›Oliver, danke. Das ist etwas, was ich in New York nie bekommen könnte‹.«

»Ich bezweifle sehr, dass Sie mich dazu bringen können, das zu sagen.« Es sei denn, es hat etwas mit seiner Aqua-Männlichkeit zu tun, dann verliere ich gerne.

»Dann riskieren Sie nichts, wenn Sie meine Wette

annehmen.« Mit der freien Hand greift er nach einem weiteren unechten Dim Sum.

»Gut.« Ich schüttele seine Hand, um die Wette zu besiegeln – und das Prickeln der Lust, das bis in meinen Unterleib schießt, lässt mich wünschen, dass wir über etwas Unangemessenes reden. »Was bekommt der Gewinner?«

Er soll bitte *oral* sagen.

Ein sexy Grinsen erscheint auf seinen Lippen. »Wenn ich verliere, werde ich eines dieser I Love-NYC-T-Shirts tragen.«

Ich ziehe meine Hand weg, bevor ich einen Orgasmus bekomme. »Und wenn ich verliere?«

»Dann werde ich Ihnen ein T-Shirt drucken lassen«, sagt er mit einem verschlagenen Lächeln. »I Love Florida Man.«

Hmm. Der Einsatz könnte nicht höher sein, aber wie könnte er mich so beeindrucken ... außerhalb des Schlafzimmers?

»Wette angenommen«, sage ich. »Unter einer Bedingung.«

Er wölbt eine Augenbraue.

»Wenn ich gewinne, darf ich auch Ihre Haare flechten.«

Er runzelt die Stirn.

»Hey, ganz oder gar nicht.«

»Gut«, sagt er mit einem Seufzer. »Wir gehen, wenn die Meetings vorbei sind.«

Also gut. Wenn dieses Essen kein Date ist, dann klingt der mythische Ort, an den er mich mitnehmen will, ganz danach.

Nicht zum ersten Mal kann ich nicht anders, als mich zu fragen, ob vielleicht doch etwas zwischen uns passieren könnte. Obwohl er mein Chef ist … und all die anderen Dinge.

Es ist beängstigend, wie sehr ich es will – was mich fast schon dazu bringt, es zu stoppen, bevor es überhaupt anfangen kann.

»Also.« Ich räuspere meine seltsam trockene Kehle. »Erzählen Sie mir mehr über schwimmende Städte.«

Das tut er. Danach reden wir über alles Mögliche, und ehe ich mich versehe, sind wir schon auf dem Weg zurück zum Hotel.

Je näher wir dem Abschied kommen, desto mehr frage ich mich, ob er mir einen Gute-Nacht-Kuss geben wird … oder mehr. Als wir aus dem Aufzug treten und uns meinem Zimmer nähern, ist meine Haut gerötet und mein Höschen feucht.

Ich schlucke und fahre mit der Zunge über meine Lippen. Verführerisch, hoffe ich. »Also …«

Sein Gesicht spannt sich an, als sein Blick auf meinen Mund fällt. »Also werde ich die Reise vorbereiten. Sobald die morgigen Treffen vorbei sind, können wir aufbrechen.«

Diesmal beiße ich mir auf die Lippe, falls das besser funktioniert. »Sind Sie so begierig darauf, dass ich unsere Wette gewinne?«

Noch wichtiger ist, warum werde ich noch nicht geküsst?

Seine Augen verfinstern sich und er hebt seine Hand.

Ja, ja, berühre mich.

Und das tut er. Er kippt mein Kinn mit seinen gebogenen Fingerknöcheln hoch und schickt einen Blitz direkt in meine Perle. Seine blaugrünen Augen halten meine gefangen, während er mit tiefer, rauer Stimme sagt: »Ich bin begierig darauf zu sagen: ›Ich habe es Ihnen doch gesagt‹.«

»In Ihren Träumen«, hauche ich, und mein Herz hämmert wie verrückt.

Seine Nasenlöcher weiten sich. »Oh, Kelpcake. In meinen Träumen mache ich so viel mehr mit Ihnen, als nur zu reden.«

Es ist offiziell. Ich habe ernsthafte Schwierigkeiten zu atmen, wie ein Krake außerhalb des Wassers. »Was zum Beispiel?«

Was auch immer es ist, ja, bitte.

»Wir sollten uns etwas Schlaf genehmigen«, sagt er und lässt seine Hand sichtlich widerwillig sinken.

Moment, was?

Was ist nötig, damit unsere Lippen sich verbinden? Soll ich ihn an seinen perfekten Haaren greifen und ihn zu mir herunterziehen?

Wenn er nicht mein Chef wäre, würde ich es auf jeden Fall tun.

Er will sich gerade abwenden, da platzt es verzweifelt aus mir heraus: »Ich habe Tee in meinem Zimmer … Möchten Sie eine Tasse?«

Er hält einen Moment inne und schüttelt dann reumütig den Kopf. »Wir haben vorhin etwas getrunken.«

Meint er das ernst? »Ich bin kaum angeheitert.«

Sein Blick fällt für eine Millisekunde auf meinen

Mund, was mir Hoffnung macht, aber dann geht er einen halben Schritt zurück. Seine Stimme ist leise und fest, als er sagt: »Wenn das Teeangebot noch besteht, sobald kein Alkohol mehr im Spiel ist, nehme ich es gerne an.«

Verdammt. Wenn jeder so viel Qualen wegen eines Getränks erleben würde, gäbe es keinen Bedarf für Zwölf-Schritte-Programme.

»Ich bin nüchtern genug, um Tee zu kochen«, beharre ich darauf.

Seine Hände zucken an seinen Seiten, bevor er wieder den Kopf schüttelt. »Vielleicht sind Sie es, vielleicht auch nicht. Ich muss sicher sein.«

Sicher in Bezug auf was? Bevor ich fragen kann, dreht er sich um und verschwindet in seinem Zimmer. Eine Sekunde später klickt das Schloss an seiner Tür.

»Gut«, knurre ich und kämpfe gegen den Drang an, seine Tür wie ein Mitglied eines SWAT-Teams einzutreten. Ich erhebe meine Stimme, damit er mich hören kann. »Vielleicht bekommen Sie meinen Tee nie wieder angeboten!«

KAPITEL
Sechsundzwanzig

EIN ENTFERNTES KLOPFEN erreicht meine Ohren.

Ich öffne benommen meine Augen und zucke zusammen. Ich habe Kopfschmerzen. Ist es ein Kater? Nein. Eher ein SMMDS: – *Severe Man Meat Deprivation Syndrome* – schweres Männliches-Fleisch-Entzugssyndrom.

»Wer ist da?«, rufe ich.

»Oliver«, sagt er. »Wissen Sie, wie spät es ist?«

Karpfenmist.

Ich greife nach meinem Handy und checke es.

Jepp. Ich komme zu spät zum Treffen.

Außerdem gibt es ein Dutzend verpasste Nachrichten von Oliver.

»Eine Sekunde«, rufe ich und mache mich so schnell wie möglich fertig.

Ich öffne die Tür und werfe ihm einen verlegenen Blick zu. »Ich bin mir nicht sicher, was passiert ist.«

Er zieht die Augenbrauen hoch. »Glauben Sie immer noch, dass Alkohol keine Wirkung auf Sie hat?«

Meine Nackenhaare richten sich auf, aber ich halte mich mit meiner Erwiderung zurück. Ich habe verschlafen.

»Was machen wir jetzt?«, frage ich stattdessen.

»Nichts. Ich habe ihnen gesagt, dass sie das Treffen verschieben sollen, damit wir uns als Erstes das Viewing Center ansehen können, falls Sie das auf neue Ideen bringt.«

»Danke.« Ich atme erleichtert aus. »Es ist eigentlich eine hervorragende Idee, dass ich mir den Ort ansehe.«

Er nickt. »Gehen wir.«

―――

Das Viewing Center ist das, was man erwarten würde – ein großes fabrikähnliches Gebäude mit Schornsteinen, die Dampf ausstoßen. Das Ungewöhnliche daran sind die glücklichen Seekühe, die sich in der Bucht darunter tummeln.

»Sind Sie sicher, dass das Wasser sauber ist?«, frage ich Oliver und schaue in die trüben Tiefen.

»Positiv«, sagt er. »Der einzige Einfluss der Elektrofirma ist das warme Wasser.«

Bevor ich mehr sagen kann, tauchen Jason und ein paar andere Leute von der gestrigen Versammlung auf und fangen an, über den Schutzstatus dieses Ortes zu sprechen und wie stolz sie alle auf dieses *Symbol des Umweltengagements* sind.

»Also, Olive«, sagt Jason. »Haben Sie neue Ideen, nachdem Sie diesen Ort gesehen haben?«

»Tonnen.« Ich zeige auf den Holzsteg, auf dem wir

stehen. »Für den Anfang könnte man ein paar Bürsten an diesen Unterwasser-Holzstelzen befestigen und so viel einfacher Kratzbäume bauen als auf die Art, die ich gestern vorgeschlagen habe.«

Jason und die anderen sind begeistert von den Kosteneinsparungen, die das mit sich bringt, und ich erzähle ihnen noch ein paar Dinge, die sie tun könnten.

»Sollen wir im Besprechungsraum fortfahren?«, fragt Jason, als er bemerkt, dass ich wieder Sonnencreme auftrage.

Oliver und ich stimmen zu, und wir kehren in den klimatisierten Raum zurück, wo ich ein paar teurere Ideen vorstelle und eine Reihe von Folgefragen beantworte.

»Sieht aus, als hätten wir alles, was wir brauchen«, sagt Jason schließlich. »Im Namen aller möchte ich Olive und Oliver dafür danken, dass sie gekommen sind und uns geholfen haben.«

Warum habe ich plötzlich diesen Kinderreim im Kopf? *Olive und Oliver sitzen auf einem Baum, K-I-S-S-I-N-G …*

Warum sitzen die Küsser eigentlich immer auf einem Baum? Sind sie Umweltschützer, die sich weigern, den Baum fällen zu lassen? Ich denke, ich könnte mir Oliver in dieser Rolle vorstellen.

»… Sie zum Mittagessen einladen?«, fragt Jason, als ich merke, dass ich weggetreten bin und den Rest seiner Kollegen verpasst habe, die aus dem Besprechungsraum verschwunden sind.

»Sie kann nicht.« Olivers Stimme ist kühl genug, um einen antarktischen Zahnfisch einzufrieren, ein

Lebewesen, das spezielle Proteine besitzt, die wie Frostschutzmittel wirken. »Wir haben Pläne.«

»Richtig. Tschüss«, sagt Jason eilig und huscht davon.

Aus irgendeinem Grund bringe ich es nicht über mich, mich über Olivers Selbstherrlichkeit zu ärgern. Wahrscheinlich ein schlechtes Zeichen.

Ich wölbe eine Augenbraue als an ihn gerichtete Geste. »Ich nehme an, das Mittagessen geht auf Sie?«

Er nickt. »Wir werden unterwegs essen.«

Ah, richtig. Der mythische Ort, von dem er glaubt, dass er die Wette gewinnen wird.

Ich kann es kaum erwarten, ihm das Gegenteil zu beweisen.

———

Wir fahren eine Stunde lang auf einem Highway in Florida, und gerade als wir eine Stadt namens Brooksville – nicht zu verwechseln mit Brooklyn – passieren, biegt Oliver auf einen Rastplatz ein und sieht mich leicht besorgt an.

»Haben Sie eine Ahnung, wo wir sind?«, fragt er.

»Florida?«

Mit einem verruchten Grinsen greift er zum Handschuhfach und ist damit so nah an mir dran, dass ich fast ohnmächtig werde.

Ich atme tief ein und aus, das hilft, vor allem, als ich merke, was er herauszieht.

Es ist eine Schlafmaske, wie man sie in Flugzeugen bekommt. Oder wenn man schmutzige Gedanken hat –

was bei mir durch seine Nähe der Fall ist –, ist es eine sexy Augenbinde für einen willigen Liebhaber.

»Mein Plan beruht auf einem Überraschungsmoment«, sagt Oliver und reicht mir die Maske. »Keine Sorgen. Sie ist brandneu.«

Ich nehme sie vorsichtig. »Ich soll die umlegen?«

Er zuckt mit den Schultern. »Oder Sie können einfach zugeben, dass ich gewonnen habe.«

Mit einem Schnauben setze ich die Maske auf und verberge damit ein monströses Augenrollen, das man vielleicht nicht unbedingt seinem Chef gegenüber zeigen sollte. »Ich unterwerfe mich nie einfach so.«

Hört sich das zu sexuell an? Außerdem sollte ich wahrscheinlich niemals nie sagen. Wenn er ein erotisches Spiel spielen wollte, bei dem ich eine unterwürfige Frau mit verbundenen Augen sein sollte …

»Ich hatte nicht erwartet, dass Sie es mir einfach machen würden, zu gewinnen«, sagt er. »Bereit?«

Ich nicke, und wir setzen die Fahrt fort.

Ich sitze mit verbundenen Augen da und fühle mich, als wäre ich Daredevil … oder meine Schwester Lemon. Da ich nicht mehr sehen kann, sind meine anderen Sinne geschärft. Ich rieche Olivers köstlichen Meeresbrandungsduft und spüre die Wärme, die von seinem muskulösen Körper ausgeht. Und – auch wenn ich mir das nur einbilde: Ich glaube, ich höre seinen kräftigen Herzschlag … zumindest bis er die jawaiianische Musik wieder anstellt.

Nach ein paar Liedern dreht er die Lautstärke herunter. »Wir sind fast da.«

Ich sage nichts, als ich spüre, wie der Tesla abbiegt. Ich versuche, mich nicht von der Neugier übermannen zu lassen, aber das ist nicht einfach.

Wir halten an.

»Bleiben Sie sitzen«, sagt er. »Ich öffne Ihnen die Tür.«

Hm. Vielleicht liegt es an der Augenbinde, aber dass er so herrisch ist, lässt mich mehr und mehr an BDSM-Szenarien denken … und irgendwie gefällt mir, was ich mir vorstelle.

Seine Tür schließt sich, und die neben mir öffnet sich.

»Ich werde Ihre Hand nehmen«, murmelt Oliver. »Sind Sie bereit?«

Ich nicke so enthusiastisch, dass ich mir fast den Hals verrenke. Ich hatte wirklich, wirklich gehofft, dass die Dinge dazu führen würden.

Eine starke, schwielige Hand ergreift meine. Meine aufgestaute sexuelle Energie geht durch die Decke.

»Passen Sie auf, wohin Sie treten«, sagt er, während er mir heraushilft.

»Okay« ist alles, was ich mich zu sagen traue.

Während er mich über einen Parkplatz führt, spüre ich die Sonne auf meinem Gesicht und merke, wie etwas von ihrem Licht durch die Maske dringt.

Hey, die Maske bietet einen zusätzlichen Sonnenschutz für meine Augen – ein Bonus.

Er drückt meine Hand.

Bei Cthulhus mächtigem Schnabel. Wer hätte gedacht, dass Händchenhalten mit verbundenen Augen so erregend sein kann? Mein Gehirn ist ein hormoneller

Brei, was meine einzige Entschuldigung dafür ist, dass ich mich frage, ob er mich vielleicht in einen perversen Sexclub mitnimmt … mitten auf dem Land in Florida.

So wie ich mich gerade fühle, würde ich in diesem Fall vielleicht sagen: »Oliver, danke. Das ist etwas, was ich in New York nie bekommen könnte.«

Nein. Ich kann nicht verlieren. Außerdem muss es in New York Sexclubs geben. Um mich zu begeistern, muss es einzigartig floridianisch sein.

Apropos, habe ich schon mal eine Geschichte gehört, die mit »Florida-Mann verbindet seinem Date die Augen und …?«

Hmm. Ich hoffe, der Rest der Schlagzeile lautet nicht »Er frisst sie, und das nicht auf eine positive Art.«

Aber nein, Oliver ist Veganer. Und selbst wenn er es nicht wäre, vertraue ich darauf, dass er kein Kannibale ist. Andererseits, wenn er ein heimlicher Kannibale wäre, wäre Veganismus dann nicht die perfekte Tarnung?

»Ich gehe die Tickets holen«, sagt er und erschreckt mich. »Bitte bleiben Sie hier stehen.«

Zu meiner großen Enttäuschung nimmt er seine Hand von meiner … und ich vermisse sie augenblicklich.

Als ich höre, wie er weggeht, beschließe ich, ungehorsam zu sein und meine Augenbinde abzunehmen, um einen Blick zu riskieren.

Wir stehen neben etwas, was wie ein Parkeingang aussieht, und auf dem Schild am Kassenhäuschen steht stolz »Weeki Wachee.«

Hmm. Es gibt ein Symbol, eine Meerjungfrau in

einer Muschel. So weit, so gut – nicht, dass ich Oliver das sagen würde. Ich möchte nicht, dass er denkt, er würde gewinnen und sich unnötig Hoffnungen macht.

»Schummler«, sagt Oliver streng, und ich merke, dass er mit den Tickets in der Hand zurückkommt.

Karpfenmist. Ertappt. Ich ziehe die Augenbinde wieder hoch. »Entschuldigung.«

»Bitte befolgen Sie die Anweisungen, oder ich betrachte die Wette als verloren«, sagt er mit spöttischer Strenge.

»Ja, Sir«, sage ich in meiner besten Nachahmung einer Sexsklavin.

»Haben Sie schon mal von diesem Ort gehört?«, fragt er.

»Nein. Was ist das?«

Er klingt selbstgefällig, als er sagt: »Sie werden es gleich sehen.«

Ich zucke mit den Schultern und lasse mich von ihm hineinführen. Während wir gehen, höre ich, wie einige Leute über meinen Zustand mit den verbundenen Augen murmeln, aber dank Olivers Hand, die meine hält, ist mir das ziemlich egal.

Nach einem kurzen Spaziergang sagt er mir wieder, dass ich warten soll.

Ich kann mir nicht helfen und schaue noch einmal.

Interessant. In der Ferne gibt es Wasserrutschen. Ist das eine Art Freizeitpark? Die gibt es in New York und im nahegelegenen New Jersey, also wird mich das auf keinen Fall so beeindrucken, dass ich die Wette verliere.

Außerdem rennen hier Kinder herum, was meine Sexclub-Fantasie zunichtemacht.

Ich sehe eine Frau, die sich Oliver nähert. Eine Frau, die viel zu attraktiv für meinen Seelenfrieden ist.

Ist die Überraschung ein Dreier? Wenn ja, werde ich sauer sein. Wenn es um meinen Chef geht, habe ich keinerlei Neigung, zu teilen.

Ich beobachte sie ein paar Sekunden lang heimlich beim Reden. Dann beginnt Oliver, sich umzudrehen, also lege ich die Augenbinde wieder an.

»Die Überraschung ist noch nicht fertig«, sagt er. »Möchten Sie etwas unternehmen, während wir warten?«

»Was zum Beispiel?«, frage ich.

»Sie werden es gleich sehen«, sagt er und führt mich tiefer in den Park – oder was auch immer das hier ist.

Wir halten einige Male an, und Oliver spricht mit leiser Stimme mit einigen Leuten, aber ich traue mich nicht, noch einmal zu schauen.

Als wir das nächste Mal stehen bleiben, sagt Oliver mir, dass ich die Maske *vorerst* abnehmen kann.

Ich befreie meine Augen und betrachte die Umgebung.

Hm. Wir stehen neben einem orangefarbenen Zwei-Personen-Kajak, und vor uns liegt ein ruhiges Gewässer, das uns zu sich ruft.

»Was denken Sie?« Oliver nickt in Richtung der Quelle oder des Flusses, oder was auch immer es ist.

Ich schaue auf einen flussabwärts treibenden Baumstamm. »Ist gerade Paarungszeit für Alligatoren?«

Denn wenn die Menschen eine Paarungszeit hätten, wäre meine hier und jetzt.

Er grinst. »Typisch New Yorkerin. Macht sich Sorgen wegen der Alligatoren.«

Ich weiche vom Kajak zurück. »Das klingt wie ein Ja.«

»Das ist ein Nein. Die Paarungszeit hat noch nicht begonnen. Aber selbst wenn sie gerade wäre, hätten Sie ja mich, der Sie beschützt.«

Mein Herzschlag wird schneller. Die Gene, die ich von meinen Vorfahren, den Höhlenfrauen, geerbt habe, machen sich deutlich bemerkbar. Wie sonst ließe sich erklären, wie aufgeregt ich bei der Aussicht bin, dass er mein großer Beschützer ist?

Ich hole mein Handy heraus und schaue mir Statistiken über Alligatorangriffe an. Von den späten Siebzigerjahren bis heute liegt die Zahl der Todesopfer nur in den mittleren Zwanzigern. Beängstigend, aber nicht so schlimm, wenn man bedenkt, dass ein Florida-Mann mit einem Alligator ringt, ihn verprügelt, ihn als Haustier hält oder versucht, mit ihm Sex zu haben.

Oliver wirft einen Blick auf meinen Bildschirm und schnaubt. »Es ist wahrscheinlicher, dass Sie von einer Kokosnuss verletzt werden, die Ihnen auf den Kopf fällt, als von einem Alligator.«

Großartig. Ich suche das Ufer nach Palmen ab, die zu nah am Wasser stehen, finde aber keine.

Ich lege mein Handy weg. »Gut. Fahren wir Kajak.«

Er nickt zustimmend, und bevor ich blinzeln kann, zieht er sein Shirt aus.

Ich keuche hörbar auf, als mein ganzer Körper Feuer fängt.

Obwohl ich ihn schon einmal in seiner ganzen

muskulösen Pracht gesehen habe, bin ich so erregt, dass ich das Gefühl habe, dass meine Wunderpus implodieren könnte, wenn ich ihn erneut sehe.

Oliver schnappt sich ein Paddel und geht zum Kajak hinüber.

»Sind Sie wahnsinnig?«, frage ich, als ich endlich wieder sprechen kann.

Er zieht an seinem Ohr. »Was?«

»Sie haben keine Sonnencreme aufgetragen.«

Olivers sexy Mund öffnet sich, aber es kommt kein Ton heraus. Er steht einfach nur schweigend da und beobachtet mich, während ich eine Tube aus meiner Handtasche ziehe und mich einschmiere, wie er es hätte tun sollen.

»So«, sage ich. »Vergessen Sie nicht, dass die Fläche, um die ich mich kümmern muss, im Vergleich zu Ihrer verblasst … ganz ohne Doppeldeutigkeiten.«

War das ein leichtes Kopfschütteln? Hey, wenigstens hat er mich nicht verspottet, wie es die meisten meiner Schwestern getan hätten. Stattdessen überrascht er mich mit den Worten: »Können Sie mir helfen?«

Es kribbelt in meiner Brust und anderen Regionen meines Körpers. »Ich soll Sie mit Sonnencreme einschmieren?«

Er grinst. »Wenn es Ihnen nichts ausmacht.«

Wenn es mir nichts ausmacht? Würde es einem Kraken etwas ausmachen, eine saftige Muschel zu verschlingen? Würde es einer Seekuh etwas ausmachen, in einem Whirlpool zu baden?

Ich gebe Sonnencreme in meine Hände und eile zu ihm hinüber.

Olivers Nasenlöcher blähen sich auf, als ich seine Brust berühre.

Wow. Sein Herz klopft wie eine Trommel. Wäre es falsch, die Sonnencreme mit der Zunge anstatt mit den Fingern zu verteilen?

Ich entscheide mich für die digitale Anwendung und konzentriere mich darauf, die Sonnencreme zu verteilen und den Sabber in meinem Mund zu behalten.

Seine Augen verfolgen hungrig die Bewegungen meiner Hände, und seine Brust hebt sich. Die Ausbeulung in seiner Hose ist unübersehbar.

Ein böser Teil von mir freut sich. Warum sollte ich die Einzige sein, die leidet?

Ganz zu schweigen von der Hitze.

Wenn es möglich wäre, vor Geilheit ohnmächtig zu werden, wäre ich jetzt schon bewusstlos.

Als ich mit der Vorderseite fertig bin, befehle ich ihm, sich umzudrehen.

»Wissen Sie«, murmelt er, als er mit dem Rücken zu mir steht. »Als ich Sie um Hilfe gebeten habe, habe ich eigentlich nur meinen Rücken gemeint.«

Nun, er hat mich nicht davon abgehalten, mich seiner Vorderseite zu widmen.

Ich drücke mehr Sonnencreme heraus und trage sie auf seinen kräftigen Rücken auf, während ich mich frage, ob ich einen Orgasmus einschieben kann, während niemand zuschaut … oder ob ich ihn bitten kann, auf dem Kajak über mich herzufallen.

Als ob sie genau auf diesen Moment gewartet hätten, gleitet ein blaues Kajak über das Wasser, und ein glückliches älteres Paar winkt uns mit der für Florida typischen Freundlichkeit zu.

Scheiß Spielverderber.

»Übernehmen Sie Ihre Arme selbst«, sage ich mürrisch, als ich mit seinem Rücken fertig bin.

Er nimmt die Sonnencreme und trägt sie auf seine Arme auf, und ich wünschte, ich hätte meinen dummen Mund gehalten. Es hätten auch meine Hände sein können, die über diese gemeißelten Bizeps und Trizeps gleiten.

»Bereit?«, fragt er.

Ich nicke, schlucke meinen Sabber hinunter, und er trägt das Kajak ins Wasser – was seine glänzenden Muskeln zum Vorschein bringt und mich an das erste Mal erinnert, als ich *Magic Mike* sah.

Er sitzt vorne, und sobald er anfängt zu paddeln, werde ich noch mehr an männliche Stripper erinnert. Das macht es sehr schwierig, sich für die Tiere zu interessieren, an denen wir vorbeikommen, darunter viele hübsche Vögel, einige noch nicht so geile Alligatoren und eine Schlange.

Gegen Ende der Kajakfahrt denke ich darüber nach, uns kentern zu lassen und mich schnell unter Wasser zu fingern.

»Was denken Sie?«, fragt Oliver und zieht uns mit einer weiteren leichten Bewegung seiner Muskeln ans Ufer.

Ich wische mir den Schweiß von der Stirn, als ich aussteige. »Ich denke, wir hätten etwas Ähnliches im New Yorker Central Park machen können. Wenn Ihre

Hauptüberraschung so aussieht, werden Sie verlieren, und zwar haushoch.«

Er lacht, während er das Kajak aus dem Wasser zieht und mir die Augenbinde reicht. »Es ist so weit.«

Ein Handgasmus folgt, als er mich wegführt. Dieser Spaziergang ist bisher der längste, aber ich genieße seine Berührungen so sehr, dass ich nicht will, dass er endet.

Schließlich betreten wir ein Gebäude, und ich darf die Augenbinde abnehmen.

»Fürs Protokoll, das ist nur die erste Hälfte der Überraschung«, sagt Oliver. »Viel Spaß.«

Ich betrachte neugierig meine Umgebung.

Wir sind Teil eines Publikums, das vor einem Theatervorhang steht. Der Scheinwerfer fällt auf eine Frau, die behauptet, dass wir ein Spektakel erleben werden, wie wir es noch nie zuvor gesehen haben.

Hmm.

Aus den Lautsprechern ertönt Stripclub-Musik und der Vorhang hebt sich langsam.

Was zum Teufel …?

Der Vorhang enthüllt ein riesiges Wasserbecken.

Was auch immer es ist, es sieht bereits interessant aus.

Dann sehe ich die Überraschung und begreife, dass ich diese Wette verlieren könnte.

Das Wasser ist nicht voller Tintenfische, was meine erste Theorie war und schlimm genug gewesen wäre.

Das ist noch schlimmer.

In dem Becken sind echte, lebende … Meerjungfrauen.

KAPITEL
Siebenundzwanzig

Okay, vielleicht sind es gar nicht die eigentlichen Fabelwesen an sich. Aber diese Frauen tragen hochkarätige Schwänze und schwimmen tief unter Wasser, also ist das so real, wie es nur sein kann.

Ich ergreife Olivers Hand, drücke sie aus Dankbarkeit und beobachte fasziniert, wie die Meerjungfrauen umherschweben. Ich weiß nicht, ob es an ihren majestätischen Schwänzen liegt oder an Olivers Nähe, aber meine arme Libido schießt wie wild in die Höhe.

Und dann, als ob man der homoerotischen Komponente noch etwas hinzufügen wollte, stelle ich fest, dass jede Meerjungfrau ein phallisches Rohr in der Hand hält. Sie fangen an, sehr verlockend an den Schläuchen zu saugen. Natürlich ist das, was sie wirklich tun, Sauerstoff zu bekommen … aber trotzdem.

Alle klatschen, ich am allermeisten.

Die Meerjungfrauen machen einen Looping im Wasser.

Sie sind auch Akrobaten? Verdammt.

An einer Stelle fängt eine Dame ohne Schwanz an, unter Wasser zu sprechen – oder die Lippen zu bewegen, weil Wissenschaft. Sie erzählt von einem Typen, der die Quellen gefunden hat – so erfahre ich, wo wir sind –, und dann beschlossen hat, ein Unterwassertheater zu eröffnen ... mit Meerjungfrauen.

Wer auch immer dieser Typ war, er war ein Visionär, auf einer Stufe mit Steve Jobs und Elon Musk.

Zu den Klängen von *Do You Believe in Magic*, führen die Meerjungfrauen weitere Unterwasserakrobatik vor, und dann scheinen sie unter Wasser zu essen und zu trinken.

Es folgen weitere Kunststücke des Synchronschwimmens, und dann erfahren wir etwas über die Geschichte dieses Ortes – die sehr beeindruckend ist, ebenso wie die Liste der Prominenten, die die Quellen besucht haben.

Als ob sie auch Oliver etwas bieten wollten, sprechen sie noch über das Problem der Umweltverschmutzung – wobei sie Nitrate aus Düngemitteln herausgreifen, vielleicht in der Hoffnung, dass diese ekelhafte Assoziation die Geilheit aller Beteiligten mindert, bevor wir gehen. In meinem Fall funktioniert das nicht.

»Habe ich gewonnen?«, fragt Oliver, als die Meerjungfrauen-Show vorbei ist.

Wenn ich ehrlich wäre, würde die Antwort Ja lauten,

aber ich bin ein böses Mädchen, also lüge ich mit den Zähnen und sage: »Es war schön, aber …«

»Behalten Sie das im Hinterkopf«, sagt er. »Die Überraschung ist noch nicht vorbei. Kommen Sie.«

Er führt mich in ein Hinterzimmer.

Meine Augen weiten sich, als ich Meerjungfrauenschwänze und andere Meerjungfrauenutensilien herumliegen sehe.

Er hat mir einen VIP-Backstage-Besuch bei den Meerjungfrauen verschafft? Wenn ja, wird es sehr schwer sein, so zu tun, als hätte er nicht gewonnen.

Die Frau, mit der er gesprochen hat, als wir den Park betreten haben, betritt den Raum, und mir wird klar, dass sie eine der Meerjungfrauen aus der Show ist.

»Oliver«, sagt sie mit einem Lächeln. »Ist das die Schülerin?«

Schülerin?

Bedeutet das, was ich denke, was es bedeutet? Dass ich die Möglichkeit habe, von einem echten Experten zu lernen, wie man eine Meerjungfrau wird? Das ist so viel cooler als VIP-Zugang. Es ist ein Traum, auf Augenhöhe mit …

»Sie könnte die Schülerin sein«, sagt Oliver und dreht sich dann mit einem teuflischen Blick zu mir um. »Vorausgesetzt, sie will es.«

Ich sehe ihn mit zusammengekniffenen Augen an. »Warum sollte ich das nicht wollen?«

Er hebt mein Kinn mit seinem Zeigefinger an, so dass sich unsere Augen treffen. »Oh, ich weiß, dass Sie das wollen. Die Frage ist: Wollen Sie es so sehr, dass Sie zugeben, dass Sie beeindruckt sind? Zugeben, dass man das nicht in New York bekommt?«

Ich schlucke, und seine Berührung brennt durch mich hindurch. »Gut.« Das Wort kommt atemlos aus meinem Mund. »Sie haben gewonnen. Wenn ich ehrlich bin, hatten Sie bereits gewonnen, als ich die Show gesehen habe. Das ist nur das Sahnehäubchen.«

Er nimmt den Finger weg, und meinem Kinn fehlt er augenblicklich. »Das dachte ich mir schon.«

Er ist so selbstgefällig, aber was er nicht weiß, ist, dass das Tragen eines T-Shirts mit der Aufschrift *I Love Florida Man* ein kleiner Preis für die Chance ist, Meerjungfrauen-Tricks zu lernen. Ganz abgesehen davon, dass es angesichts der Erfahrung, die er für mich arrangiert hat, seines sexy Aussehens und unserer Interaktionen vielleicht einen Florida-Mann gibt, auf den das Herz zutrifft, so dass das T-Shirt nur eine genaue Darstellung der Realität sein wird.

»Kommen Sie mit mir, Grashüpfer«, sagt die Meerjungfrau-Sensei. Zumindest nehme ich an, dass sie das sagt. Ich bin so aufgeregt, dass mein Gehirn ein bisschen benebelt ist.

»Sie warten hier«, sagt sie zu Oliver. »Nur für Meerjungfrauen.«

Dann führt sie mich in einen anderen Raum.

Wow.

Um uns herum gibt es reihenweise brandneue, hochwertige Meerjungfrauenschwänze. Es gibt auch Bikinis in allen Größen, aber das ist weniger aufregend.

»Suchen Sie sich einen aus«, sagt meine

Meerjungfrau-Sensei mit einem wissenden Augenzwinkern. »Sie dürfen ihn behalten.«

So muss sich eine geile Jungfrau fühlen, wenn sie ein Bordell betritt. Die Schwänze sind fantastisch, und es ist sehr schwer, sich nur für einen zu entscheiden – aber schließlich schaffe ich es doch noch.

»Ziehen Sie ihn an«, sagt die Sensei. »Und einen Bikini.«

Ich tue, was sie mir sagt.

Habe ich schon erwähnt, dass ich seltsam erregt bin, wenn ich einen Meerjungfrauenschwanz trage? Das ist unter normalen Umständen so. Da ich bereits von Olivers Anwesenheit high bin, bin ich froh, dass Oliver nicht dabei ist, als ich im Schwanz stecke. Sonst hätte die morgige Meldung lauten können: »Florida-Mann von nymphomaner Meerjungfrau in öffentlichem Park sexuell belästigt.«

Meine Sensei holt einen Rollstuhl und sagt mir, dass ich mich setzen soll. »Es ist schwer, mit dem Schwanz zu laufen«, erklärt sie.

Ich setze mich auf meinen Ehrenthron und die Sensei rollt mich zur Quelle.

Ich bin so aufgeregt, dass ich gar nicht daran denke, mich erneut mit Sonnencreme einzucremen.

»Gab es etwas, was Sie während der Show gesehen haben, was ich Ihnen zuerst beibringen sollte?«, fragt meine weise Sensei, sobald ich nass bin – mit Quellwasser, nicht mit der anderen Art von Nass ... der Zug ist schon lange abgefahren.

»Ich möchte alles lernen«, sage ich ehrfürchtig.

Sie nickt verständnisvoll und beginnt mit dem

Unterricht – beginnend mit der wichtigen Fähigkeit, durch einen Luftschlauch zu atmen, der größten Waffe einer Weeki-Wachee-Meerjungfrau.

Was folgt, sind die besten Stunden meines Lebens, abgesehen vielleicht von meiner Knutschsession mit Oliver neulich.

Gerade als meine Lippen und Nägel blau werden, weil ich so lange im Wasser war, sagt die Sensei: »Das war's für heute, aber Sie können gerne wiederkommen. Oliver hat dafür gesorgt, dass Sie unseren gesamten Lehrplan bekommen.«

Hat er das? Ich bin sprachlos, als sie mich zu Oliver zurückbringt, und ich bin immer noch überwältigt, als wir zum Auto gehen, obwohl ich entfernt wahrnehme, dass Oliver mir erzählt, wie die ganze Überraschung zustande kam. Lange Rede, kurzer Sinn: Die Weeki-Wachee-Meerjungfrauen sind einmal in Sealand aufgetreten und schuldeten ihm deshalb einen Gefallen.

Als wir neben seinem Auto stehen bleiben, begegne ich seinem Blick. »Ich weiß nicht, wie ich Ihnen danken soll.«

Eine sinnliche Kurve erscheint auf seinen Lippen. »Ich habe gewonnen. Das ist Belohnung genug.«

»Ist es nicht. Das war unglaublich.«

Er öffnet meine Tür und bedeutet mir, einzusteigen. Als wir beide im Auto sitzen, sagt er: »Ich muss Ihnen etwas gestehen. Ich habe Sie im Wasser beobachtet.«

Ich ziehe eine Augenbraue hoch, als ein Rinnsal von Hitze durch mich hindurchfließt. »Und?«

»Und ich habe das Gefühl, dass ich doppelt gewonnen habe.«

Ihm hat gefallen, was er gesehen hat? Das ist genau die Art von Schmeichelei, die ihn in mein Höschen bringen würde, wenn er nicht schon eine Dauerkarte dafür hätte.

Er startet den Motor.

»Wieso habe ich noch nie von diesem Weeki Wachee gehört?«, frage ich, als wir vom Parkplatz fahren.

»Ich habe keine Ahnung. Seit 2008 sind sie ein staatlicher Park – so wichtig sind sie. Weeki Wachee ist eine der ältesten Attraktionen Floridas und beherbergt eine der tiefsten Unterwasserhöhlen des Landes.«

Ich drehe mich um und winke Weeki Wachee zum Abschied, bevor ich frage: »Gibt es noch andere versteckte Juwelen hier in Florida, die ich kennen sollte?«

Da ich bereits verloren habe, kann ich genauso gut den ganzen Weg gehen und ihn mit seinem Heimatstaat prahlen lassen, so viel er will. Außerdem besteht immer die Chance, dass ich ein oder zwei weitere Dates bekomme.

Ich muss Oliver nicht zweimal auffordern. Wenn er es jemals satthat, der Besitzer von Sealand zu sein, kann er jederzeit ein Reisebüro eröffnen – so gut ist er. Auf der Rückfahrt überhäuft er mich mit interessanten Ideen für einen Roadtrip durch Florida. Doch als wir parken und mit dem Aufzug des Hotels in unser Stockwerk fahren, bin ich mit meinen Gedanken schon ganz woanders.

Dinge wie *Was machst du nach dem besten Date deines Lebens?* und *In welchen Positionen tust du es?*

»So«, sagt Oliver, als wir meine Tür erreichen, »da wären wir.«

Ich nicke und bin entschlossen, den Moment zu nutzen. »In der Tat. Und mit null Alkohol im Blut.«

Seine Augenlider werden schwer. »Wie meinen Sie das, Kelpcake?«

Ich lecke mir über die Lippen. »Ich möchte Ihnen diesen Tee machen. Kräftig.«

KAPITEL

Achtundzwanzig

Schneller als ein Schwertfisch auf Adderall stürzt sich Oliver auf mich und fordert meinen Mund ein.

Ich lasse die Tasche mit meinem neuen Meerjungfrauenschwanz fallen und küsse ihn mit allem, was ich habe, zurück. Unsere Zungen verschlingen sich hungrig, während wir den Geschmack, den Geruch und das Gefühl des anderen in uns aufnehmen. Seine Hände wandern mit kaum zu bändigender Gier über meinen Körper, und meine Finger graben sich in seine Schultern, während ich das Gefühl seiner kräftigen Muskeln genieße, die sich unter meiner Berührung anspannen, und die Hitze, die von seiner Haut ausgeht.

Schwer atmend zieht er sich zurück. Seine Stimme ist heiser. »Dein Zimmer oder meins?«

Statt einer Antwort hole ich meinen Zimmerschlüssel heraus, schließe die Tür auf und ziehe ihn an seinem Shirt hinein.

Sobald sich die Tür schließt, reißt er sich genau

dieses Shirt vom Leib, und ich betrachte erneut seinen muskulösen Oberkörper. Diesmal kann mich kein älteres Paar in einem Kajak aufhalten. Hoffentlich.

Unsere Lippen treffen sich wieder und bleiben verbunden, während wir uns gegenseitig die Kleider vom Leib reißen und uns halb tanzend, halb gehend dem Bett nähern. Als ich mich zurückziehe, um zu verschnaufen, habe ich nur meinen BH und meinen Slip an, und er nur seine Boxershorts.

Seine ausgebeulte Boxershorts.

Er lässt seinen erhitzten Blick über mich gleiten. »Du bist umwerfend, Kelpcake. Das weißt du, oder?«

»Halt die Klappe und zieh dich aus«, sage ich atemlos, während ich meinen BH öffne.

Die Pupillen weiten sich, und er lässt seine Boxershorts fallen.

Mir läuft das Wasser im Mund zusammen, als ich seine Aqua-Männlichkeit in ihrer ganzen Pracht betrachte.

Fast wie als Nachgedanken ziehe ich mein durchnässtes Höschen aus.

»Atemberaubend«, sagt er abgehackt.

Damit ist er wieder auf mir, und seine Krakenhände wandern über meinen Körper, während seine Zunge meinen Mund erkundet. Daraufhin werden meine Brustwarzen hart und spitz, wie Muschelschalen, und die Brüste um sie herum fühlen sich voller und schwerer an. Ich kann nicht anders, als nach seiner Aqua-Männlichkeit zu greifen und sie leicht zu streicheln.

Oliver stöhnt in den Kuss hinein, und meine

Wunderpus schreit praktisch: »Ja, genau das. Schieb das in mich rein, sofort.«

Seine Hände versengen meinen Körper überall, wo sie ihn berühren, und als ob er mehr als zwei – acht? – hätte, hebt er mich hoch und drapiert mich auf dem Bett.

»Spreiz deine Beine«, befiehlt er grob.

Bei Cthulhus Oxytocin-Ausschüttung. Bekomme ich nun doch die Gelegenheit, die schüchterne Unterwürfige zu spielen?

Hurra!

Ich werde rot, wie es sich für meine Rolle gehört, und weil ich nicht anders kann, tue ich, was mir gesagt wird.

Seine Nasenlöcher weiten sich. »Berühr dich selbst.«

Ja. Die Fantasie mit dem strengen Chef wird zur Realität.

Ich lecke meine Finger ab, um sicherzugehen, dass sie schön glitschig sind und spreize dann mit einer Hand meine Falten, während ich mit dem Zeigefinger der anderen Hand meinen G-Punkt lokalisiere.

»Genau so«, sagt er, und seine cyanfarbenen Augen glänzen.

Ich umkreise die Stelle, und ein Stöhnen entweicht meinen Lippen.

»Gute Arbeit.« Die Worte sind wie das Schnurren eines Löwen. »Jetzt gib mir die Finger.«

Wieder gehorche ich und beobachte verblüfft, wie er sie sauberleckt.

»Köstlich«, murmelt er. »Ich will mehr.«

Ach?

Bevor ich ihn um eine Erklärung bitten kann, ist sein Mund an meinem Geschlecht, und seine Zunge sucht zielsicher nach meiner Perle, während sein Bart sinnlich an meinen Falten reibt.

Cthulhu, hilf mir. Mein gesamter Körper zieht sich auf einer Hitzewelle zusammen, meine Zehen kräuseln sich und ich komme mit einem lauten Schrei in seinem Mund, während die Gefühle mit einer solchen Wucht durch mich hindurchschießen, dass hinter meinen fest zusammengepressten Augenlidern ein Feuerwerk explodiert.

»Ja«, höre ich ihn sagen, als ich wieder bei Sinnen bin. »Jetzt koste dich an meinen Lippen.«

Blinzelnd öffne ich die Augen und erwidere seinen verschlingenden Kuss. Er schmeckt anders als sonst, und das gefällt mir – aber ich glaube, ich würde alles mögen, sogar Zyanid, wenn es von diesen Lippen käme.

»Bist du dran?«, frage ich heiser, als ich mich zurückziehe, und er lehnt sich zurück, während sich seine Augenlider auf Halbmast senken und seine Aqua-Männlichkeit erwartungsvoll zuckt.

Endlich. Wenn keine Eltern oder Erdnussbutter in Sicht sind, kann ich das ungestört tun.

Ich stürze mich hinunter und lecke ihn wie Eiscreme.

Er grunzt etwas Unverständliches.

Ich schaue auf und meine Augen treffen auf seinen blaugrünen Blick, während ich seine Aqua-Männlichkeit in meinen Mund schiebe.

Seine Augen sind jetzt wild.

Ich schiebe meine Zunge unter den Schaft.

Er zuckt in meinem Mund und ich schmecke Lusttropfen.

Verdammt, das macht mich an. Mir war das noch nie bewusst, aber einen Schwanz zu lutschen ist sogar noch erregender, als einen Meerjungfrauenschwanz zu tragen. Zumindest, wenn er an der richtigen Person befestigt ist – an dem Männerschwanz, meine ich, nicht dem Meerjungfrauenschwanz. Obwohl, wenn ich so darüber nachdenke, könnte Oliver mit einem Meerjungfrauenschwanz auf seine eigene Art auch heiß sein.

Seine Hand ergreift mein Haar, so dass ich meine Begeisterung verdopple. Er stöhnt, und seine Pomuskeln spannen sich an. Gerade als ich so richtig in Stimmung komme, zieht er an meinen Haaren, und ich hebe meinen Kopf, um ihn fragend anzuschauen.

»Geh auf alle viere.« Der heisere Befehl ist zu gleichen Teilen Dominanz und Lust.

Ich tue nicht nur, was er sagt, sondern wackele auch mit meinem nackten Hintern, um ihm zu zeigen, was für ein braves Mädchen ich sein kann, wenn man mich richtig motiviert.

Mit einem Blick über meine Schulter auf sein angespanntes Gesicht frage ich: »So?«

Als Antwort ergreift er meine Hüften, und seine Aqua-Männlichkeit stößt an meine Öffnung, bevor er in einer einzigen sanften Bewegung in mich eindringt.

Mein Atem verlässt meine Lunge.

Wow. Wow. Wow.

Er ist so groß, dass es eigentlich wehtun müsste, aber stattdessen füllt er mich perfekt aus, und die leichte Dehnung verstärkt nur noch die heiße Spannung in meinem Inneren.

»Ich will in dir kommen«, knurrt er.

»Scheiße«, keuche ich. »Ja, bitte.«

Hoppla. Vielleicht habe ich gerade den Kraken freigelassen.

Sein nächster Stoß ist hart. Der danach ist noch härter – und ich liebe es so sehr, dass ich es ihn mit einem Stöhnen wissen lasse.

Oh. Meine Güte. Cthulhu.

Mit einem Knurren stößt er mit neuer Kraft in mich hinein, und die Spannung wird so groß, dass ich mich an den Laken festkralle.

Das ist es. So würde sich Olivers Surfbrett anfühlen, wenn er auf ihm über einen Tsunami reiten würde. So werde ich garantiert für jeden anderen Mann verdorben.

Ein Schrei kommt über meine Lippen.

»Ja, Kelpcake«, stöhnt er und stößt in mich hinein. »Komm mit mir.«

Ja.

Ja.

Das ist die beste Idee in der Geschichte der Ideen.

Ich schreie seinen Namen, während ein gewaltiger Orgasmus über mich hereinbricht.

Er stößt tiefer in mich hinein, und seine Aqua-Männlichkeit wird immer härter, während er mit einem animalischen Grunzen seine Entladung in mich schießt.

Bumm! Sein Orgasmus löst einen weiteren bei mir aus, und ich stöhne immer wieder, bis meine Arme schließlich nachgeben und ich schlaff auf das Bett falle.

KAPITEL
Neunundzwanzig

OLIVER STREICHELT mich von hinten und schmiegt sein Gesicht an mein Haar. »Das war unglaublich.«

Ich atme langsam aus. »Untertreibst du nicht ein wenig?«

»Ich bitte um Entschuldigung.« Ich kann das Lächeln in seinen Worten hören. »Es war umwerfend, unglaublich, nicht von dieser Welt.«

Ich schnaube. »Das wird der Sache immer noch nicht gerecht. Ich schätze, das ist eine dieser Situationen, in denen man dabei sein muss, um sie zu schätzen zu wissen.«

Ein Lachen. »Ich war sehr dabei.«

Ich lächele in das Kissen. »Duschen?«

»Klar.« Ich spüre, wie ich hochgehoben und ins Badezimmer getragen werde.

Ich lache und genieße den Weg.

Als wir uns der Duschkabine nähern, fragt er: »Kannst du stehen?«

Ich grinse. »Jemand bildet sich wirklich etwas auf seine Fähigkeiten ein.«

Er stellt mich hinein und dreht das Wasser auf.

»Komm zu mir.« Er tritt unter den Strahl und gibt Duschgel in seine großen Hände.

Ich folge ihm gehorsam, und er beginnt mich einzuseifen, was sich wunderbar und dekadent anfühlt.

Karpfenmist. Er hat mich bereits für andere Männer verdorben. Hat er auch vor, mir das einfache Vergnügen einer Dusche zu ruinieren?

Scheint so. Die sanften Streicheleinheiten seiner Hände – aller acht –, die Kopfmassage beim Haarewaschen, die Art und Weise, wie seine Muskeln unter dem Wasserstrahl glitzern – das sind genau die Dinge, an die ich mich sehr schnell gewöhnen und ohne die ich dann nicht mehr leben könnte.

»Bist du dran?«, frage ich, als er mit meinem Rücken fertig ist.

»Ich habe etwas anderes im Sinn«, murmelt er, und ich drehe mich um, um ihn anzusehen.

Ich schlucke. Eine glänzende neue Erektion zwinkert mir zu.

Hey. Selbst nach dem Liter Seife, den er gerade verbraucht hat, fühle ich mich schmutzig – auf eine ungezogene Art und Weise.

Ich kraule die Unterseite der Aqua-Männlichkeit, wie ich das Kinn einer Katze kitzeln würde. »Mir gefällt deine Art, zu denken.«

Mit einem verruchten Grinsen beansprucht Oliver wieder meine Lippen, und seine Zunge dringt tief ein, um über jede Oberfläche meines Mundes zu streicheln.

Gut, dass wir unter der Dusche stehen, sonst hätte ich bestimmt eine Pfütze unter mir.

Er drückt mich mit dem Rücken gegen die glatten Fliesen, umfasst meinen Hintern, hebt mich ein paar Zentimeter an und dringt wieder in mich ein.

Keuchend schlinge ich meine Beine um seine Hüften und klammere mich an seine Schultern, um mich festzuhalten, während er in mich stößt. Diesmal ist sein Tempo sanfter und langsamer, so als wäre unsere frühere hektische Sitzung die Vorspeise gewesen und dies ist ein achtsam genossener Hauptgang.

Wasser ist absolut unser Element. Das ist noch heißer als vorhin, als er mich im Bett genommen hat. Die laufende Dusche dämpft mein Stöhnen, aber nicht das Klatschen des nassen nackten Fleisches, und die Geräusche erregen mich über alle Maßen. Knurrend vertieft er den Kuss, und ein mächtiger Orgasmus baut sich in meinem Inneren auf, während seine Stöße immer schneller werden.

Ich schätze, wir sind wieder bei der Vorspeise angelangt. Oder vielleicht ist das der dekadente Nachtisch.

»Ich bin nah dran«, keuche ich in seinen Mund.

Er versenkt seine Zähne in meiner Unterlippe und stößt tiefer zu, um mich kommen zu lassen.

Mein Schrei der Befreiung ist so laut, dass er in den umliegenden Räumen zu hören sein könnte. Mein ganzer Körper krampft und entspannt sich, als glühend heiße Ekstase durch meine Nervenenden explodiert. Ich bin immer noch nicht zu Atem gekommen, als Oliver seinen Höhepunkt erreicht, meinen Namen stöhnt und sich an mir reibt – etwas, was bei mir einen Nachbeben-Orgasmus auslöst.

Wow. Doppelt, dreifach wow.

Meine Beine fühlen sich wie Nudeln an, aber zum Glück ist er da und hält mich aufrecht.

»Geht es dir gut?«, murmelt er, während er mich wieder unter die Brause manövriert und zärtlich meine intimsten Stellen wäscht.

»Offiziell und ordentlich gefickt«, sage ich schwach. »Ansonsten super.«

Er sieht mich mit rein männlicher Zufriedenheit an. Nachdem er mich aus der Duschkabine geführt hat, trocknet er mich ab und trägt mich zurück zum Bett.

»Unfair«, sage ich, als er mich mit der Decke zudeckt. »Ich habe dich nicht gewaschen.«

Er zwinkert mir zu. »Du wirst das einfach wiedergutmachen müssen. Irgendwie.«

Ich gähne. »Ja. Morgen.«

»Als Allererstes«, sagt er mit spöttischer Strenge. »Verschlaf nicht wieder.«

Verschlafen und das verpassen?

Niemals.

Ich streiche ihm eine Haarsträhne über das Ohr und versuche, ernst zu klingen, als ich sage: »Oliver, danke.« Ich schaue auf seine Aqua-Männlichkeit. »Das ist etwas, was ich in New York nie bekommen könnte.«

Meine Belohnung ist es, sein Lachen zu hören und zuzusehen, wie sich seine Bauchmuskeln anspannen. Danach gibt er mir einen sanften Kuss auf die Lippen. »Schlaf gut.«

Mit einem verschmitzten Grinsen schließe ich meine Augen und schlafe sofort ein.

KAPITEL
Dreißig

ICH WACHE AUF, weil starke Finger mein Gesicht berühren. Als ich die Augen öffne, sehe ich, dass es Oliver ist, der etwas in meine Haut massiert.

Ist er auf meinem Gesicht gekommen?

Das macht mir nichts aus, aber dafür wäre ich lieber wach gewesen.

Aber nein. Er ist vollständig bekleidet.

Ich reibe mir die Augen, als er seine Hand zurückzieht. »Was ist los?«

Er grinst. »Es ist fast halb elf, und die Sonne wollte gerade auf deinem hübschen Gesicht landen.«

Oh. Die Substanz, mit der er mich eingerieben hat, ist Sonnencreme.

Ich drehe mich um und sehe, dass er recht hat. Die Sonnenstrahlen haben fast das Kopfkissen erreicht.

Verdammte Arschlöcher.

Dann registriert mein schläfriger Verstand den wichtigsten Punkt. Oliver hat sich meinetwegen Sorgen wegen der Sonneneinstrahlung gemacht.

Selbst wenn ich nicht gerade den besten Sex meines Lebens gehabt hätte, würde ich ihn allein aufgrund dieser Geste behalten.

Er beugt sich vor, um die Sonnencreme wieder aufzutragen, aber ich ziehe mich zurück.

»Ich glaube, ich will mir erst die Zähne putzen.«

Er lächelt. »Gut, aber lass dir nicht zu viel Zeit. Ich muss bald los.«

Ich spüre, wie mir schwer ums Herz wird. »Ach ja?«

Er nickt. »Ich habe noch eine lange Fahrt vor mir.«

»Oh.«

Er drückt meinen Oberschenkel durch die Decke hindurch. »Ich bin auf dem Weg nach St. Augustine, um vor der SOS-Spendenaktion ein paar der Teilnehmer zu treffen.«

Karpfenmist. Ich kann es nicht verhindern, dass ich einen Schmollmund ziehe. »Aber ich schulde dir ein Einseifen.«

Er lächelt reumütig. »Du hast so friedlich geschlafen, dass ich dich nicht wecken wollte.«

Uff, ich *habe* wirklich verschlafen. Hätte ich gewusst, was auf dem Spiel steht, hätte ich mir einen Wecker gestellt. Vielleicht zwei.

»Wann fährst du?«, frage ich.

Er schaut auf seine Uhr und verzieht sein Gesicht. »Mist. In zehn Minuten.«

Ich springe auf und sprinte ins Bad, um mich vorzeigbar zu machen.

Als ich wieder herauskomme, hat Oliver nur noch fünf Minuten Zeit – also verbringen wir sie sinnvoll und knutschen, als ob wir für Atemluft aufeinander angewiesen wären.

Oder vielleicht doch nicht so clever. Letzte Nacht habe ich meine überaktive Libido befriedigt, aber jetzt bin ich wieder geil, und Oliver muss gehen.

Warum ist das Leben manchmal so ungerecht?

»Also«, ich ziehe mich zurück und berühre meine geschwollenen Lippen, »wann sehe ich dich wieder?«

Er seufzt. »Bei der Spendengala. Es tut mir leid. Ich habe die Pläne gemacht, bevor wir …«

»Alles in Ordnung«, lüge ich, aber innerlich stampfe ich mit den Füßen auf den Boden, als wäre es mein Geburtstag und man hätte mir den Kuchen vorenthalten.

Ihn erst morgen wiederzusehen fühlt sich wie eine Strafe an.

»Okay.« Er drückt mir einen sanften Kuss auf die Wange. »Ich gehe.«

Er geht, bevor ich eine Million Fragen stellen kann.

Verwirrt setze ich mich auf das Bett, um zu Atem zu kommen.

Ich kann nicht glauben, was passiert ist.

Ich habe mit Oliver geschlafen.

Zweimal.

Ist das für ihn ein genauso monumentales Ereignis wie für mich? Oder sieht er das als eine einmalige Sache an?

Zweifel verdunkeln meine gute Laune, wie die Tinte eines verängstigten Tintenfisches. Auch wenn es kein One-Night-Stand ist, können er und ich richtig daten?

Ich arbeite für ihn, und er hat aus gutem Grund eine Personalpolitik gegen Beziehungen am Arbeitsplatz.

Ich stöhne innerlich auf. Solche Dinge hätte ich mit ihm abklären sollen, bevor ich die Einladung zum *Tee* aussprach, nicht danach. Zu meiner Verteidigung muss ich allerdings sagen, dass ich gestern für längere Zeit einen Meerjungfrauenschwanz getragen habe – das wäre so, als würde ein Mann Viagra schlucken.

Mein Magen knurrt.

Richtig. Ich sollte etwas essen.

Während ich nach unten gehe, um zu frühstücken, fallen mir prosaischere Fragen für Oliver ein, wie zum Beispiel: »Muss ich zurück zur Arbeit oder kann ich Tampa noch eine Weile genießen?«

Einerseits hat er mir vom nahegelegenen Salvador-Dali-Museum erzählt, aber andererseits ist es ein Arbeitstag und unser Geschäft in Tampa ist abgeschlossen. Oh, und da er aus beruflichen Gründen gefahren ist, heißt das nicht, dass die Arbeit wiederaufgenommen wird?

Als ich mit dem Essen fertig bin, beschließe ich, dass es genauso unangenehm wäre, ihm eine SMS mit der Frage nach der Arbeit zu schicken, wie an der Decke zu schlafen – und es entgeht mir nicht, dass dies nur ein kleines Beispiel dafür ist, warum Genitalien und Chefs nicht zusammenpassen.

Oh, na gut. Ich fahre einfach zurück zur Arbeit. Ich wette, wenn er hört, dass ich heute in Sealand war, wird er von meiner Arbeitsmoral beeindruckt sein.

Auf der Rückfahrt rufe ich Lemon an und erzähle ihr, was passiert ist. Ich bereue es sofort, weil sie anfängt zu quieken wie ein pubertierendes Ferkel.

Ich warte, bis sie fertig ist, und sage: »Ich habe keine Ahnung, wo wir stehen, weil er mein Chef ist und so.«

»Wen interessiert das?« Sie kichert. »Er ist heiß genug, um ein paar Unannehmlichkeiten zu ertragen.«

Ich rolle mit den Augen. »Hast du schon einmal in einem Unternehmen gearbeitet?«

Sie schnaubt. »Wie auch immer. Also hier ist mein Vorschlag. Wir sehen gleich aus, also würde er wahrscheinlich genauso gerne mit mir Sex haben wie mit dir. Und ich arbeite nicht für ihn, also …«

Ich komme fast von der Straße ab. »Halt dich verdammt nochmal zurück.«

»Siehst du?« Ich kann sie über das Telefon grinsen hören. »Jetzt weißt du, wie du dich wirklich fühlst.«

»Ich habe das Gefühl, ich hätte dich mit der Nabelschnur erwürgen sollen, als wir in Mama waren«, sage ich. »Außerdem, was ist mit dem russischen Ballett-Typen?«

»Das war natürlich ein Scherz«, sagt sie. »So heiß dein Typ auch ist, der Russe ist noch heißer.«

»Richtig.« Rede dir das ruhig immer wieder ein.

»Wann kommst du denn zurück?«, fragt sie.

Ich zucke mit den Schultern, merke, dass sie mich nicht sehen kann, und sage: »Nach fünf. Ich bin auf dem Weg zur Arbeit.«

»Okay, dann sehen wir uns wohl morgen Nachmittag. Ich fahre wieder nach Orlando.«

»Welche Attraktion?«, frage ich.

»Harry Potter World, und dann die Blue Man Group.«

Ich lache. »Erst redest du davon, mit meinem Mann zu schlafen, und jetzt hast du ein Auge auf eine ganze Gruppe von Blues geworfen?«

———

Gerade als ich vor dem Hauptgebäude von Sealand parke, erhalte ich eine SMS von Oliver:

Ich habe vergessen, etwas zu erwähnen, bevor ich gegangen bin. Eine Empfehlung. Bei der SOS-Spendenaktion solltest du dich beeindruckend kleiden.

Ich starre mit entsetzter Faszination auf mein Telefon.

Ernsthaft? Bin ich verflucht, wie die Piraten auf der Black Pearl? Die Laken, auf denen wir geschlafen haben, sind noch warm, und er verwandelt sich bereits in Brett 2.0 und sagt mir, was ich anziehen soll.

Meine Antwort ist knapp:

Du kümmerst dich um deine Kleidung, und ich kümmere mich um meine.

Ich gehe zügig und wütend ins Seeland, während ich auf seine Antwort warte.

Mein Telefon klingelt.

Sicher. Wenn du mir etwas zum Anziehen empfehlen willst, höre ich gerne auf dich … die Ausnahme ist ein T-Shirt mit der Aufschrift »I Love NYC«.

Okay, er ist ein bisschen besser als Brett darin, sich selbst aus Fettnäpfchen zu ziehen – aber ist das überhaupt etwas Gutes?

»Hey, Olive«, sagt Dex und erschreckt mich. »Ich bin froh, dass Sie hier sind. Ich wollte Sie um einen Gefallen bitten.«

Ich schüttele den Kopf, um ihn frei zu bekommen. »Was denn?«

»Es geht um das Oktopus-Aquarium. Es hat sich herausgestellt, dass es nicht nur oktopussicher ist.« Er grinst verlegen. »Ich weiß auch nicht, wie man es öffnet.«

Karpfenmist. Gut, dass ich heute wieder zur Arbeit gekommen bin und Beaky füttern kann. Er wäre fast ein Opfer seiner eigenen Cleverness geworden – oder der menschlichen Dummheit.

Dex reibt sich den Nacken seines otterartigen Halses. »Also, was sagen Sie? Können Sie mir beibringen, wie man es öffnet?«

Ich spitze meine Lippen. »Ich füttere Beaky wirklich, wirklich gerne selbst …«

Er muss verstehen, dass man eine bestimmte Kreatur für sich beanspruchen kann. Er ist nicht umsonst der Hauptnahrungslieferant der Otter. Trotzdem habe ich keine Ahnung, ob *Ich bin diejenige, die den Oktopus füttert* zur Politik von Sealand passt. Das hoffe ich, sonst werde ich mit allen Mitteln dafür kämpfen, dass es so ist.

»Ich verstehe.« Dex wippt von einem Fuß auf den anderen. »Das ist für später. Sie können ihn ja nicht füttern, wenn Sie nicht hier sind.«

Ich widerstehe dem Drang, etwas wie *Na ja* zu sagen. Stattdessen führe ich ihn zum Aquarium, damit ich ihm alles erklären und zeigen kann.

Während der ganzen Stunde werde ich das Gefühl nicht los, dass Dex sich seltsam verhält, aber ich bin mir nicht sicher, warum.

»Danke«, sagt er, als ich die Liste von Beakys Lieblingsleckereien beendet habe.

Ich wende meinen Blick von Beaky ab, der unser Gespräch mit seinen intelligenten Augen beobachtet hat. »Kein Problem.«

Dex wendet sich zum Gehen. »Machen Sie sich keine Sorgen«, sagt er über die Schulter, als er auf halbem Weg zur Tür ist. »Ich kann den anderen zeigen, wie man das macht.«

»Ach?«

»Das ist kein Problem«, sagt er. »Sie müssen viel um die Ohren haben.«

Habe ich das? Bevor ich ihm sagen kann, dass es mir nichts ausmacht, es allen zu zeigen, ist er schon weg.

Das war definitiv seltsam.

Oh, na gut.

Da das Aquarium bereits offen ist, lege ich ein Leckerli hinein.

Oh, Hohepriesterin, wir konnten nicht umhin, zu bemerken, dass du vergessen hast, Otter Deacon die wichtigste Regel beizubringen, wenn es darum geht, uns, den Gottkaiser der Größeren Aquarien, zu verehren: Die Leckereien müssen fließen.

Jemand scharrt hinter mir mit den Füßen.

Ich drehe mich um und sehe, dass es Rose ist.

Sie seufzt und wirft mir einen seltsamen Blick zu.

Hmm. Wie groß ist die Wahrscheinlichkeit, dass sie

so gut in der Personalabteilung ist, dass sie es geschafft hat, *Sex mit dem Chef* an mir zu riechen?

»Ich bin froh, dass ich Sie gefunden habe«, sagt sie. »Sie müssen mir einen Gefallen tun.«

Ich blinzele. »Was denn?«

Sie deutet auf den Tentakeldildo in Beakys Aquarium. »Könnten Sie alle Bereicherungen dokumentieren, die Sie bisher erstellt haben, und auch, wie man sie pflegt?«

Hmm. Das ist eine merkwürdige Bitte … Es sei denn, sie hat bereits vor, mich zu feuern, weil sie mit ihren HR-Supersinnen etwas herausgefunden hat.

Nein. Ich bin paranoid.

»Bis wann brauchen Sie es?«, frage ich.

Sie kratzt sich am Kinn. »Besteht die Möglichkeit, dass Sie es bis zum Ende des Tages schaffen?«

»Klar.« Beaky zu füttern war heute meine einzige wirkliche Priorität.

»Danke.«

Bilde ich mir das nur ein, oder sieht sie unverhältnismäßig erleichtert aus?

Ich gehe zu meinem Computer und beginne, Roses Anfrage zu bearbeiten. Da sie nicht gesagt hat, wie detailliert ich sein soll, habe ich das Dokument idiotensicher verfasst – eine Lektion, die ich von Beakys Aquarium gelernt habe. Ich erkläre, wie man die Videos auf dem Fernseher im Seekuh-Becken wechselt und sogar, wie man den Fernseher ein- und ausschaltet.

Als ich fertig bin, schaue ich auf die Uhr. Es ist kurz nach fünf, also Zeit, nach Hause zu fahren.

Jemand räuspert sich hinter mir.

Ich drehe meinen Stuhl und sehe Aruba.

»Miss Hyman«, sagt sie. »Entschuldigen Sie die Störung.«

Ist sie noch hier? Ich dachte, alle hier gehen um Punkt fünf Uhr.

»Wir hatten abgemacht, dass Sie mich Olive nennen«, sage ich.

»Tut mir leid«, sagt sie. »Olive, haben Sie einen Moment Zeit für mich?«

»Klar.« Das wird immer seltsamer.

Aruba lässt sich auf einen Bürostuhl in der Nähe plumpsen. »Wenn ich mich für die Herstellung von Spielzeug für Meerestiere interessieren würde wie Sie, gäbe es dann ein Buch, das Sie mir empfehlen würden, oder etwas in der Art?«

Ich lege meinen Kopf schief. »Ich wusste nicht, dass Sie das interessiert.«

Das ist eine Untertreibung. Ihre genauen Worte waren: »Alles ist besser als Spielzeug für Goldfische zu machen.«

Aruba dreht ihren Stuhl nach links und dann nach rechts. »Es tut mir leid, wenn ich ein bisschen kratzbürstig war.«

Sicher. Nennen wir es ein wenig … und kratzbürstig. »Schnee von gestern.«

Sie atmet erleichtert aus. »Alles, was ich hier je gemacht habe, war, die Delfine zu trainieren. Und so sehr ich sie auch liebe, denke ich mir, wenn ich lerne, was Sie tun, könnte ich meinen Job erweitern.«

Ich runzele die Stirn. »Sie wollen mir helfen?«

So geschmeichelt ich auch bin und trotz ihrer

Entschuldigung – sie ist keine Zweitbesetzung, die ich freiwillig wählen würde.

Aruba blinzelt. »Ich dachte, wenn Sie weg sind … wissen Sie was? Egal.«

Die ganze Kette von merkwürdigen Ereignissen fügt sich zusammen wie ein Puzzlespiel für einen besonders cleveren Kraken.

Ich sehe rot.

Ich rappele mich auf und knurre: »Was meinen Sie mit ›weg‹?«

Sie schiebt ihren Stuhl von mir weg. »Hmm. Da war diese E-Mail von Dr. Jones. Er sagte, ich solle mich darauf vorbereiten, dass Sie nicht mehr in Sealand sind, also …«

Den Rest höre ich nicht, weil mir das Blut in den Ohren dröhnt.

Sie hat gerade meinen schrecklichen Verdacht bestätigt, und das tut weh wie ein Schlag auf die Leber.

Oliver und ich hatten Sex, und jetzt hat er beschlossen, das personelle Chaos, das durch den Akt entstanden ist, mit der heimtückischsten Methode zu beheben.

Er wird mich feuern.

Einunddreißig

»ICH WERDE Ihnen ein paar Buchempfehlungen mailen«, murmele ich, bevor ich aus dem Zimmer eile, als wäre ich ein Thunfisch und Aruba einer ihrer Lieblingsdelfine.

Alles passt. Die Art und Weise, wie Rose mich bat, das Dokument zu schreiben, und wie seltsam sie sich verhielt. Warum Dex lernen wollte, wie man sich um Beaky kümmert.

Oliver hat allen erzählt, dass ich gefeuert werde.

Ich wette, er hat gar keine Treffen in St. Augustine. Er ist wahrscheinlich in seinem Büro oder zu Hause.

Von unbändiger Wut getrieben, eile ich in sein Büro.

Zum Glück für ihn – und für mein Strafregister – ist er nicht da.

Ich knurre wütend und laufe zu meinem Auto. Ich fahre wie eine Verrückte, erreiche sein Haus in einem Wimpernschlag und komme quietschend in seiner Einfahrt zum Stehen.

Ich klingele und schlage dann mit der Faust gegen die Tür, wobei ich so tue, als ob es sein Gesicht wäre.

Ein Mann öffnet die Tür. Eine Sekunde lange denke ich, dass es vielleicht Oliver nach einem Haarschnitt ist, aber dann wird mir klar, dass er es definitiv nicht ist. Diesen Kerl möchte ich nicht töten oder mich an ihm vergreifen.

»Hallo«, sagt der Fremde.

»Ich suche Oliver«, stoße ich hervor.

Der Typ zeigt ein sexy Lächeln. »Du musst Olive sein. Was hat er denn jetzt wieder angestellt?«

Ich atme beruhigend ein. »Du musst einer seiner Brüder sein.«

»Ash, zu deinen Diensten.« Er wirft einen Blick auf den Hund zu seinen Füßen. »Bro hat mich gebeten, auf den Snack aufzupassen – und ihm nebenbei das Surfen beizubringen. Möchtest du eine Nachricht hinterlassen?«

Ich schüttele den Kopf. »Ich muss mit Oliver sprechen.«

Ash fährt sich mit der Hand durch sein viel kürzeres, aber immer noch schönes Haar. »Er wird heute nicht mehr zurückkommen. Er sagte, dass er vor der Konferenz noch einige wichtige Meetings hat und danach mit einigen Leuten etwas trinken geht. Du weißt sicher schon, wie er über Alkohol am Steuer denkt.«

»Okay.« Ich trete von der Tür zurück. »Danke.«

Ich taumele zu meinem Auto und parke in der Einfahrt meiner Großeltern.

Der Adrenalinschub, der in Sealand begann, entwickelt sich zu einem Absturz epischen Ausmaßes.

Ich schleppe mich ins Gästezimmer, und meine Beine fühlen sich an wie Quallen auf Xanax.

Meine Großeltern sind nicht zu Hause, wie es scheint. Sind sie mit Lemon nach Orlando gefahren?

Das ist auch gut so. Ich glaube nicht, dass ich im Moment jemandem gegenübertreten kann.

Ich kämpfe gegen den Drang, zu weinen, an und lasse mich auf mein Bett fallen, ohne mich auszuziehen.

Wie konnte ich nur so dumm sein?

Wie konnte ich nur zulassen, dass ein weiterer Mann mein Herz als Sandsack benutzt?

Die rote Fahne war da – seine Anziehungskraft auf mich. Arschlöcher sind offensichtlich mein Typ, warum bin ich also schockiert, dass Oliver sich als ein weiteres entpuppt hat?

Ich wette, er wollte noch einmal Sex mit mir haben, bevor er mir den Boden unter den Füßen wegzieht. Warum sollte er mich sonst zu der SOS-Spendenaktion einladen? Er hatte sogar den Mut, mir zu sagen, dass ich für ihn gut aussehen soll.

Unglaublich.

Das Schlimmste ist, dass ich nicht mehr die Energie habe, ihn ausfindig zu machen und ihm meine Meinung zu sagen. Aber ich kann auch diesen Schwebezustand nicht ertragen, bei dem ich weiß, dass er nicht weiß, dass ich es weiß.

Ich ziehe mein Handy heraus und tippe wütend:

Ich weiß, dass du vorhast, mich zu feuern. Mach dir keine

Mühe. Ich kündige. Den Job und dich. Ich will dich nie wiedersehen.

Da. Als ob man ein Pflaster abreißt. Aber es fühlt sich eher so an, als würde ich meinen ganzen Körper und meine Seele mit Wachs enthaaren lassen, immer wieder.

Ich fühle mich merkwürdig kalt und wickele mich in eine Decke ein.

Trotz all meiner Vergleiche zwischen Oliver und Brett fühlt sich diese Trennung unendlich viel schlimmer an ... obwohl ich Oliver viel kürzer kenne und er nicht offiziell mein Freund ist.

Das muss die Meerjungfrauen-Überraschung sein, die Oliver für mich vorbereitet hat. Auch wenn es nur ein Trick war, um in mein Höschen zu kommen, war es netter als alle netten Gesten, die Brett und meine anderen Exfreunde zusammen je zustande gebracht haben.

Cthulhu, verfluche sein Steißbein. Der Sex war so unglaublich, dass ich so etwas wahrscheinlich nie wieder erleben werde. Und es war nicht nur der Sex. Mit ihm zusammen zu sein, war ...

Was tue ich da? Warum sollte ich mich so quälen?

Worüber ich mir Sorgen machen sollte, ist Beaky.

Soll ich ihn bei Oliver bleiben lassen?

Mein Magen fühlt sich fest zusammengezogen an.

Hat Oliver so weit vorausgeplant? Er legte Wert darauf, zu sagen, dass Beaky zurückbleiben würde, wenn ich Sealand verlasse. Hatte er damals bereits vor, mich buchstäblich und metaphorisch zu ficken?

Ich habe keine Ahnung, und was es unmöglich

macht, damit umzugehen, ist, dass Beaky in seinem neuen Becken glücklich ist, also ist es vielleicht das Beste für ihn, wenn Oliver ihn behält.

Der Raum beginnt sich zu drehen, und ich schließe die Augen und drücke sie gegen das Brennen der Tränen zusammen.

Mein ganzer Körper fühlt sich schwer an, vor allem meine Brust, und trotz meiner Bemühungen beginnen die Tränen zu fließen.

Sie hören nicht auf, bis die Erschöpfung mich einholt und ich einschlafe.

KAPITEL

Zweiunddreißig

ICH WACHE mit einer verstopften Nase und einem kratzenden Hals auf.

Die Sonne scheint, was bedeutet, dass ich vom Abendessen bis zum späten Vormittag geschlafen habe.

Ich schätze, ich war *sehr* emotional ausgelaugt.

Nachdem ich geschlafen habe, fühle ich mich ein wenig stärker – und ich muss eine Entscheidung treffen.

Soll ich zu der SOS-Spendenaktion gehen oder nicht?

Einerseits könnte es ein guter Ort sein, um ein Netzwerk für meinen nächsten Job aufzubauen. Auf der anderen Seite wird Oliver da sein, und ich werde viel mehr Schlaf brauchen, um mich bereit zu fühlen, ihm gegenüberzutreten.

Okay, kein Spendensammeln, was mich zu einem weiteren Dilemma führt: Soll ich überhaupt aufstehen?

Nach kurzer Überlegung entscheide ich mich dafür. Wenn ich mich in der Vergangenheit schlecht gefühlt habe, habe ich mich immer besser gefühlt, wenn ich etwas unternommen habe, egal, wie unaufregend es war.

Ich steige aus dem Bett und gehe meiner Morgenroutine nach.

Nein.

Ich fühle mich nicht besser.

Ich checke mein Handy.

Die Spendenaktion beginnt bald. Wenn ich gehen würde, müsste ich jetzt rennen.

Ich kann mir nicht helfen und schaue mir meine SMS an Oliver an.

Sieht aus, als hätte er sie noch nicht gelesen – wahrscheinlich ist er zu sehr damit beschäftigt, mit den anderen Teilnehmern der Spendenaktion zu plaudern.

Karpfenmist. Das bedeutet, dass er immer noch denkt, er sei damit durchgekommen.

Ich muss vernünftig bleiben.

Ich klappe meinen Laptop auf und stöbere wieder auf der Website von Octoworld. Wenn es irgendeine Gerechtigkeit im Universum gibt, werde ich dort einen Job finden, um den beschissenen Schlag zu kompensieren, den mir das Leben versetzt hat.

Nein. Sie haben keine neuen Stellen ausgeschrieben. Mir ist allerdings etwas Interessantes aufgefallen. Laut ihren News sponsern sie auch dieses Jahr wieder die SOS-Spendenaktion. Ich frage mich, ob …?

Ich schaue mir Ezra Shelbys soziale Medien an, und das bestätigt meinen Verdacht. Sie wird Octoworld bei der Benefizveranstaltung vertreten.

Sieht so aus, als wäre das Universum noch nicht fertig damit, mir in die Fresse zu hauen.

Wäre da nicht dieses Durcheinander mit Oliver, hätte ich heute mein Idol treffen können.

Aber ich kann es immer noch … wenn ich bereit bin, Oliver zu treffen.

Aber nein. Ich kann es nicht riskieren, ihn in der Öffentlichkeit zu ohrfeigen. Außerdem bin ich sowieso schon zu spät für den Meet-and-Greet-Teil der Veranstaltung.

Da ich nicht weiß, was ich sonst tun soll, öffne ich meine E-Mails, damit ich Aruba eine Liste mit Ressourcen schicken kann, die sie nutzen kann, wenn sie meinen Job machen will.

In meinem Posteingang sind zwei ungelesene E-Mails von gestern.

Eine ist von Oliver, also zeige ich ihm den Mittelfinger, aber die andere ist von einer Person, die mir noch nie geschrieben hat: Ezra.Shelby@Octoworld.com.

Mein Puls rast.

Das kann doch nicht sein, oder?

Mit zittrigen Fingern öffne ich die E-Mail von meinem Idol:

Liebe Olive,

ich freue mich schon sehr darauf, Sie morgen zu treffen. Vor ein paar Wochen erzählte mir Ihr jetziger Arbeitgeber und mein guter Freund Oliver von der tollen Arbeit, die Sie bei Sealand leisten. Er hat auch erwähnt, wie sehr Sie Kraken lieben und dass Sie sich hier in der Octoworld beworben haben. Ich habe das überprüft und gesehen, dass Ihr Lebenslauf nie bei unserer Personalabteilung angekommen ist. Ich bitte um Entschuldigung. Wenn morgen alles gut geht, werde ich einen Job nur für Sie einrichten, der Ihrer Arbeit auf Sealand sehr ähnlich sein wird, aber mit dem Schwerpunkt auf den Kraken. Wenn es Ihnen nichts ausmacht, bringen Sie bitte alle Notizen oder Entwürfe mit, die Sie haben, damit …

Ich löse meine Augen vom Bildschirm, blinzele ein paarmal und lese dann die ersten beiden Sätze noch einmal.

Ja. Ich habe ein Vorstellungsgespräch mit Ezra Shelby persönlich … und es war Oliver, der es arrangiert hat.

War es aus schlechtem Gewissen?

Nein, das kann nicht sein. Er hat ihr *vor ein paar Wochen* von mir erzählt.

Benommen öffne ich Olivers E-Mail, um zu sehen, ob er etwas Licht in die Sache bringen kann.

Hallo Olive,

Ich habe gerade von Ezra gehört und erfahren, dass sie eine weitere Überraschung ruiniert hat, die eigentlich geplant war. Ich schätze, jetzt weißt du, warum ich dich zur SOS-Spendenaktion eingeladen habe. Damit du sie kennenlernen kannst. Oh, na gut. Ich hoffe, du beeindruckst sie so sehr, wie ich glaube, dass du es tun wirst. Ich bin so zuversichtlich, dass sie dich einstellen wird, dass ich den Leuten in Sealand gesagt habe, sie sollen sich darauf vorbereiten, dass du nicht mehr da bist.

Ich höre mit einem Keuchen auf zu lesen.

Bei Cthulhus Klauen, ich habe einen großen Fehler gemacht.

Oliver hat nicht beschlossen, mich zu feuern, nachdem wir miteinander geschlafen haben. Er hat einfach zugehört, als Fabio und Lemon gesagt haben, dass es mein Traum ist, mit Ezra zu arbeiten, und dann hat er beschlossen, diesen Traum wahr werden zu lassen – auch wenn das bedeutet, dass er zu wenig Personal hat.

Deshalb bat er mich, mich beeindruckend zu kleiden. Das war für dieses Vorstellungsgespräch.

Und um ihm zu danken, habe ich ihm diese fiese SMS geschickt.

Ich checke mein Handy.

Er hat sie immer noch nicht gelesen.

Ich schreibe ihm wieder eine SMS:

Ignoriere, was ich gesagt habe. Du bist der Beste.

Schön. Ich klinge wie eine Verrückte. Und igitt, er liest den Text auch nicht – offensichtlich.

Ich kaue nervös an meinem Nagel und rufe ihn an. Er antwortet nicht. Wahrscheinlich ist er zu sehr damit beschäftigt, etwas anderes sehr Nettes für mein undankbares Ich zu tun.

Ich springe auf.

Ich muss etwas tun. Ich muss zu ihm gehen. Ich muss ihm sagen, dass ich mich selbst sabotiert habe. Ich muss erklären, dass ich schlechte Beziehungen hatte und dass sie mich manchmal dazu bringen, die Dinge durch das Gegenteil einer rosaroten Brille zu sehen. Oh, und ich muss mich bei ihm bedanken. Und ihn küssen. Und das Wichtigste: ihn festhalten und nie wieder loslassen.

Außerdem könnte es eine gute Idee sein, das Vorstellungsgespräch, das er für mich arrangiert hat, nicht zu verpassen.

Das Vorstellungsgespräch meines Lebens.

Ich ziehe mich so schnell an, wie ich kann, aber dann merke ich, dass ich ein großes Problem habe.

Bei der Reise nach Tampa und dem, was darauf folgte, habe ich völlig vergessen, mir mehr Sonnencreme zu kaufen, und jetzt habe ich keine mehr.

Karpfenmist.

Was muss ich tun?

Ich eile nach unten, um meine Großeltern um welche zu bitten. Ihre Marke ist vielleicht nicht optimal, aber jede Sonnencreme ist besser als keine.

»Ah, Kaper«, sagt Opa mit einem Lächeln. »Bereit fürs Frühstück?«

Ich schüttele den Kopf. »Keine Zeit. Ich komme zu spät zur Spendengala. Hoffentlich gibt es Horsd'œuvres. Kannst du mir deine Sonnencreme geben?«

Er seufzt. »Ich hatte schon befürchtet, dass das zur Sprache kommt. Wir haben keine.«

Ich runzele die Stirn. »Wie gehst du nach draußen?«

Er zuckt mit den Schultern. »Unser Arzt hat uns gesagt, dass die Sonne gut für die Vitamin-D-Produktion ist, also haben wir ...«

»Nein. Du kannst Nahrungsergänzungsmittel für Vitamin D einnehmen. Wenn ich zurück bin, werden wir das ausführlich besprechen – sowohl die Gefahren von Sonnenschäden als auch die Eigenschaften, auf die du bei deinem neuen Arzt achten solltest.«

»Toll«, grunzt er. »Ich kann es kaum erwarten.«

Schweren Herzens eile ich in die Garage und schaue

nach, ob dort wie durch ein Wunder noch Sonnencreme herumliegt.

Nein. Es ist alles weg und mein Auto auch.

Moment. Wo ist mein Auto?

Oh, richtig. Ich habe es in der Einfahrt stehen lassen.

Ich öffne das Garagentor.

Die böse Sonne scheint bedrohlich auf die Garage.

Karpfenmist.

Ich bin mir nicht sicher, ob ich das schaffe.

Nein. Ich kann es. Ich muss. Es sind nur ein paar Meter, und sobald ich im Auto bin, hält die Frontscheibe die schlimmsten UV-Strahlen ab – das ist besser als nichts.

Ja.

Es ist besser, nicht darüber nachzudenken und es einfach zu tun.

Ich gehe einen Schritt auf das Licht zu.

Dann noch einen.

Dann noch einen.

Ich fühle mich wie in dem Film Poltergeist, und jemand schreit: *Geh nicht ins Licht!*

Aber ich muss, also tue ich es.

Zitternd trete ich hinaus – nur um etwas noch Schlimmeres als UV-Strahlung zu sehen.

Eine Person, von der ich nicht dachte, dass ich sie jemals wiedersehen würde.

Trotz der Verfolgung durch die Polizei, trotz der einstweiligen Verfügung und trotz der Überwachung durch Blue ist sie hier.

Mein Ex, Brett.

KAPITEL
Dreiunddreißig

ALS ICH DIESES Mal in sein Gesicht schaue, spüre ich vor allem Ärger, aber auch einen Hauch von Angst. Es ist auch eine große Erleichterung, dass ich mit ihm Schluss gemacht habe, als ich es tat. Er ist eindeutig aus den Fugen geraten. Außerdem war ich auf diese Weise Single, als ich Oliver kennenlernte.

Scheiße. Oliver. Ich bin sowieso schon spät dran, und ich darf mich nicht von Brett aufhalten lassen.

Nebenbei bemerkt: Jetzt, wo ich Brett sehe, wird mir klar, wie dumm es war, ihn mit Oliver zu vergleichen.

Oliver ist ein besserer Mann, eine Million Mal.

»Hi, Babe«, sagt Brett.

Wie unoriginell. Ich starre ihn wütend an. »Warum bist du hier? Beim letzten Mal hätte dich die Polizei fast erwischt. Bist du sicher, dass du dieses Risiko noch einmal eingehen möchtest?«

Sein Kiefer spannt sich an. »Können wir nicht einfach wie zwei Erwachsene miteinander reden?«

»Wir können höchstens wie anderthalb Erwachsene reden.« Eigentlich bin ich großzügig, wenn ich ihm die Hälfte zugestehe.

Er kommt auf mich zu, und obwohl er heute nicht wie eine Brennerei riecht, ist irgendetwas an seinen Pupillen nicht in Ordnung.

Vielleicht ist er high?

Aus einem Anflug von Angst wird ernsthafte Sorge. Er hat Blue angegriffen und verfolgt mich jetzt bis nach Florida, also wer weiß, was er noch alles tun könnte?

»Warum können wir nicht einfach reden?«, fragt er, als ich vorsichtig zurück in die Garage gehe.

»Weil es für uns nichts zu besprechen gibt«, sage ich und werfe einen Blick über die Schulter, um abzuschätzen, wie weit ich noch von der Tür entfernt bin, falls ich mich in Sicherheit bringen muss. »Mit uns ist es vorbei. Krieg das in deinen Dickschädel.«

»Vorbei?« Seine Fäuste ballen sich und lösen sich wieder.

»Erledigt. Durch. Beendet. Geh jetzt, und vielleicht erzähle ich Blue und der Polizei nicht, dass du gekommen bist.« Ich zwinge mich, nicht mehr zurückzuweichen, als ich das Garagentor erreiche. »Ich bin spät dran.«

Sein Gesicht verdunkelt sich. »Du wirst mir endlich zuhören.«

Ich hebe mein Kinn und begegne seinem wütenden Blick. »Noch einen Schritt weiter, und ich schreie.«

Er lacht höhnisch. »Wenn du nicht die Klappe hältst, werde ich dich zum Schreien bringen.«

Plötzlich ertönt das verräterische Geräusch einer

Schrotflinte, und Grandpas strenge, eiskalte Stimme knurrt von der Eingangstür: »Eigentlich bist du es, der gleich schreien wird.«

Und mit einem ohrenbetäubenden Knall wird Brett zurück auf die Auffahrt geschleudert.

KAPITEL
Vierunddreißig

OH GROßER CTHULHU! Opa hat Brett erschossen.

Im Nu stelle ich mir Opa in Handschellen und einem orangefarbenen Overall vor. Wenn es darum geht, Menschen zu erschießen, ist Florida ein *Stand-your-ground*-Staat. Das bedeutet, wenn dich jemand bedroht und du auf deinem Boden stehst, kannst du ihn erschießen.

Trotzdem. Brett zu töten ist …

Brett stöhnt vor Schmerz und umfasst seinen Hintern.

Oh. Er ist nicht tot?

»Jetzt bist du nicht mehr so hart, was?«, knurrt Opa und sieht zufrieden aus. Dann schiebt er einen Beanbag in seine Schrotflinte und lädt sie erneut durch. »Wenn du auch nur daran denkst, dich zu bewegen, bevor die Polizei kommt, schieße ich wieder auf dich.«

Fassungslos starre ich Opa an. »Du hast ihn nicht umgebracht.«

Er holt sein Telefon heraus. »Noch nicht. Vielleicht habe ich ja Glück, und er bewegt sich ein paarmal.«

Ein erleichterter Atemzug rauscht aus mir heraus. Ich mache einen Schritt auf Opa zu, dann erinnere ich mich, wohin ich wollte. Zögernd frage ich: »Brauchst du mich hier für die Polizei?«

»Nein, geh zur Spendenaktion. Dieser Schwachkopf hat dich direkt vor meiner Überwachungskamera bedroht. Ich bin sicher, das ist alles, was die Polizei braucht.«

Ich beiße mir auf die Lippe. »Richtig. Außerdem hat er gegen eine einstweilige Verfügung verstoßen, die Kaution nicht bezahlt und sich unbefugt Zutritt zu Privatgrundstücken verschafft – mal wieder.«

»Sie werden sich um ihn kümmern«, sagt Opa. »Los.«

Vorsichtig steige ich über den wimmernden Brett hinweg und in mein Auto. »Erzähl Blue auch davon«, sage ich, bevor ich die Tür schließe.

Opa nickt, und ich starte den Motor.

Blue hat Verbindungen zu Sicherheitsdiensten, also könnte sie alles, was Brett zustößt, noch schlimmer machen – und im Moment würde ich mich am wohlsten fühlen, wenn er ins Gefängnis käme. Und dort die Schlampe von jemandem werden würde.

Ich verdränge alle Gedanken an Brett und meine aufkommenden Sorgen über die UV-Strahlung, fahre aus der Einfahrt und spiele bis nach St. Augustine eine Szene aus *Fast and the Furious* nach.

Zu meiner großen Enttäuschung ist der Parkplatz draußen und einen Block vom Gebäude entfernt.

Nicht das schon wieder.

Ich schaue in meinem Handschuhfach nach, in der Hoffnung, dass ich die Sonnencreme dort vergessen habe.

Nein.

Nichts.

Ich steige aus dem Auto und mache einen beherzten Schritt auf mein Ziel zu. Dann noch einen. Dann noch einen.

Ich kann nicht anders, als mir Sonneneruptionen und Plasmaregen vorzustellen, die auf die Oberfläche der feurigen Kugel über mir fallen, mit Regentropfen so groß wie ein Land. Ich kann praktisch spüren, wie meine Haut brennt, meine Zellen mutieren und mein Kollagen und Elastin geschädigt werden.

In Zukunft sollte ich zumindest einen Sonnenschirm im Kofferraum meines Autos haben, nur für den Fall. Vielleicht auch noch ein Ninja-Outfit. Aber wenn wir schon von *nur für den Fall*, sprechen, kann ich auch gleich ein Dutzend Reservetuben Sonnencreme dort lagern.

Ich bin mir nicht sicher, ob das helfen wird, aber ich laufe los.

Mein Gesicht ist warm. Viel zu warm. Ich stelle mir vor, wie sich die Ersthelfer in Tschernobyl an jenem schicksalhaften Tag fühlten, nachdem der Reaktor explodiert war. Mindestens zweimal denke ich, dass ich einfach aufgeben und im nahen Schatten in Deckung gehen sollte, aber ich tue es nicht.

Wenn es irgendeine Gerechtigkeit im Universum

gibt, sollte Oliver mir allein deshalb verzeihen, weil ich all diese UV-Strahlen für ihn ertragen habe.

Mit dem Gefühl, eine Tortur überlebt zu haben, die einer griechischen Sage würdig ist, stürme ich in das Gebäude, das mein Ziel ist, und verbringe ein paar wertvolle Sekunden damit, Luft zu holen.

»Name?«, fragt eine Dame am Eingang.

Ich rattere ihn herunter, und sie hakt mich auf der Liste vor ihr ab.

»Wie viel zu spät bin ich?«, frage ich, immer noch atemlos.

Sie schaut auf. »Diese Dinge sind wie Hochzeiten. Nichts beginnt jemals pünktlich.«

Als ich eintrete, sehe ich, dass sie recht hat. Alle unterhalten sich noch.

Ja! Jetzt muss ich Oliver finden.

Ich gehe durch die Menschenmassen und mustere alle Gesichter.

Nein.

Nein.

Da.

Er steht ganz allein neben einer Eisskulptur.

Oh nein. Er hebt das Telefon zu seinem Gesicht.

Karpfenmist.

Er kann nicht gerade seine SMS …

Das muss er. Wie der Himmel während eines Sturms verändert sich sein Gesicht und verdunkelt sich bedrohlich.

Ich schaue auf meinen eigenen Bildschirm und fluche.

Er hat gerade meine Nachrichten gelesen.

Meine vage Hoffnung war, dass ich hier eintreffe, bevor das passiert, mir sein Handy schnappe und die SMS lösche – aber damit ist es jetzt vorbei. Vielleicht hilft es, zu kriechen? Es ist einen Versuch wert.

Ich gehe auf ihn zu, als mir jemand auf die Schulter klopft.

Ich drehe mich um und blinzele die elegante Frau vor mir an. Ich brauche ein paar Augenblicke, um zu erkennen, wer sie ist, weil sie auf ihren Social-Media-Fotos nicht so viel Make-up trägt.

»Olive?«, fragt sie.

Ich nicke stumm.

Sie streckt ihre Hand aus. »Ezra Shelby.«

Ich schüttele ihre Hand ein wenig zu kräftig. »Natürlich. Ich habe Sie erkannt.«

Sie lächelt freundlich. »Dank der sozialen Medien ist niemand mehr ein Fremder.«

Ich nicke mit dem Kopf und bin immer noch verblüfft.

Sie wirft einen Blick auf ihre Uhr. »Können wir das Gespräch jetzt führen?«

Karpfenmist.

Wie könnte ich Nein sagen? Sie tut mir damit einen großen Gefallen.

Ich werfe einen Blick auf Oliver.

Nein, ich kann im Moment mit niemandem außer ihm reden. Ich muss das in Ordnung bringen.

Ich schnappe nach Luft und sage zu Ezra: »Es tut mir leid, aber ich kann jetzt nicht reden. Ich muss Oliver dringend etwas sagen.«

Wenn das bedeutet, dass ich meinen Traumjob nicht

bekomme, dann soll es so sein.

Sie schaut verwirrt, während sie nickt. So unprofessionell hat sich wohl noch nie jemand ihr gegenüber verhalten.

So viel zum guten Eindruck.

Wie auch immer. Das Wichtigste ist, Oliver zu sagen, dass ich nicht gemeint habe, was er gerade auf seinem Bildschirm gesehen hat. Die Chancen, dass er mir vergibt, sind gering, aber ich muss es zumindest versuchen. Ich würde es mir nie verzeihen, wenn ich es nicht täte.

Ich lasse Ezra stehen und laufe zu ihm herüber, wobei ich das schwache Pingen meines Handys ignoriere.

Als Oliver mich entdeckt, weiten sich seine Augen.

»Hey«, platze ich heraus. »Bevor du mir sagst, dass ich mich selbst ficken soll, lass mich reden.«

Seine Augen weiten sich weiter.

»Es tut mir leid, dass ich nicht hier war, bevor du die Chance hattest, diesen blöden Nachrichten zu lesen«, rufe ich aus. »Brett ist aufgetaucht und …«

Waren seine Gesichtszüge schon einmal so stürmisch?

Er sieht unheimlich aus. Sogar mörderisch.

»Dein Ex ist aufgetaucht?«, knurrt er. »Dieser Schei…«

Ich winke mit der Hand ab. »Vergiss ihn. Opa hat ihm eine Ladung Schrot in den Arsch geschossen.«

Olivers stürmischer Gesichtsausdruck ändert sich nicht, also spreche ich schneller. »Hör zu, ich habe das nicht so gemeint, was ich in der Nachricht gesagt habe.

Ich meine, damals habe ich es natürlich ernst gemeint, aber jetzt nicht mehr. Es war dumm. Ich habe offensichtlich einige Probleme, aber ich arbeite daran. Es war im Grunde ein Missverständnis. Alle haben so getan, als hättest du mich gefeuert und ich …«

Er bringt mich auf die bestmögliche Weise zum Schweigen – indem er seine weichen Lippen auf die meinen presst. Der Kuss ist tief, heiß und extrem unpassend für den Ort des Geschehens – und genau das, von dem ich nicht wusste, dass ich es brauche.

Ich fühle mich, als wäre mir gerade eine Seekuh von der Brust gerutscht.

Als er mich endlich loslässt, ringe ich nach Luft.

»Heißt das, du hasst mich nicht?«, schaffe ich es zu fragen.

Er streichelt zärtlich mein Gesicht. »Kelpcake, wie kannst du das überhaupt fragen?«

Mein Seufzer der Erleichterung würde einen Yogi stolz machen.

»Jetzt.« Oliver lässt seine Hand fallen und blickt auf die Stelle, an der ich vor ein paar Sekunden noch stand. »Wie ist dein Gespräch mit Ezra gelaufen?«

Ich folge seinem Blick. »Ich habe noch nicht mit ihr gesprochen«, gebe ich zu. »Anscheinend musste ich dich zuerst küssen.«

Er schüttelt den Kopf, und ich bin mir nicht sicher, ob seine Missbilligung echt oder ein Scherz ist. »Worauf wartest du noch? Schnapp sie dir. Danach werden wir das fortsetzen, was wir angefangen haben.«

Ich strahle ihn an. »Okay.«

Ich bezweifele, dass sie jetzt so gerne mit mir reden

wird, aber einen Versuch ist es wert.

Als ich zu ihr hinübergehe, schaue ich auf mein Handy. Es hat sich herausgestellt, dass ich Nachrichten von ein paar Leuten habe, unter anderem von Oliver.

Wo bist du? hat er auf meine Psycho-Texte geantwortet.

Wärme breitet sich in meiner Brust aus. Ich kann zwischen den Zeilen dieser Antwort lesen. Er wollte zu mir kommen und mich zur Vernunft bringen.

Hurra.

Ein anderer Text ist von Blue:

Brett ist jetzt bei der Polizei. Erwarte nicht, dass du ihn bald wieder in Freiheit sehen wirst.

Eine weitere Nachricht ist von Opa, mit dem gleichen Inhalt wie Blues, aber mit mehr Schimpfwörtern über Brett.

Ich fühle mich leichtfüßig. Für jemanden, der sich die Chance auf den Octoworld-Job versaut hat, bin ich überglücklich.

Als ich Ezra erreiche, schockiert sie mich, indem sie mir zuzwinkert, als wäre sie eine beste Freundin und keine potenzielle Arbeitgeberin.

»Das sah aus, als hätten Sie eine sehr dringende Angelegenheit zu erledigen«, sagt sie grinsend und fächelt sich Luft zu. »Die Temperatur im Raum könnte um ein paar Grad gestiegen sein.«

Ich lächele verlegen. »Ich hoffe, Sie verstehen, warum es das Beste wäre, wenn ich woanders als in Sealand arbeiten würde.«

»Reden wir darüber«, sagt sie, und das Gespräch wird schnell zu einem lockeren Vorstellungsgespräch.

Im Handumdrehen sind wir uns über unsere Liebe zu Tintenfischen einig – ein toller Anfang. Auf halbem Weg scheine ich sie mit meinen Erfindungen und Ideen beeindruckt zu haben, oder ich nehme zumindest an, dass ich sie beeindruckt habe, denn am Ende bietet sie mir einen Job an.

»Ich nehme ihn«, platzt es aus mir heraus.

Sie grinst. »Wollen Sie Ihr Gehalt nicht wissen?«

Karpfenmist. Ich seufze. »Ich schätze, das hat meine Verhandlungsposition nicht gerade gestärkt, oder?«

Ihr Gesicht wird ernst. »Ich glaube an eine faire Bezahlung der Menschen. Was halten Sie davon?« Sie zückt ihre Visitenkarte und schreibt eine Zahl, die dreißig Prozent über dem liegt, was Sealand mir zahlt – und die sind großzügig.

Da ich früher nicht so cool war, mache ich mir jetzt keine Mühe, meine Aufregung zu verbergen – obwohl ich dem Drang widerstehe, vor Freude auf und ab zu springen.

»Wenn Sie das nicht überzeugt …«, sagt sie. »Ich habe gehört, Sie haben einen eigenen Kraken, den Sie in Octoworld unterbringen möchten? Ich mache das gerne und übernehme alle Umzugskosten.«

Ich starre sie mit offenem Mund an. »Wie haben …«

»Oliver«, sagt sie. »Er wollte, dass ich ihm im Gegenzug einen Bewohner von Octoworld gebe, was kein Problem ist.«

Ich kann es nicht glauben. Ich werde von Tintenfischen umgeben sein, mehr Geld verdienen und Beaky jeden Tag sehen.

»Sie sind sehr überzeugend«, sage ich mit einem

breiten Grinsen. »Wenn ich Bedenken gehabt hätte, für Sie zu arbeiten – was nicht der Fall war – würde ich den Job jetzt auf jeden Fall annehmen. Vielen Dank.«

Sie erwidert das Grinsen. »Ich freue mich auf die Zusammenarbeit mit Ihnen. Ich glaube, dass jetzt noch mehr von dieser ungeheuer dringenden Angelegenheit auf Sie wartet.«

Ich drehe mich um, um ihrem Blick zu folgen, und treffe auf Olivers blaugrüne Augen.

»Ich kümmere mich am besten gleich darum«, sage ich zu Ezra und eile zu ihm hinüber.

»Willst du spazieren gehen?«, murmelt er und streckt seine Hand aus. »Wir sind in der Nähe eines wunderschönen Ortes, den ich dir zeigen wollte.«

»Klar.« Ich nehme seine Hand. Als er mich hinausführt, schnappe ich mir ein paar Horsd'œuvres und schlucke sie ohne zu kauen herunter.

Als wir den Ausgang erreichen, merke ich, dass es ein großes Problem gibt, und bleibe stehen. »Ich bin nicht mit Sonnencreme geschützt.«

Er wölbt seine Augenbrauen. »Wie ist das möglich?«

»Ich habe keine mehr. Man könnte sagen, ich war abgelenkt.«

Er lächelt verständnisvoll. »Ich glaube, das ist Schicksal.« Zu meiner Überraschung holt er eine Tube Sonnencreme aus seiner Tasche – und es ist meine Lieblingsmarke. »Ich habe mir deine Worte zu Herzen genommen und werde sie jetzt regelmäßig nutzen«, erklärt er.

Ich starre ihn nur an. Kann jemand wirklich so ein perfektes männliches Exemplar sein?

»Soll ich dir helfen, das aufzutragen?«, murmelt er.

Ich nicke sprachlos, und er schmiert mich mit Sonnencreme ein, wobei er mein Gesicht, meinen Hals und meine Arme berührt – und dabei Orgasmen auslöst.

»Gut so?«, fragt er, als ich mit einer dicken Doppelschicht bedeckt bin.

»Fantastisch«, hauche ich. »Das Beste, was ich je gehabt habe.«

Er grinst, steckt die Sonnencreme weg und ergreift noch einmal meine Hand.

Unser Ziel ist eine kleine Brücke über einen grünen Koiteich mit riesigen Fischen, die wahrscheinlich von Touristen überfüttert wurden.

Mit anderen Worten: ein Ort, der romantisch genug für Hochzeitsfotos ist.

Ich schaue vom Teich auf und in Olivers Augen. »Wir sollten reden.«

»Klar.« Er zieht mich an der Hand, die er immer noch festhält, in einen weiteren höschenverbrennenden Kuss.

»Wow«, hauche ich, als wir uns voneinander lösen. »Du hast ein paar gute Argumente vorgebracht. Trotzdem wollte ich mich entschuldigen …«

»Nicht.« Er drückt einen Finger auf meine Lippen. »Betrachte die Sache als vergessen.«

»Okay, aber kann ich wenigstens Danke sagen? Für die Überraschung mit der Meerjungfrau – und dafür, dass du das mit Ezra eingefädelt hast. Ich habe übrigens den Job.«

»Gern geschehen. Und dass du den Job bekommst,

daran hatte ich keinen Zweifel.«

Dieses Mal küsse ich ihn – und wenn wir nicht an einem öffentlichen Ort wären, wäre meine Dankbarkeit noch viel sexueller. Widerstrebend ziehe ich mich zurück und richte seine Krawatte neu.

»Da ist noch etwas«, murmele ich und sehe zu ihm auf.

Seine Augen glitzern. »Ich habe auch noch etwas anderes zu sagen, aber zuerst die Dame.«

»Nun.« Ich räuspere mich aus meiner trockenen Kehle. »Ich habe gemerkt, dass ich Gefühle für dich habe. Gefühle, die den Gefühlen eines Tintenfisches für Garnelen nicht unähnlich sind.«

Ein sexy Grinsen umspielt seine Lippen. »Was für ein Zufall. Ich wollte dir gerade sagen, dass ich auch Gefühle für dich habe. Meine sind nicht anders als das, was eine Seekuh für Römersalat empfindet.«

Wow. Seekühe *lieben* ihren Römersalat.

Er streichelt mein Gesicht mit seinen Handflächen. »Olive you.«

O.M.G.

Fabio hat es geschafft, ein weiteres Opfer mit seinen Wortspielen aus der Hölle zu verderben.

Ich kneife Oliver leicht in die Schulter. »Wenn du erwartest, dass ich sage *Olive you too* oder *Oliver you*, dann wird das nicht passieren.« Ich lege meine Hände auf die seinen und drücke sie fester an mein Gesicht. »Aber ich werde sagen, dass ich dich auch liebe.«

Um den Pakt zu besiegeln, küssen wir uns wieder.

Und wieder.

Und ungefähr hundert weitere Male.

Epilog

OLIVER

Wo zum Teufel ist er?

Ich fahre die Lobby noch einmal mit den Augen ab.

Nein. Mein Bruder ist immer noch nirgends zu finden.

Vielleicht hat er den Treffpunkt falsch verstanden?

Ich betrete zügig Octoworld. Das Letzte, was ich will, ist, wegen meines Bruders zu spät zu kommen.

Als ich durch die Hallen von Octoworld gehe, hoffe ich nicht zum ersten Mal, dass niemand in Olives Familie an Chapodiphobie leidet – der Angst vor Kraken. Ich bin mir ziemlich sicher, dass meine Verwandten kein Problem damit haben, obwohl ich bezweifele, dass meine schwachsinnigen Brüder zugeben würden, dass sie Angst vor Kopffüßern haben, egal ob es sich um Muscheln oder Tintenfische handelt.

Aber ist das der Grund, warum Ash verschwunden ist? Kauert er in einer Ecke, gelähmt durch den Blick eines Kraken? Das mitzuerleben, könnte es wert sein, zu spät zu kommen.

Ich beschließe, in die Lobby zurückzukehren. Auf dem Weg dorthin sehe ich überall die Arbeit von meinem Kelpcake. Mein Favorit ist wahrscheinlich der Aufbau zu meiner Linken, wo zwei Kraken in benachbarten Becken Frisbees auf das Glas werfen, das sie trennt. Olive hat das arrangiert, nachdem sie herausgefunden hat, wie sehr es ihren Schützlingen Spaß macht, andere Mitglieder ihrer Spezies mit beliebigen Gegenständen zu bewerfen. Ezra hat Glück, dass sie nicht Jane Goodall ist, denn dann wäre dieser Ort die Schimpansenwelt und die Frisbees wären Kot.

Berichtigung. *Hier* ist meine Lieblingserfindung. Beaky saust in einem kleinen mobilen Aquarium vorbei, das er mit seinen Armen steuern kann, wie ein außerirdisches Fahrrad. In einer Meisterleistung, die eines NASA-Ingenieurs würdig ist, hat Olive dieses Aquariumfahrzeug so gebaut, dass es an dem größeren Aquarium andocken kann, das Beakys eigentliches Zuhause ist – und viele Leute kommen jetzt in die Octoworld, um dieses Wunder zu sehen.

Als ich in die Lobby zurückkehre, sehe ich immer noch keine Spur von meinem Trauzeugen.

Warum habe ich gedacht, dass es heute anders sein würde? Warum habe ich mir eingebildet, dass er endlich etwas ernst nehmen würde?

Ein ekstatisches Stöhnen, das aus dem nahen Abstellraum kommt, unterbricht meine zunehmend wütenden Gedanken.

Ernsthaft? Das schon wieder?

Verärgert gehe ich hinüber und reiße die Schranktür auf, bevor ich über mein Handeln nachdenken kann.

Zum Glück hatte ich recht. Derjenige, der mich selbstgefällig über die Schulter anschaut, ist mein Bruder, und nicht etwa einer meiner baldigen Schwiegereltern.

Untypisch für Ash, ist er ein Gentleman – oder er versperrt mir nur zufällig die Sicht auf seine Eroberung.

Dann sehe ich ein Brautjungfernkleid auf dem Boden. Scheiße. Man muss nicht Sherlock sein, um herauszufinden, dass er gerade Ezra gevögelt hat. Ich habe meinen Brüdern und Freunden gesagt, dass ich ihnen die Eier abreißen werde, wenn sie jemanden anstarren, der auch nur im Entferntesten wie Olive aussieht.

»Wir sind spät dran«, rufe ich wütend und schließe die Tür.

Nach einer Minute kommt Ash aus dem Schrank. »Bruder, macht es dir etwas aus, mich auf die Toilette zu begleiten?«

Ich runzele die Stirn. »Seit wann bist du so in Kontakt mit deiner weiblichen Seite?«

Er nickt dem Schrank zu. »Sei kein Arschloch.«

Ah. Er will seiner Freundin, die hoffentlich Ezra ist, die Chance geben, sich herauszuschleichen, ohne dass ich sie sehe.

Gut. Ohne zu antworten, gehe ich zum nahegelegenen Badezimmer.

»Danke«, sagt er laut, bevor er sich zu mir gesellt.

Da wir hier sind, benutze ich die Einrichtungen, und er auch. Als wir fertig sind, starre ich ihn wütend an. »Hoffentlich war das nicht eine der Hyman-Schwestern.«

»Ein Gentleman genießt und schweigt«, sagt er. Dann, als er die Mordlust in meinen Augen sieht, fügt er hinzu: »War es nicht.«

Arme Ezra.

»Wir sind spät dran«, knurre ich. »Beeil dich.«

Ich stoße die Tür auf und gehe mit langen Schritten in Richtung Atrium.

»Langsam«, sagt Ash und holt auf. »Ohne dich können sie sowieso nicht anfangen.«

Kopfschüttelnd betrete ich den roten Teppich, der extra für diesen Anlass ausgerollt wurde.

Puh. Sie ist noch nicht da. Ash darf einen weiteren Tag leben.

Ich trete auf ein Blütenblatt und grinse. Tofu war der Blumenhund, und es sieht so aus, als hätte er seine Aufgabe brav erledigt.

Während ich gehe, sehe ich meine Familie und Freunde auf der rechten Seite, und Olives Freunde auf der linken.

Im hinteren Teil des Raums stehen mein anderer Bruder und der Rest der Trauzeugen. Ihnen gegenüber stehen Olives Schwestern und Ezra, deren zerzaustes Aussehen meinen Verdacht von eben bestätigt.

Ich vermeide es, die fünf identischen Hyman-Schwestern direkt anzuschauen. Obwohl ich Olive leicht von ihnen unterscheiden kann, sehen sich die anderen trotz unterschiedlicher Frisuren und Make-up unheimlich ähnlich. Auch die älteren Hyman-Zwillinge sehen ihnen sehr ähnlich, vor allem in den gleichen Brautjungfernkleidern, die sie alle tragen, so dass es eher so aussieht, als wären sie zu siebt.

Oh, und dort, wo ein Priester stehen würde, steht Fabio – unser Zeremonienmeister.

Moment. Ich bin nicht fair. Fabio *ist heute* ein Priester. Als Scherz, der ein wenig zu weit ging, wurde er von der First United Church of Cthulhu ordiniert – einer echten religiösen Organisation, die in Arizona registriert ist.

Ja, und sie machen sich über Florida lustig.

Als Fabio mich entdeckt, macht er einen offiziellen cthulhischen Gruß, den »Kinn-Tentakel-Gruß.« Er bedeckt seinen Mund mit den gespreizten Fingern und lässt sie zittern.

Ich nehme meinen Platz ein und blicke wie alle anderen gebannt auf den Eingang, durch den die Braut treten wird.

Mein Herz beginnt in meiner Brust zu hämmern.

Das ist es. All diese anderen Schritte – das Eingeständnis unserer Liebe, das Zusammenziehen, die Verlobung – haben zu dieser Hochzeit geführt, umgeben von unseren Lieben … und Tintenfischen.

Anstelle des üblichen Hochzeitsmarsches erklingen angenehm unheimliche Gitarrenriffs. Es ist Metallica, und der Song heißt »The Call of Ktulu.« Sie haben den Namen des Großen Alten falsch geschrieben, weil es heißt, dass die richtige Schreibweise die Bestie näher bringt, und sie haben beschlossen, das Schicksal nicht herauszufordern.

Olives Eltern kommen zuerst herein. Dann hält ihr Vater die Tür auf, und meine Braut betritt majestätisch den Raum.

Alle schnappen hörbar nach Luft, während ich sie

einfach nur anstarre. Sie hat mir das Kleid vor der Zeremonie nicht gezeigt, also wusste ich nur, dass sie es liebt.

Jetzt kann ich meine Augen nicht mehr losreißen.

Sie ist noch genauso schön wie damals, als ich sie zum ersten Mal traf, aber heute hat sie ein himmlisches Strahlen auf ihren wunderschönen Gesichtszügen. Ihr rotblondes Haar schimmert in einer kunstvollen Hochsteckfrisur, ihre grünen Augen leuchten, und ihre blasse Haut hat einen perlmuttartigen Schimmer, der mich dazu bringt, ihren ganzen Körper ablecken zu wollen.

Was das Kleid angeht, so liebe ich es auch. Es bringt jede ihrer Kurven so gekonnt zur Geltung, dass ein unwillkommener Strom von Blut in meinen Schwanz schießt.

Runter, Junge. Zu viele Leute schauen zu. Feierlicher Anlass. Du bekommst deine Chance in ein paar Stunden.

Für unsere Hochzeitsnacht werden mein Kelpcake und ich herausfinden, wie die Meerjungfrauenvermehrung funktionieren soll. Spoiler-Alarm: Es ist kein Kaviar im Spiel.

Nein. An die Hochzeitsnacht zu denken ist nicht die beste Idee.

Ich fange an, an unsexy Dinge zu denken, wie Ölverschmutzungen, Ebbe-Flut-Algen und Blobfische. Das scheint zu funktionieren. Codename Aqua-Männlichkeit ruht für den Moment, also riskiere ich es, den Rest meiner Braut zu betrachten.

Es überrascht nicht, dass sie ein Kleid im Meerjungfrauen-Stil trägt, wenn auch nicht das typische. Dieses Modell hat Schuppen unterhalb der Taille und kommt dem Tragen eines Meerjungfrauenschwanzes auf einer Hochzeit, in dem man noch gehen kann, am nächsten.

Ich lächele. Ich bezweifele, dass ich der Einzige bin, der gerade mit seiner Libido kämpft. Wenn mein Kelpcake einen Meerjungfrauenschwanz anzieht, verwandelt er sich in ein geiles Biest, und zwar auf die bestmögliche Weise. Es gibt einen Grund, warum ich ihr so viele davon geschenkt habe – einen für jeden Feiertag, sogar für den Flag Day.

Als sie mich erreichen, zwinkert mir Olives Vater zu und erinnert mich an seine Massagen am Thanksgiving Day. Ihre Mutter flüstert uns beiden etwas Ermutigendes zu, was ich nicht verstehen kann. Wahrscheinlich so etwas wie *In der Ehe geht es darum, so viele Orgasmen wie möglich zu geben und zu empfangen* oder *Orgasmen helfen Schweinen, schwanger zu werden, warum also nicht auch Menschen?*

»Wenn ich um eure Aufmerksamkeit bitten dürfte«, sagt Fabio mit der feierlichen Stimme eines Cthulhu-Priesters in ein Mikrofon, »die Stunde der Abrechnung ist gekommen.«

Ich schaue zu Olive zurück, und mein Herz fühlt sich an, als würde es mir aus der Brust springen, wie ein Lachs während der Laichzeit.

»Liebe himmlische Wesen«, sagt Fabio zu der Menge. »Wir haben uns heute hier versammelt, um der Vereinigung zweier Seelen in einer zeitlosen Tradition beizuwohnen, die wir menschlichen Fleischsäcke als *Hochzeit* bezeichnen.« Seine

Anführungszeichen sehen aus wie die sich windenden Tentakel aus einem der Cartoons von Olives Großmutter.

Olive und ich tauschen ein wissendes Grinsen aus. Fabio sehnt sich eindeutig nach einer Gelegenheit zum Schauspielern, die nichts mit Pornos zu tun hat, und geht in seiner Rolle voll auf.

»Fünfundachtzig Prozent unseres riesigen Universums sind dunkle Materie«, Fabio wechselt das Mikrofon von einer Hand in die andere, »und wir sind nur winzige Lichtpunkte, die in dieser unendlichen kalten Leere schimmern.«

Ja. Nett und fröhlich, so wie es sich für das Amt gehört.

Fabio hält das Mikrofon näher an sein Gesicht, als wolle er es feierlich ablecken. »Unser schwacher Verstand sollte sich wundern, wie unwahrscheinlich es ist, dass das Himmelswesen Olive und das Himmelswesen Oliver an diesem Punkt ankommen, aber hier sind wir und werden Zeuge, wie das gefühllose Universum ein kleines bisschen wärmer und weniger feindselig wird.«

Er hält das Mikrofon etwas weiter weg, dann sagt er mit seiner normalen Stimme: »Die Ringe, Leute. Hopp, hopp.«

Ash bringt mir den Ring, während Ezra dasselbe für Olive tut.

Fabio spricht wieder in das Mikrofon. »Wie wir aus der berühmten Dokumentation über Hobbits und Sauron gelernt haben, der in Wirklichkeit nur ein Lakai des Wahren Herrn ist, haben Cthulhu-Ringe große

Macht.« In einer unheimlichen Imitation von Gollums Stimme fügt er hinzu: »Tauscht eure Schätze aus.«

Ich trete vor und schiebe meinen Ring auf Olives zarten Finger. Hoppla. Unsere Handflächen berühren sich, und ich muss einen weiteren beruhigenden Monolog für meinen Schwanz verfassen, während Olive mir den Ring an den Finger steckt.

Unsere Blicke treffen sich, und es hat etwas Endgültiges. Ein Gefühl von so etwas wie Schicksal.

»Jetzt«, fährt Fabio fort. »Akzeptiert das Wesen namens Olive das Wesen namens Oliver als ihren rechtmäßig angetrauten Ehemann?«

Ihre Augen leuchten heller. »Ja.«

»Nimmt das Wesen, das als Oliver bekannt ist, das Wesen, das als Olive bekannt ist, als seine rechtmäßig angetraute Ehefrau an?«

Ich fühle mich ultra-aufmerksam, als hätte ich Amphetamine geschluckt. »Ja.«

Fabio nickt feierlich und macht noch einmal den Kinn-Tentakel-Gruß. »So soll es sein. Kraft der mir vom Staat Florida, dem Gottkaiser das Aquariums und natürlich den gesegneten Tentakeln von Cthulhu verliehenen Macht erkläre ich euch zu Mann und Frau.«

Ich grinse, und Wärme strahlt durch meinen Körper.

Das war es.

Es ist amtlich.

Sie gehört mir.

»Du darfst das Brautwesen küssen«, sagt Fabio, und ich tue es.

Ich küsse sie und lege alles in diesen Kuss, während alle johlen und jubeln.

Leseproben

Vielen Dank, dass Sie an Olives und Oliver' Reise teilgenommen haben!

Sind Sie auf der Suche nach weiteren Liebeskomödien, bei denen Sie lauthals lachen können? Treffen Sie die Chortsky-Geschwister:

- *Hard Code – Der Test* – Die Geschichte der schrulligen QA-Testerin Fanny Pack und ihres mysteriösen russischen Chefs Vlad Chortsky - eine Liebesgeschichte am Arbeitsplatz.
- *Hard Ware – Der Fremde* – Die urkomische Geschichte von Bella Chortsky, einer Entwicklerin von Sexspielzeug, und Dragomir Lamian, einem potenziellen Investor für ihr nächstes großes Geschäftsvorhaben

- *Hard Byte – Der Anzug* – Eine Fake-Date-Romantikkomödie mit Holly, einer von Primzahlen besessenen Anglophilen, die einen Deal mit Alex Chortsky (alias dem Teufel) eingeht, um ihr Traumprojekt zu retten

Und wenn Sie nicht genug von den Hyman-Schwestern bekommen können, sollten Sie auch einen Blick darauf werfen:

- *Royally Tricked – Königlich Ausgetrickst* – Eine anzügliche königliche Liebeskommödie mit dem tollkühnen Prinzen Tigger und Gia Hyman, einer keimphobischen, filmbesessenen Magierin
- *Femme fatalish – Eine fast perfekte Femme fatale* – Eine romantischer Spionage-Liebesroman mit der aufstrebenden Femme fatale Blue Hyman und einem sexy (möglichen) russischen Agenten

Um über meine zukünftigen Bücher informiert zu werden, melden Sie sich für meinen Newsletter auf www.mishabell.com/de/.

Misha Bell ist eine Zusammenarbeit des Autorenehepaars Dima Zales und Anna Zaires. Wenn sie nicht gerade als Misha für Aufregung sorgen, schreibt Dima Science-Fiction und Fantasy und Anna Dark Romance und zeitgenössische Liebesromane.

Blättern Sie für Leseproben von in *Femme fatalish – Eine fast perfekte Femme fatale* und *Wall Street Titan – Der Börsenhai* von Anna Zaires um!

Auszug aus Femme fatalish – Eine fast perfekte Femme fatale

VON MISHA BELL

Mein Name ist Blue - fügen Sie hier einen Witz über Alkohol ein - und ich bin eine Femme fatale in Ausbildung. Mein Ziel ist es, der CIA beizutreten. Leider habe ich ein winziges Problem mit Vögeln, und das, was meinem Traum am nächsten kommt, ist die Arbeit für eine Regierungsbehörde, die auf beunruhigende Weise über jedermanns Sex-SMS, Wutausbrüchen in privaten Facebook-Gruppen und geheime Schokoladenkeksrezepte der Familie auf dem Laufenden ist.

Ich weiß, ich bin das Klischee einer Spionin, einer Agentin, die am Schreibtisch arbeitet, sich aber nach Außeneinsätzen sehnt. Wie auch immer, ich habe einen Plan: Ich werde den geheimnisvollen Hot Poker Club infiltrieren, wo ich einen mysteriösen, sexy Fremden entdeckt habe, von dem ich überzeugt bin, dass er ein russischer Spion ist.

Und sobald ich drin bin? Alles, was ich tun muss, ist, den mutmaßlichen Spion zu verführen, ohne mich in ihn zu verlieben, damit ich seine wahre Identität aufdecken und der CIA meine Femme-fatale-Fähigkeiten beweisen kann. Ich verliere bei der Arbeit nie die Konzentration, also wird das ein absolutes Kinderspiel für mich sein. Oh, und habe ich erwähnt, dass er sexy ist?

Ich tue es für mein Land, nicht für meine Eierstöcke, ich schwöre es.

WARNUNG: Jetzt, wo Sie das gelesen haben, wird sich Ihr Gerät in fünf Sekunden selbst zerstören.

Ich schiebe meinen Finger in Bills Silikonpoloch.

»Was zum Teufel …?«, flüstert Fabio entsetzt. »Das ist Stochern. Du musst sanft sein. Liebevoll.«

Ich stöhne frustriert auf und ziehe meine Hand weg.

Bills Poloch gibt ein gierig-schlürfendes Geräusch von sich.

»Siehst du?«, sage ich. »Er vermisst meinen Finger. Es kann nicht *so* schlimm gewesen sein.«

»Also, Blue.« Fabio verengt seine bernsteinfarbenen Augen. »Willst du jetzt meine Hilfe oder nicht?«

»Gut.« Ich schmiere meinen Finger mit Gleitmittel ein und betrachte mein Ziel noch einmal eingehend. Bill ist ein kopfloser Silikontorso mit Bauchmuskeln, einem Hintern und einem harten Schwanz – oder ist es ein

Dildo? –, der herausragt, zumindest normalerweise. Im Moment ist das arme Ding zwischen Bills Bauch und meiner Couch eingequetscht.

»Wie wäre es, wenn du so tust, als wäre es deine Muschi?« Fabio rümpft angewidert die Nase. »Ich bin sicher, dass du *dann* nicht so zustichst.«

»Normalerweise reibe ich meine Klitoris, wenn ich masturbiere«, murmele ich, während ich mehr Gleitmittel auf meinen Finger gebe. »Oder benutze einen Vibrator.«

Fabio macht ein würgendes Geräusch. »Du bezahlst mir nicht genug, um mir so etwas anzuhören.«

Seufzend umkreise ich mit meinem Finger ein paarmal verführerisch Bills Öffnung und dringe dann langsam mit der Spitze meines Zeigefingers ein.

Fabio nickt, also schiebe ich den Finger tiefer hinein und höre auf, als der erste Knöchel drin ist.

»Viel besser«, sagt er. »Jetzt ziele zwischen seinen Bauchnabel und seinen Piephahn.«

Ich zucke zusammen. Ich hasse das Wort, also vor allem *Hahn* – und auch alles andere, was mit Vögeln zu tun hat, aber Fabio liebt es. Trotzdem tue ich, was er sagt.

Fabio schüttelt übertrieben den Kopf. »Nicht den Finger beugen. Das ist keine Komm-her-Situation.«

Ich ziehe meinen Finger heraus und fange von vorne an.

Diesmal taucht mein Finger kerzengerade hinein.

»Hä?«, sage ich, nachdem ich zwei Knöchel tief drin bin. »Hier ist etwas. Fühlt sich an wie eine Walnuss.«

Fabio schnaubt. »Das *ist* eine Walnuss, du

Dummkopf. Ich habe sie aus pädagogischen Gründen dort hineingeschoben. Die Prostata – oder der P-Punkt – ist ungefähr da, wo du jetzt bist, aber die echte fühlt sich weicher und glatter an. Jetzt massiere sie sanft.«

Während ich Bills Walnuss Lust bereite, schüttelt Fabio die Puppe, um zu simulieren, wie sich ein echter Mann verhalten würde. Dann beginnt er, Bill seine Stimme zu leihen, und setzt dabei sein ganzes Können als Pornostar ein.

Bill stöhnt und stöhnt, bis er, wie Fabio es ausdrückt, »einen P-Gasmus hat, der alle anderen übertrifft.«

Ich nehme meinen Finger wieder weg. Ich habe gemischte Gefühle angesichts meiner Leistung.

Fabio umfasst mein Kinn und kippt mein Gesicht nach oben. »Zeig mir deine Zunge.«

Ich fühle mich wie eine Fünfjährige, als ich meine Zunge ganz weit herausstrecke.

Er schüttelt missbilligend den Kopf. »Nicht lang genug.«

Ich ziehe meine Zunge zurück. »Lang genug wofür?«

»Um die Walnuss zu erreichen, natürlich.« Er seufzt theatralisch. »Ich denke, ich werde mit dem arbeiten müssen, was ich habe.«

Argh. Darf ich ihn ohrfeigen? »Wie wäre es, wenn wir an seinem Penis arbeiten?«

Mit einem weiteren Seufzer dreht er Bill um. »Hast du die Lutschtabletten genommen, wie ich es dir gesagt habe?«

Nicht zum ersten Mal kommen mir Zweifel an meinem Ausbilder. Das Ziel für diese Ausbildung ist einfach: Ich möchte eine Spionin werden, was bedeutet, dass ich Fähigkeiten als Femme fatale erwerben muss. Man denke an Keri Russells Rolle in *The Americans*. Laut ihrer Hintergrundgeschichte in der Serie besuchte sie eine gruselige Spionageschule, die Verführung lehrte. Tatsächlich sind solche Schulen in Filmen über russische Spione häufig zu sehen – zuletzt in *Anna*. Leider sind diese Schulen im wirklichen Leben schwieriger zu finden. Also dachte ich mir, dass ich stattdessen einen Profi engagieren würde, aber die Prostituierte, die ich um Hilfe bat, lehnte ab. Das Gleiche gilt für die weiblichen Pornostars, die ich über die sozialen Medien angesprochen habe. Als letzten Ausweg wandte ich mich an Fabio, einen Kindergartenfreund, der jetzt ein männlicher Pornostar ist. Da er in Schwulenpornos mitspielt, behauptet er, dass er einen Mann besser befriedigen kann als jede Frau.

»Ja, ich habe eine Lutschtablette genommen«, sage ich. »Mein Hals ist taub, und ich kann meine Zunge kaum noch spüren.«

»Großartig. Und jetzt steck dir den ganzen Schwanz in den Hals.« Fabio zeigt auf Bill.

Ich betrachte Bills Länge besorgt. »Bist du dir da sicher? Würden die Lutschtabletten den Penis nicht taub machen? Wenn Bill echt wäre, meine ich.«

Er hebt eine Augenbraue. »Bill?«

Ich zucke mit den Schultern. »Ich dachte mir, wenn ich eine Beziehung mit ihm habe, sollte er nicht anonym sein.«

Fabio klopft mir auf die Schulter. »Die

Lutschtabletten sind nur dazu da, dir etwas Selbstvertrauen zu geben. Wenn du siehst, dass er passt, bist du entspannter und musst nicht betäubt werden, wenn es wirklich losgeht. Mach dir keine Sorgen. Ich bringe dir das richtige Atmen und alles andere bei. Du wirst im Handumdrehen ein Profi sein.«

»Okay.« Ich nehme meine sexy Perücke ab und lege sie auf die Couch. Bevor Fabio etwas sagen kann, versichere ich ihm, dass ich sie bei einer echten Begegnung aufbehalten werde.

Jetzt beuge ich mich vor und nehme Bill in meinen Mund, so weit ich kann.

Meine Lippen berühren den Silikonboden. Wow. Das ist tiefer, als ich irgendeinen meiner Ex-Freunde in den Mund nehmen konnte – und die waren nicht so groß. Mein Würgereflex ist empfindlich. Normalerweise bereitet mir sogar eine Zahnbürste Probleme, wenn ich damit meine Zunge reinige. Aber dank der Betäubung ist der Silikondildo bis zum Anschlag drin.

Das ist interessant. Könnten Lutschtabletten auch helfen, Waterboarding zu überstehen? Wenn ich Spionin werden will, muss ich lernen, der Folter zu widerstehen, falls ich gefangen genommen werde. Natürlich ist das Waterboarding nicht meine größte Sorge. Wenn der Feind Zugang zu einer Ente – oder einem anderen Vogel – hat, werde ich alle Staatsgeheimnisse ausplaudern, um das gefiederte Monstrum von mir fernzuhalten.

Ja, okay. Vielleicht hatte die CIA ja einen triftigen Grund, meine Bewerbung abzulehnen. Andererseits hat *Homeland* – eine weitere meiner Lieblingsserien – Claire

Danes mit all *ihren* Problemen bei der CIA bleiben lassen. Das erinnert mich daran, dass ich üben muss, mein Kinn bei Bedarf zum Zittern zu bringen.

Fabio tippt mir auf die Schulter. »Das reicht.«

Ich löse mich und schlucke den Speichel herunter, der sich in meinem Mund gesammelt hat. »Das war gar nicht so schlecht. Soll ich noch einmal?«

Er schüttelt den Kopf. »Ich glaube, du brauchst einen Motivationsschub.«

Ich weiß, wovon er redet, also hole ich mein Handy heraus.

»Ja.« Er reibt sich die Hände wie ein Bösewicht aus den frühen Bond-Filmen. »Zeig mir das Bild noch einmal.«

Ich rufe das Bild von Codename Hottie McSpy auf.

Ein verdeckter FBI-Beamter hat dieses Foto gemacht, weil er hinter einem der Männer auf dem Foto her war, aber nicht hinter meiner Zielperson. Nein. Alle denken, dass Hottie McSpy nur ein ganz normaler Zivilist ist, aber *ich* glaube, er ist ein russischer Agent.

Fabio pfeift. »So viel hochwertiges Männerfleisch.«

Das stimmt. Auf dem Bild sitzt eine Gruppe extrem lecker aussehender Männer um einen Tisch in einer russischen *banja* – einer Mischung aus Dampfbad und Sauna – und trägt dabei nur Handtücher und, im Fall von Hottie McSpy, eine verspiegelte Flieger-Sonnenbrille, die eine Art Antibeschlag-Beschichtung haben muss. Mit den Schweißperlen auf den glitzernden Muskeln sehen sie aus wie ein lebendig gewordener feuchter Traum.

»Sie spielen Poker«, sage ich. »Deshalb habe ich Pokerunterricht genommen.«

»Ja, das habe ich mir schon gedacht, da das Bild Hot Poker Club heißt.« Fabio spricht die letzten drei Worte mit zittriger Stimme aus. »Ist dir klar, dass das wie der Titel eines meiner Filme klingt?«

Ich zucke mit den Schultern. »Ein FBI-Agent hat dieses Bild benannt, nicht ich. Sie waren hinter einem anderen Mann her, der sich in diesem Raum befand, und ich habe im Rahmen der Zusammenarbeit zwischen den Behörden geholfen.«

Fabio tippt auf den Bildschirm, um an Hottie McSpy heranzuzoomen. »Und er ist derjenige, hinter dem du her bist?«

Ich nicke und genieße den Anblick erneut. Hottie McSpy hat die härtesten Muskeln und den stärksten Kiefer in dieser ohnehin schon beeindruckenden Truppe. Seine gemeißelten männlichen Gesichtszüge haben etwas Slawisches, was mich zuerst misstrauisch gemacht hat. Sein Haar ist dunkelblond und so gesund wie in einer Shampoo-Werbung. Nicht einmal meine Perücken sind so schön.

Wenn ich erfahren würde, dass dieser Mann das Resultat des Versuchs sowjetischer Genetiker war, das perfekte männliche Exemplar/Elitesoldat/Superspion zu schaffen, wäre ich nicht überrascht. Ich wäre auch nicht schockiert herauszufinden, dass er die Inspiration für das russische Äquivalent einer Ken-Puppe war. Selbst wenn ich nicht glauben würde, dass er ein Spion ist, würde ich mich in das Pokerspiel einschleusen, nur um ihm diese blöde Brille vom Kopf zu reißen und in die Augen zu sehen. Obwohl ich mir vorstelle, dass sie …

»Du sabberst«, sagt Fabio. »Nicht, dass ich es dir verdenken könnte.«

Ich ersticke fast an dem verräterischen Speichel. »Nein, das tue ich nicht.«

»Ja, klar. Sei ehrlich, bist du hinter ihm her, weil er ein Spion sein könnte, oder weil du ihn heiraten willst?«

»Ersteres.« Ich stecke mein Telefon weg. »Spionin oder nicht, die Ehe kommt für mich nicht in Frage. Meine derzeitige Einstellung zur Partnersuche teilt ein Akronym mit dem Namen der Agentur, für die ich arbeite: ohne weitere Verpflichtungen. Aber darum geht es hier sowieso nicht. Wenn ich im Alleingang einen Spion enttarne, wird die CIA das mit Sicherheit bemerken und ihre Ablehnung meiner Kandidatur überdenken. Und selbst wenn sie mich nicht nehmen, werde ich Amerika sicherer gemacht haben. Russische Spione sind immer noch eine der größten Bedrohungen für unsere nationale Sicherheit.«

»Natürlich«, sagt Fabio. »Und dass er heiß ist, hat nichts damit zu tun, dass du dich speziell auf ihn konzentrierst.«

Ich runzele die Stirn. »Er ist so heiß, dass er der perfekte Agent ist. Denk an James Bond. Denk an Tom Cruise in *Mission Impossible*. Denk …«

Fabio hebt die Hände, als ob ich drohen würde, ihn zu erschießen. »Die Dame protestiert zu viel, denke ich.«

349

Ich deute auf den Silikonphallus. »Soll ich noch einmal? Ich glaube, die Betäubung lässt langsam nach.«

Aus irgendeinem unbekannten Grund fühle ich mich total motiviert, jemandem einen Deep Throat zu verpassen.

Fabio holt sein Telefon heraus. »Sicher. Du arbeitest daran, aber ich muss los. Mein Grindr-Date wartet schon.«

Er zeigt mir ein Schwanzbild.

»Kumpel«, sage ich. »Bekommst du nicht genug Action bei der Arbeit?«

Fabio schnippt spielerisch gegen Bills Erektion und diese schwingt wie ein freches Pendel hin und her. »Deshalb danke ich dem Himmel, dass ich mich zu Männern hingezogen fühle. Ihr Sexualtrieb ist so viel stärker ausgeprägt.«

»Das ist sexistisch. Nur weil Frauen nicht alles vögeln, was nicht bei drei auf den Bäumen ist, heißt das nicht, dass wir einen schwachen Sexualtrieb haben.«

Er schnippt noch einmal gegen Bills Männlichkeit – oder ist es seine Dummykeit. »Wenn dein Cock und dein Arschloch nicht dauerwund sind, fehlt es dir an Sexualtrieb. Das ist alles, was es dazu zu sagen gibt.«

Ich erschaudere wieder. Was haben Cocks, also Hähne – diese Tötungsmaschinen – mit Penissen gemeinsam? Warum sollte man das männliche Organ nicht Python, Bratwurst oder Honiglöffel nennen? Jede dieser Möglichkeiten wäre besser geeignet.

Fabio grinst und schnippt noch einmal gegen das fragliche Anhängsel. »Tut mir leid, dass ich Cock gesagt habe. Ich bin so ein …«

Bevor er zu Ende sprechen kann, huscht ein Fellfleck vorbei. Eine riesige Raubkatze landet auf Bills Waschbrettbauch und schlägt mit messerscharfen Krallen auf den pendelartigen Phallus ein.

Fabio schreit im Falsett und entfernt sich vom Tatort des Hassverbrechens.

Der Besitzer der Krallen ist mein Kater Machete, und anscheinend ist er noch nicht fertig, denn er fährt mit seinen Krallen über das, was von Bills Dummykeit noch übrig ist.

»Das ist einfach obszön.« Fabio steht mit gekreuzten Beinen da, als ob er dringend auf die Toilette müsste. »Du solltest deinen Kater zu einem Therapeuten bringen.«

Als ob er verstehen würde, was mein Freund gerade gesagt hat, wirft Machete ihm einen hasserfüllten Katzenblick zu.

Wie immer kann ich mir vorstellen, was Machete in einer Albtraumwelt, in der Katzen sprechen könnten, sagen würde:

Das Silikonmännchen konnte der Machete nicht entkommen. Der weichere, fleischige wird der Nächste sein.

»Komm her, Süßer«, sage ich mit beruhigender Stimme und beuge mich nach unten, um mir den Kater zu schnappen.

Machete muss sich heute extrem großmütig fühlen, denn er lässt mich ihn halten, ohne mir die Augen auszukratzen.

Fabio lacht, und ich werfe ihm einen fragenden Blick zu.

»Deine Katze hat versucht, Bill zu töten«, erklärt er.

Machete zischt Fabio an.

Machete ist nicht begeistert. Uma Thurman hat eine große Bandbreite, aber sie würde nicht reichen, um Machete zu spielen.

Ich grinse. »Er muss gehört haben, dass du das Cock genannt hast.« Ich zeige auf Bills zerstörtes Anhängsel. »Mein Süßer beschützt mich vor Vögeln.« Ich streichele Machetes seidiges Fell und werde mit einem tiefen Schnurren belohnt. »Als ich ihn bekam, tötete er etwas für mich, das, wie sich herausstellte, ein mit Gänsefedern gefülltes Daunenkissen war.«

Fabio schaut auf die Tür. »Ich weiß nur, dass er aussieht, als hätte er an vielen illegalen Straßenkämpfen teilgenommen, bevor du ihn adoptiert hast. Und eine Menge von ihnen verloren.«

Das stimmt. Machete sah sogar noch schlimmer aus, als ich ihm im Tierheim begegnete. Es war auch das einzige Mal, dass ich ihn irgendwie verletzlich gesehen habe, soweit ich mich erinnern kann.

Natürlich nutzte ich meine Arbeitsressourcen, um seine Vorbesitzer ausfindig zu machen, und kurz darauf landeten sie auf mysteriöse Weise auf einer Flugverbotsliste … kurz vor einem großen Urlaub.

Ich höre kurz mit dem Streicheln auf, und Fabio wird wieder angezischt.

»Ich gehe jetzt besser«, sagt Fabio und zieht sich zurück.

Ich folge ihm. Auf einem meiner Wandmonitore erscheint ein Videocall-Fenster. Ja, ich habe mehrere Wandmonitore. Meine Einrichtung zu Hause ist inspiriert von all den Filmen, in denen Spione jemanden von einem Überwachungsraum aus beobachten.

Fabio vergisst die Katzengefahr, bleibt stehen und schaut auf den Bildschirm. Wenn mein Freund einer von Machetes Art wäre, hätte ihn seine Neugier schon längst getötet.

»Das ist meine Videokonferenz mit Gia und Clarice«, erkläre ich. »Du kannst gehen.«

Fabio spitzt die Lippen. »Wer ist Clarice?«

»Meine Pokerlehrerin«, sage ich. »Geh schon.«

Er sieht aus, als würde er gleich mit dem Fuß aufstampfen. »Aber ich möchte meinem Mädchen Gia Hallo sagen.«

»Gut.« Ich nehme den Anruf an, und sowohl Gia als auch Clarice erscheinen auf dem Bildschirm.

———

Für mehr Informationen, melden Sie sich für meinen Newsletter auf www.mishabell.com/de/.

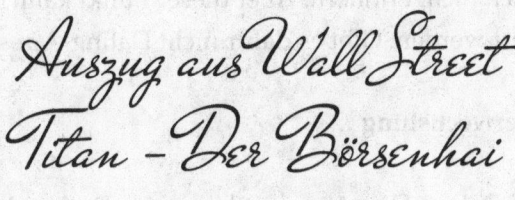

Auszug aus Wall Street Titan – Der Börsenhai

VON ANNA ZAIRES

Ein Milliardär, der eine perfekte Frau will...

Mit 35 Jahren hat Marcus Carelli alles: Reichtum, Macht und die Art von Aussehen, die Frauen atemlos machen. Als Selfmade-Milliardär leitet er einen der größten Hedgefonds an der Wall Street und kann große Unternehmen mit einem einzigen Wort vernichten. Das Einzige, was ihm fehlt? Eine Frau, die so großartig ist, wie die Milliarden auf seinem Bankkonto.

Eine Katzenfrau, die ein Date braucht ...

Die sechsundzwanzigjährige Buchhändlerin Emma Walsh weiß aus guter Quelle, dass sie eine Katzenlady ist. Sie stimmt dieser Einschätzung nicht unbedingt zu, aber es ist schwer, sie mit den Fakten zu widerlegen. Abgenutzte und mit Katzenhaar bedeckte Kleidung? Check. Letzter professioneller Haarschnitt? Vor über einem Jahr. Oh, und drei Katzen in einem winzigen Studio in Brooklyn? Ja, definitiv.

Und ja, gut, sie hatte seit wann keinen Sex? Nun, sie kann sich nicht erinnern. Aber dieser Punkt kann geändert werden. Gibt es dafür nicht Dating-Apps?

Eine Verwechslung …

Eine High-End-Heiratsvermittlerin, eine Dating-App, eine Verwechslung, die alles verändert … Gegensätze können sich anziehen, aber kann das halten?

———

Ich atme tief durch, betrete das Café und schaue mich um, um zu sehen, ob Mark vielleicht schon da ist.

Das Bistro ist klein und gemütlich, mit den typischen Diner-Bänken, die im Halbkreis um eine Kaffeebar angeordnet sind. Der Geruch von gerösteten Kaffeebohnen und Backwaren ist köstlich und lässt meinen Magen vor Hunger knurren. Ich wollte mich nur auf den Kaffee beschränken, aber ich beschließe, mir auch ein Croissant zu kaufen; mein Budget sollte dafür ausreichen.

Nur wenige der Tische sind besetzt; wahrscheinlich, weil es ein Dienstag ist. Ich überfliege sie, weil ich nach jemandem suche, der Mark sein könnte, und bemerke einen Mann, der allein am entferntesten Tisch sitzt. Er schaut in meine entgegengesetzte Richtung, so dass ich nur den

Hinterkopf sehen kann, aber sein Haar ist kurz und dunkelbraun.

Er könnte es sein.

Ich sammele meinen Mut und nähere mich dem Tisch. »Entschuldigung«, sage ich. »Bist du Mark?«

Der Mann dreht sich zu mir um, und mein Puls schießt in die Stratosphäre.

Die Person vor mir sieht überhaupt nicht aus wie die Bilder in der App. Sein Haar ist braun, und seine Augen sind blau, aber das ist die einzige Ähnlichkeit. Die harten Gesichtszüge des Mannes sind weder rund noch scheu. Vom stahlharten Kiefer bis zur falkenartigen Nase ist sein Gesicht völlig männlich, geprägt von einem Selbstbewusstsein, das an Arroganz grenzt. Ein Hauch von Schatten verdunkelt seine schlanken Wangen, so dass seine hohen Wangenknochen noch deutlicher hervorstechen, und seine Augenbrauen sind dicke dunkle Schrägstriche über seinen stechend hellen Augen. Selbst hinter dem Tisch sitzend, sieht er groß und kräftig aus. Seine Schultern sind in seinem maßgeschneiderten Anzug unglaublich breit, und seine Hände sind doppelt so groß wie meine.

Unmöglich, dass dies der Mark von der App ist, es sei denn, er hat seit der Aufnahme dieser Fotos einen ernsthaften Trainingsmarathon im Fitnessstudio eingelegt. War das möglich? Konnte sich ein Mensch so sehr verändern? Er hatte seine Größe nicht im Profil angegeben, aber ich hatte angenommen, dass das Auslassen bedeutete, dass er höhentechnisch wie ich eher unterdurchschnittlich war.

Der Mann, den ich ansehe, ist in keiner Weise unterdurchschnittlich, und er trägt mit Sicherheit keine Brille.

»Ich bin … ich bin Emma«, stottere ich, als der Mann mich weiterhin anstarrt, wobei sein Gesicht hart und unergründlich ist. Ich bin mir fast sicher, dass ich den falschen Kerl erwischt habe, aber ich zwinge mich trotzdem, zu fragen: »Bist du zufällig Mark?«

»Ich ziehe es vor, Marcus genannt zu werden«, antwortet er zu meiner Überraschung. Seine Stimme ist ein tiefes männliches Rumpeln, das etwas primitiv Weibliches in mir anspricht. Mein Herz schlägt noch schneller, und meine Handflächen beginnen zu schwitzen, als er aufsteht und unverblümt sagt: »Du bist nicht das, was ich erwartet habe.«

»Ich?« *Was zum Teufel …?* Eine Welle der Wut verdrängt alle anderen Emotionen, während ich auf den unhöflichen Riesen vor mir starre. Dieses Arschloch ist so groß, dass ich mir den Hals verrenken muss, um zu ihm aufzuschauen. »Und was ist mit dir? Du siehst überhaupt nicht aus wie auf deinen Bildern!«

»Ich schätze, wir wurden beide irregeführt«, sagt er mit angespanntem Kiefer. Bevor ich antworten kann, deutet er auf den Tisch »Du kannst dich genauso gut hinsetzen und mit mir essen, Emmeline. Dann bin ich nicht umsonst den ganzen Weg hierhergekommen.«

»Ich heiße *Emma*«, korrigiere ich vor Wut kochend. »Und nein, danke. Ich werde einfach gehen.«

Seine Nasenlöcher beben, und er tritt nach rechts, um mir den Weg zu versperren. »Setz dich, *Emma*.« Er lässt meinen Namen wie eine Beleidigung klingen. »Ich werde mit Victoria reden, aber im Moment verstehe ich nicht, warum wir nicht wie zwei zivilisierte Erwachsene essen können.«

Die Spitzen meiner Ohren brennen vor Wut, aber ich rutsche in die Bank, anstatt eine Szene zu machen. Meine Großmutter hat mir von klein auf Höflichkeit beigebracht, und selbst als Erwachsene, die allein lebt, fällt es mir schwer, gegen das anzukämpfen, was sie mir beigebracht hat.

Sie würde es nicht gutheißen, wenn ich diesem Idioten mein Knie in die Eier rammen und ihm sagen würde, dass er sich verpissen soll.

»Danke«, sagt er und rutscht auf die Bank mir gegenüber. Seine Augen funkeln eisblau, während er die Speisekarte betrachtet. »Das war nicht so schwer, oder?«

»Ich weiß nicht, *Marcus*«, sage ich und betone extra den formellen Namen. »Ich bin erst seit zwei Minuten bei dir, und schon auf hundertachtzig.« Ich gebe die Beleidigung mit einem damenhaften, von meiner Großmutter genehmigten Lächeln ab, werfe meine Handtasche in die Ecke unserer Nische und nehme die Speisekarte, ohne mich zu bemühen, meinen Mantel auszuziehen.

Je eher wir essen, desto schneller kann ich hier herauskommen.

Ein tiefes Lachen erschreckt mich, und ich schaue auf. Zu meinem Entsetzen grinst der Idiot, und seine Zähne blitzen weiß in seinem leicht gebräunten Gesicht. Keine Sommersprossen, stelle ich eifersüchtig fest; seine Haut ist perfekt ebenmäßig, ohne auch nur ein einziges

Muttermal auf seiner Wange. Er ist nicht im klassischen Sinn gutaussehend – seine Gesichtszüge sind zu grob dafür – aber er sieht schockierend gut aus, auf eine starke, rein männliche Art und Weise.

Zu meinem Entsetzen breitet sich eine Hitzewelle in meinem Unterleib aus, und meine inneren Muskeln ziehen sich zusammen.

Nein. Auf keinen Fall. Dieses Arschloch macht mich *nicht* an. Ich kann es kaum ertragen, ihm gegenüber am Tisch zu sitzen.

Ich knirsche mit den Zähnen, schaue in die Speisekarte und stelle mit Erleichterung fest, dass die Preise an diesem Ort tatsächlich angemessen sind. Ich bestehe immer darauf, bei Dates für mein eigenes Essen zu bezahlen, und jetzt, da ich Mark getroffen habe – Entschuldigung, *Marcus* –, würde ich es ihm auch zutrauen, mich an einen noblen Ort zu schleppen, wo ein Glas Leitungswasser mehr kostet als ein Patrón. Wie konnte ich mich bei dem Kerl so sehr irren? Offensichtlich hatte er gelogen, als er behauptet hat, in einer Buchhandlung zu arbeiten und ein Student zu sein. Zu welchem Zweck, weiß ich nicht, aber alles an dem Mann vor mir schreit Reichtum und Macht. Sein Nadelstreifenanzug schmiegt sich an seinen breitschultrigen Rahmen, als wäre er für ihn maßgeschneidert, sein blaues Hemd ist steifgebügelt, und ich bin mir ziemlich sicher, dass seine subtil karierte Krawatte von einem Designer ist, der Chanel wie ein Walmart-Label aussehen lässt.

Als mir alle diese Details auffallen, habe ich einen neuen Verdacht. Könnte mir jemand einen Streich spielen? Kendall vielleicht? Oder Janie? Sie kennen beide meinen Geschmack bei Männern. Vielleicht hat eine von beiden beschlossen, mich auf diese Weise zu einem Date zu locken – aber warum sie mich mit *ihm* zusammengebracht haben und er dem zustimmen würde, ist ein großes Rätsel.

Stirnrunzelnd schaue ich von der Speisekarte auf und betrachte den Mann vor mir. Er hat aufgehört zu grinsen und betrachtet mit gerunzelter Stirn die Speisekarte, was ihn älter aussehen lässt als die siebenundzwanzig Jahre, die auf seinem Profil angegeben sind.

Dieser Teil muss auch eine Lüge gewesen sein.

Meine Wut verstärkt sich. »Also, *Marcus*, warum hast du mir geschrieben?« Ich lege die Speisekarte auf den Tisch und starre ihn wütend an. »Besitzt du überhaupt Katzen?«

Er schaut auf, und sein Stirnrunzeln vertieft sich. »Katzen? Nein, natürlich nicht.«

Die Irritation in seinem Ton lässt mich alles über Großmutters Missbilligung darüber vergessen, ihm direkt in sein schlankes, hartes Gesicht zu schlagen. »Ist das eine Art Streich? Wer hat dich dazu angestiftet?«

»Verzeihung?« Seine dicken Augenbrauen heben sich in einem arroganten Bogen.

»Oh, hör auf, so zu tun, als seist du unschuldig. Du hast mich in deiner Nachricht angelogen, und du hast die Frechheit, mir zu sagen, dass *ich* nicht das bin, was du erwartet hast?« Ich spüre praktisch den Dampf, der aus meinen Ohren kommt. »*Du* hast *mich* angeschrieben, und ich war in meinem Profil völlig ehrlich. Wie alt bist du? Zweiunddreißig? Dreiunddreißig?«

»Ich bin fünfunddreißig«, sagt er langsam, und sein Stirnrunzeln kehrt zurück. »Emma, worüber redest …«

»Das war's.« Ich nehme meine Handtasche am Henkel, rutsche von der Bank und stelle mich hin. Großmutter hin oder her, ich werde nicht mit einem Idioten essen gehen, der zugegeben hat, mich getäuscht zu haben. Ich habe keine Ahnung, was einen Kerl wie ihn dazu bringen würde, mit mir zu spielen, aber ich werde keine Witzfigur sein.

»Schönes Abendessen«, knurre ich, drehte mich um und gehe zum Ausgang, bevor er mir wieder den Weg versperren kann.

Ich habe es so eilig, fortzukommen, dass ich fast eine große, schlanke Brünette umrenne, die sich dem Café nähert, und den kleinen, pummeligen Typen, der ihr folgt.

Möchten Sie mehr erfahren? Besuchen Sie www.annazaires.com/book-series/deutsch/.

Über den Autor

Ich liebe es, Humorvolles zu schreiben (oft die unangemessene Art), Happy Endings (beide Arten) und Charaktere, die schrullig genug sind, um als komische Käuze (genau richtig zum Fremdschämen) bezeichnet zu werden.

Wenn Sie Liebesromane mit viel Komik und Wohlfühlcharakter lieben, besuchen Sie www.mishabell.com/de/ und melden Sie sich für meinen Newsletter an.